アンと愛情

坂木司

光文社

アンと愛情

目次

装幀：石川絢士［the GARDEN］

甘い世界

Anne to Aijo

5

人生の中では、何かを決めなければいけない瞬間というのがある。

小さなことなら今日のおやつ。シュークリームと大福を目の前に出されて、「どっちがいい?」。

「え。うーん……」

私はこれが、本当に苦手。それがラーメンとおそばでも、パンとごはんでも変わらない。とりあえず食べもので考えてしまうのは、食べることが大好きだから。

どっちかが苦手なものだったら、かまわない。でも両方好きだったら選べない。それでも選んでって迫られて、ものすごく悩んで、時間をかけて決めて。でもその結果に心から満足したことは、ほとんどない。

「ああ、おいしかった」

これで終わればいいのに、つい思ってしまう。

「でもあっちも、おいしそうだったなあ」

ほんのりとした後悔。食べたものはちゃんとおいしかったのに、選ばなかった方に思いを馳《は》せてしまう。

こういうとき、前向きな人だったらこう言うんだろう。

「ああ、おいしかった。次はあっちを食べようっと。楽しみ!」

でも私はどうしても、なんていうか後ろ向きで。

おやつならまだいい。「次」は確実にあるし、すぐ来るから。困るのは、それが重要な選択だった場合。

つまり人生のイベントや、分岐点《ぶんきてん》的な。


私は自分の部屋で一人、頭を抱えている。机の上にはチラシ。パソコンの画面にはウェブチラシ。そしてスマートフォンの画面にはLINEの友達グループが表示され、会話がぽこぽこ進んでいる。

『じゃあさ、もう面倒だからせーので行っちゃう?』

『金、土、日、ってあるから。杏子《きょうこ》は金が休みとりやすい?』

『時間なかったら一種類だけでも行っとこうよ』

『でもさあ、両方見ないと比べられなくない?』

正直、行きたくない。でもそろそろ決めなきゃいけないし。一人じゃそれこそ絶対行かないし。

私は意を決してメッセージを送る。

『うん。金曜は大丈夫。もともと休みの予定だったし』

すると二人から、間髪《かんはつ》入れずに『いいね!』『グー!』のスタンプが返ってくる。ですよね。

待たせて、すみませんです。

『じゃあ当日、駅でね』

『おいしいスイーツの店、検索しといて!』

「うん」

私は小さな声でうなずくと、『了解!』と敬礼したキャラクターのスタンプを押す。二人とお茶するのは久しぶりだし、本当に楽しみ。でも。

でもねえ。


ちょっと下見して、気持ちを落ち着けよう。そう思った私は、アルバイトの休憩時間にデパートの婦人衣料フロアへ行ってみることにした。ちなみに私のアルバイト先は、東京百貨店、通称東京デパートという都心のターミナル駅にあるデパート。そこの地下一階、食品フロアにある『みつ屋』という和菓子屋さんで働いている。

「えーと、どっちだっけ」

エスカレーター脇にあるフロアガイドの前で、私は目的のお店を探す。

東京デパートでは、婦人衣料が二階分ある。わかりやすく言えばヤングとミセス。そのどっちかに、あるはずなんだけど。

あった。ミセスの方のフロアだ。

(参考にするだけだから……)

ファッションフロア自体ほとんど来ない上に、ミセスファッションはさらに馴染《なじ》みがない。全体的にトーンが落ち着いているのはいいけど、店員さんもベテランが多くて、私みたいな子供は「お呼びじゃない」感じ。

おそるおそる、店舗の端《はし》に近寄る。今は制服を着ているし、休憩中なのでお客さまの邪魔にならないように、こっそりと。

(わ。可愛《かわい》い)

飾られたコーディネートを見て、軽く気持ちが浮き立つ。想像していたより、ずっと今っぽくて素敵。

(さすが都心のデパートって感じ)

隣を見ると、基本のコーディネートも古くさくなくてきちんと可愛い。こういうのだったら、親子で納得できるんだろうな。そんなことを思いながら、ふと値段を見る。

はい?

もう一度見る。

いやいや。

三度め。

うん……これ、トータルのお値段だよね?　バッグとか小物全部入れての。

「あら、いらっしゃいませ」

店先で固まっていたところに、突然声をかけられた。

「え？　あ、すみません！」

慌てて帰ろうとすると、「ちょっとちょっと」と呼び止められる。

「制服でも、見ていただいてかまわないのよ」

髪をアップにした店員さんが、ちらりと私の名札を見る。

「もちろん、アルバイトさんだって」

たぶん、このデパートのことを知らない子だと思われた。だからこっそり見ていたんだと。

「あ、はい……」

「だから遠慮しないで。ちょうど今はお客さまもいないし、ゆっくり見ていってね」

いやいやいや。見てもどうにもならないんです。とは言えず、私は苦し紛れにこう言った。

「ありがとうございます。でももう――休憩が終わるので」

「あらそう？　じゃあまた見にきてね」

店員さんはにっこりと微笑《ほほえ》む。

「成人式、もうすぐだものね！」

＊

成人式。

成人に、なる式典。

それが来るっていうのは、もうずっと前から知ってた。でもなんだか実感がわかなくて、前向きに調べる気にもなれなかった。だって私は、自分が大人になっていってるような気がしないから。

「別にただの式だよ。七五三と変わらないって」

「そうそう。着物着るっていうのも同じだし、なんなら着せてもらうところもおんなじ」

友達の言葉にうなずける部分もある。ただの式。そういうのは気にしないで、さらっとすませてしまえばいい。でもね。

「成人でーす！」

って振り袖着て、いいのかなって思ったり。だって当たり前だけど振り袖って高いし。レンタルするとか洋服にするとか手段はあるけど、どっちにしてもその一日の、数時間のためにどれだけお金を使うのかと思うと、どんよりする。あと、縦に短く横に広い私の体型で着物って、ただの昆布《こぶ》巻きじゃない？　とか。とかとか。

あ、そういえば昆布巻きって、私は結構好き。

最初にそういう宣伝が来たのは、年の初めだった。「来年のことなのに、気が早いなあ」と笑いながら、私はチラシを指ではじいた。するとお母さんがそれを見てつぶやく。

「ふうん。今の流行《はや》りはこんな感じなのねえ」

お母さんの言葉に、なぜかお父さんまで身を乗り出す。

「おお、可愛いじゃないか」

杏子はどういうのがいいんだ？　そう聞かれて、私は言葉に詰まった。

「どういうのって……」

正直、よくわからない。着る気もまだなかったし。

「杏子はやっぱり暖色系じゃないかしらね。ブルーやグリーンてイメージじゃないし」

お母さんの指先は、赤やピンクの振り袖を示している。色に罪はない。けど。

（なんで赤に金色を合わせるの？　ピンクにパールホワイトなの？）

恐ろしく派手。振り袖のデザインは、普段着ている洋服の色合いと違いすぎて目がちかちかする。

「――無地とかないのかなあ」

私の言葉に、お母さんはうーんと首をひねった。

「あると思うわよ。でも数は少ないでしょうねえ」

だったら洋服でいいや。そしたら一回だけじゃなくて、後々使えるだろうし。

なんてことを考えているうちに夏が来て、その話題はどこかへ消えた。そして秋は、柏木《かしわぎ》さんから始まる立花《たちばな》さんの事件があってそれどころじゃなかった。

で、冬。事前に決めるならもういい加減、って感じの十二月頭。「お歳暮《せいぼ》で忙しいし」と言いわけを続ける私の背中を、友達が押しまくってくれた。

（でも――行きたくないなあ）

店に戻り、バックヤードでスケジュール帳をぼんやりと眺めていると、ドアがノックされた。

「休憩中、ごめんなさい。ちょっと箱を取らせてね」

入ってきたのは、私のアルバイト先の上司である椿《つばき》店長。私が椅子を引こうとすると「あ、大丈夫よ」と言いながら、するりと後ろを通り抜ける。

（このくらいスリムだったら、何も悩まないんだけど）

椿店長は背も高いし、顔だって美人だ。しかも仕事もできる。

（きっと、成人式もすごく綺麗《きれい》だったんだろうな）

今はショートだけどアップの髪型だって似合いそうだし、きりっとした紅色の着物なんかいいんじゃないだろうか。

「梅本《うめもと》さん、どうかした？」

「あ、いえ。ちょっとぼうっとしてただけです」

「それならいいけど」

椿店長が出て行くと、入れ違いのように桜井《さくらい》さんが入ってきた。

「おはよー……」

アルバイトの先輩である桜井さんは、元ヤンの大学生。それだけでもパンチの効《き》いたプロフィールなのに、今はさらに結婚している。歳《とし》が近いのにしっかりしていて、人生のイベントをこなしまくっているすごい人だ。

「どうしたんですか」

いつも元気な桜井さんが、珍しく疲れている。

「あー、うん。旅行、行ってきたんだけどすっごいツアーでさあ」

「新婚旅行ですよね」

「そうそう。あっちの都合がつかなくて先送りになってたやつ」

あ、これお土産《みやげ》ね。そう言いながら桜井さんは小さな包みをくれた。

「わあ、ありがとうございます」

さっそく開けると、中には小さな銀色の平たい缶が入っている。上に貼《は》られたシールには、植物のイラスト。でもこれ、どこかで見たような。

「オーガニックのワックスだから、髪にも顔にも使えるよ。リップにしてもいいし、寝る前に手にすり込んでもいいんだって」

「わあ、便利ですねえ」

「口に入っても大丈夫だから、赤ちゃんから使えるらしいよ」

そういえばどこに行ったんでしたっけ？　私の質問に桜井さんは険《けわ》しい表情を浮かべる。

「……どこだったかな」

「え？」

「いや、正確にはそれを買ったのがどこかは、思い出せないってだけ。ヨーロッパのどこかではあるんだけど」

「あ。ヨーロッパを巡《めぐ》るツアーだったんですか？」

「そうそう。だからめちゃめちゃ忙しくてさ、後で写真とガイドブック照らし合わせるまで、どういうスケジュールでどの国に行ったのかわかんなかった！」

それはそれは。私が笑うと、桜井さんは透明なビニールバッグからスマホを取り出した。

「たとえばさ、こういうのだったらすぐわかるでしょ」

表示された写真を見ると、大きな鉄塔。

「エッフェル塔——フランス？」

「うん。じゃあこれは？」

おとぎばなしに出てきそうなお城。いかにもヨーロッパといった感じだけど。

「すみません、私こういうの詳しくなくて」

「私もだよ。だからこれがどこか、わかんない。たぶんドイツ系のどこかだとは思うんだけど」

「そうなんですか」

「ていうかさあ、やっぱ似てるんだよ。みんな石で造った城で、石畳で、なんか彫刻とか広場とかあって」

なるほど。私がうなずいていると、桜井さんは次に少し大きめの袋を取り出す。

「こっちはお店のお土産なんだけど、お菓子も似てて面白かったよ」

あ、それはわかる気がする。クッキーとガレットとサブレ的な問題。

「バターと粉と卵、ですよね」

「そうそう。でもさ、買ってきたのは違う『似てる』なんだなあ」

桜井さんは袋から薄い箱を取り出し、ぱかんと開けた。区分けされたスペースには、小さくてカラフルなお菓子が並んでいる。丸や四角みたいなものの他に、果物を模《も》したものも。

「可愛いですね。チョコレート……それとも砂糖菓子ですか？」

「違うよ。まあ食べてみて」

首をかしげながら、無難な丸形をひとついただく。

「ん？」

思っていたのと違う感触。ねっとりというか、柔らかい。でも歯切れは悪くなくて、最後はさっくり。そして味はかなり甘くて、ナッツのような風味がある。

「んんん？」

首をかしげる私を、桜井さんがにやにやと見ている。

（――知ってる気がするのは、なんでだろう？）

たぶん絶対人生的に初めて食べたお菓子のはずなのに、どこかで食べたことのあるような雰囲気がある。これが桜井さんの言う『似てる』なんだろうか。

（なんか中華デザートっぽいような）

そう感じるのは、ヨーロッパのお菓子なのにバターの風味がないからだろうか。

「それはねえ――」

桜井さんが口を開いたとき、バックヤードのドアがノックされた。

「ごめんなさい、急にお客さまが続いてしまって。桜井さん、もう出られる？」

「あ、はい」

椿店長に呼ばれて、桜井さんがさっと出て行く。残された私は口の中に残った味を、目を閉じて追ってみた。

ナッツは、知ってる味。たぶんアーモンド。それと砂糖。ナッツの油は感じるけど、バターは感じない。あとわからないのは香料だ。いい香りだけど、ちょっと違和感。お洒落《しゃれ》なんだけど、食べ物っぽくないというか。これがすごく外国って感じ。なんだろう？

ただ不思議なのは、口の中が「これ知ってる」って状態になっていること。甘みが口の中に残っていたのでペットボトルのお茶を出して飲むと、その「知ってる」感はより強くなった。

「あ」

もしかして。

私は棚に置いてある鏡の前で手早く身だしなみのチェックをしてから、お店に出る。ちょうどお客さまが帰られたところのようで、話しかけやすい。

「桜井さん、わかりました。似てるのって、餡《あん》ですよね。ナッツっていうか、アーモンドでできた、餡」

「そうそう。私も食べてそう思ったんだよね」

「あら、なんの話？」

「私のお土産のお菓子です。バックヤードに置いてあるので、よかったら店長もちょっとつまんできて下さい。面白いですよ」

桜井さんの言葉に、私もうなずく。すると椿店長は「じゃ、ちょっといただいてこようかな」と笑った。

数分後。椿店長は、私と同じような表情で戻ってきた。

「本当に餡っぽいわね。面白いわ」

「ですよね」

でも結局どういうお菓子なんだろう？　桜井さんにたずねようとしたところで、椿店長が言った。

「これ、マジパンじゃない？」

すると桜井さんが軽く手を叩《たた》く。

「さすが店長！　正解です」

「マジパン？」

どこかで聞いたことのある響き。それもケーキ屋さんで。

「あ、それってケーキの上のお人形のですよね」

でもあの飾りってこんなにおいしかったかな？　それにそもそもあれって、硬くなかった？

「そうね。でもこれは見るためじゃなく、食べるための方ね。お人形が観賞用の落雁《らくがん》だとしたら、こっちは生菓子」

「本当、私こんなマジパン初めて食べました」

「なんかね、これあちこちで見たんですよ。めちゃめちゃカラフルで色んな形があるから、最初はおいしくなさそうだなあって買わなかったんですけど」

通路の向こう側を通るお客さまに、三人揃《そろ》って会釈《えしゃく》する。

話は小声で、目線は常にカウンターの向こうをチェックしている。その動きが、最近ようやく私にも身についてきた。

「――でも現地の人が、すごい勢いで買うし、味見してたんですよ。だからおいしいんだろうな、って思って私も食べてみたんです。そしたら」

「あんこみたいだったと」

私の言葉に、桜井さんはうなずいた。

「一旦《いったん》似てるって思うと、もうそうとしか思えなくなっちゃって。どういう形にもできる素材で、油を使ってなくて。揚げたり焼いたりしてなくて、粉に砂糖を入れて練ったお菓子って」

「本当ね。でもこの香りはわからないわ。華《はな》やかなんだけど、どこか控えめで」

「ああ、それは私にもわからないんです。個人商店みたいなところで買ったから、原材料表記みたいのが貼ってなくて」

「あとで調べてみましょうか」

「そうね。ちょっと気になるものね」

椿店長は微笑むと、壁際の時計を見る。

「そろそろ時間だから、行ってくるわね。

桜井さん、あと少ししたら立花くんが来てくれるから、レジ締めは彼に任せていいわ。梅本さん、今日は早番お疲れさま。桜井さんの休憩が終わったら帰ってね」

「はい」

今日は午後から本社で用事があるらしい。

「新商品や来年度のお菓子とかがわかったら、明日伝えるわね」

じゃあ、後はよろしくお願いします。椿店長は私たちに向かって軽く頭を下げると出かけていった。


しばらくして、立花さんが出勤してくる。立花さんは椿店長と同じく『みつ屋』の社員で、和菓子職人としての腕もある人だ。外見は涼しげな印象で接客態度も完璧だけど、プライベートでは可愛いものやおいしいものが大好きな、乙女《おとめ》っぽい一面を持つ。

そんな彼もバックヤードのマジパンを食べ、同じように驚きの表情を浮かべた。でも、そこから先が違った。

「これは——バラじゃないでしょうか」

「え？」

「日本ではあまり使いませんが、ヨーロッパから中東にかけて、バラの香料はそれなりにポピュラーな食材だったと思います」

さすが乙女。私と桜井さんは顔を見合わせる。

「バラに限らず、花の蒸留水はありますけどね。でもヨーロッパで製菓に使う花の香料といったら、スミレかバラあたりが多いでしょうし」

「詳しいですね」

「花の形を模すだけではなく、本当に花の香りのする和菓子を作ってみたいと思ったことがあったので」

それはまさに乙女の発想。けれどそこに桜井さんが突っ込む。

「でもそれ、おいしいんですか？　正直、私はこの弱めなバラでもギリなんですけど」

すると立花さんがきゅっと眉間《みけん》に皺《しわ》を寄せた。

「そうなんです。そこが越えられない壁というか、私の技術不足というか――。花の香りを食品と捉《とら》えられる落としどころが、難しかったです」

飲み物や飴《あめ》なら問題ないのですが。そう言われて、なるほどと思う。

花の香りは素敵だけど、いざ食べ物となると難しい。ジャスミン茶やフレーバーソーダみたいな飲み物なら、まだハードルは低いんだろうけど。

「でも最近は桜のフレーバーとかもあるじゃないですか」

私の言葉に、桜井さんはカウンターより下で指を左右に動かす。

「あれはさ、桜餅《さくらもち》の香り。つまり葉っぱの香りってこと」

「あ、そうでした」

他に花の香りって、なかったかな。包装紙を取り出しながら考えていると、通路の向こうに男性のお客さまが見えた。会釈。目が合った。近づいてくる。

「いらっしゃいませ」

ぺこりと頭を下げ、上げたところで相手を見る。その瞬間、あれっと思う。

顔の彫りが深い。というか、濃い。

(もしかして……)

「コニチハ?」

にこりと微笑まれて、私は固まる。お客さまは、思いっきり外国の人だ。黒い髪だったから、遠目には気がつかなかった。

「あ、ええと」

お客さまは、何か喋《しゃべ》っている。英語だけど、全然わからない。こういうときは、なんて言えばいいんだっけ? 前に一度聞いたことがあったんだけど、思い出せない。

(立花さん、英語できたような)

お願いしたい。けれどタイミング悪く、あちらにもお客さまが。

「梅本さん、大丈夫?」

桜井さんが声をかけてくれた。

「あ、すみません。私、英語がわからなくて」

「ああ、そういうこと」

桜井さんはお客さまに向き合うと、にっこりと笑った。

「ハーイ。ディスショップセルズ、ジャパニーズトラディショナルスイーツ」

すごい。でも意味はなんとなくわかる。

「ワットドゥユウウォント?」

何をお求めですか。聞いてるとわかるのに、自分が喋ろうとすると、出てこないのはなんでだろう。

「――?」

でもお客さまが何を言っているのかは謎だ。発音が良すぎて、切れ目がわからないのだ。

スペースって、場所とかそういうことかな。もしかして、道に迷ってる?

「え? スペース?」

「あー……」

桜井さんは初めて言葉に詰まると、くるりと私の方を向いた。

「梅本さん、この方《かた》、和菓子で宇宙モチーフのものを探されてるみたい」

「宇宙?」

頭の中に、いきなりスター・ウォーズ的な画面が広がる。そんなお菓子、あったかな。

「注文で上生菓子を作っているところなら、できると思いますけど」

でもこのみつ屋は、基本的にデザインの注文は受けていない。それはお菓子が少し離れたところにある工場で作られているからだ。

「だよね。一応、立花さんにも聞いてみる」

そう言って桜井さんはお客さまに「プリーズウェイトジャストモーメント」と告《つ》げる。

残されたお客さまと私。

とりあえず、笑ってみる。

と、笑い返してくれた。ちょっとほっとする。

なにかできることはないかな。そう思って、カウンターの中にある試食用の保存容器を取り出す。

（――味見って、なんていうんだっけ）

味は、テイスト。あ、テイスティングだ！

「……テイスティング？」

そっと、差し出してみる。中に入っているのは、十二月前半のお菓子から『柊《ひいらぎ》』。緑のねりきりの上に、クリスマスのリースをモチーフにした円形の飾りが載《の》っている。

「ワオ、キュート」

わかる！　私もこれは可愛いと思っていたので、うんうんとうなずく。

「デザイン。クリスマス、リース」

お客さまもうんうんとうなずいてくれる。彫りが深くて迫力があるけど、睫毛《まつげ》がばさっと長いところは、優しい大型犬みたい。

「ビーンズ？」

私にもわかりやすいように単語で聞いてくれた。ビーンズは、豆。あ、あんこは小豆《あずき》。豆だもんね。

「ビーンズ。プラスシュガー」

もう一度うなずきながら、お客さまは楊枝《ようじ》に手を伸ばす。ぱくり。もぐもぐ。どうかな。食べられるかな。おいしいかな。

どきどきしながら見守っていると、最初はちょっと不思議そうだった顔が、ゆっくりと笑顔になった。

「ん。スイート、デリシャス」

よかった。思わず笑い返したところで、桜井さんが戻ってくる。

「宇宙っていうか、天体モチーフは多いみたい。月とか星はよくあるし、七夕《たなばた》の天の川とか。でも今は十二月だし、そのリースについてる星ぐらいしかないって」

「天体ものは、夏に多いんですね」

「まあ色が涼しげとかもあるかもね。あとは来月、初日の出で太陽は出るけど」

桜井さんは同じ内容を、簡単にお客さまに伝える。するとお客さまが「うーん」と困ったような表情で腕組みをした。

「――なんか、個別の星じゃなくて、みたいなことをおっしゃってるんだけど」

同じように困った表情で桜井さんが首を傾げる。

「私の英語だと、限界かも」

そしてお客さまの途切れたところで、立花さんを呼びに行った。しかし。

「――申し訳ありません。私の英語も桜井さんと同じレベルです」

じゃあどうしたらいいんだろう。困惑する私の前で、立花さんはお客さまに向かって微笑みかける。

「ソーリー。ジャストアモーメントプリーズ。アイルコールザパーソン、フーキャンスピークイングリッシュ」

そう言って、電話をとった。

「もしもし、ビーワンのみつ屋です。英語のアテンダントさんはご在席でしょうか」

アテンダントさんという存在を、初めて知った。

「東京百貨店には、実は色んなアテンダントさんがいるんだよ。外国語担当の人の他に、身体《からだ》が不自由な方のお手伝いをする人や、コーディネートを考えてくれるショッピングガイドみたいな人もいる」

桜井さんがデパートのパンフレットを開いて見せてくれる。すると『様々なお手伝い』という項目の中に『アテンダント』という文字が見えた。

やがて通路の向こうから、東京デパートの制服を着た女性が小走りにやってくる。

「お待たせしました」

立花さんは彼女に事情をざっと説明する。

「なるほど。ではまず、詳しくうかがってみますね。その間、お手数ですがこのフロアのお菓子屋さんで宇宙モチーフを扱っているところはないか、フロア長に聞いていただけませんか」

その言葉を受けて、立花さんはフロア長に電話をかけた。そしてあまり時間を置かず、その返事が来る。

「和菓子洋菓子含めて、宇宙や天体モチーフのお菓子を扱っているところは、ほとんどありませんでした。おせんべいで丸形を『満月』としているものはありましたが、それはちょっとお客さまの意図と違うような」

「やはり季節的に少ないですよね」

アテンダントさんはうなずくと、お客さまに向かってそれを説明する。けれどお客さまは納得できないようで、しきりに何かを訴えている。

「あの、私は和菓子には詳しくないんですが、お客さまはこの季節に出る宇宙のお菓子があるはずだとおっしゃっています」

「この季節に?」

「はい。お友達に教えてもらったのだと」

今度は立花さんがうーんと考え込む。

「旧暦でひと月ずれたり、あるいは特定の地方でそういうお菓子があるのかもしれません」

もしわかったらご連絡しましょうか。立花さんの言葉を告げられたお客さまは、にっこりと笑った。そしてアテンダントさんの差し出したタブレット端末に連絡先を書き込む。

その会話を隣で聞いていた立花さんが、ほっとした表情をする。

「これから二週間ほど日本国内を旅されるようです」

「なら、どこかで手に入れられるかもしれませんね」

せっかく来てくれたのだから、かなってほしいな。でもそれには、もうちょっとヒントがほしい気がする。たとえばお友達の言っていたお菓子の特徴とか、日持ちはした方がいいのかなど。

そこで私はアテンダントさんに、この内容を聞いてもらった。

「お友達の言葉によると、そのお菓子は一年で今しか作られない。そしてとてもドラマチックで、壮大で華麗な物語を孕《はら》んでいると」

ドラマチックで壮大で華麗。その言葉に、私たちは顔を見合わせる。確かに和菓子には物語があるものが多いけど、そんなに派手なイメージのものってあるんだろうか。

「――源氏物語のような古典に出てくる場面でしょうか。あるいは歌舞伎であるとか」

立花さんの質問に、お客さまは残念そうな表情を浮かべる。

「文学、芸術の作品がベースになっているわけではないそうです。逆にもとの作品があれば、探しやすかったのですが」

「形や色は、どうでしょう」

ドラマチックな印象なら、それが特徴になっているかもしれません。私の言葉に、アテンダントさんがうなずく。そしてそれをすぐさま、お客さまに伝える。

(――すごいなあ)

わかってはいたけど、目の前で自分の言ったことが英語になるのってすごい。それはもちろん他の国の言葉でもそうなんだろうけど、少しでも知ってるという意味で、英語はインパクトがある。

（もっとちゃんと、勉強しておけばよかった）

学校の授業でよく「いつ使うんだ」って笑うパターンがあるけど、「今でしょ」だ。まあ、英語は使うだろうとは思っていたけど。

そんなことを考えていたら、アテンダントさんが不思議そうな声を上げた。

「スティック？」

お客さまが、うんうんとうなずく。その隣でアテンダントさんが困ったようにこちらを見る。

「あの、お菓子に棒が刺さっているとおっしゃっているのですが」

「――それって、お団子？」

桜井さんのつぶやきに、ふと思った。

「すみません。お菓子はいくつ刺さっているのか、聞いていただけませんか」

「あ……ひとつだそうです」

「ひとつ？」

意外な答えに、私たちは顔を見合わせた。

＊

答えをその場で知りたかったけど、お客さまをずっとお引き止めするわけにもいかない。なにより、答えが出るとも限らなかったし。

「できれば食べてほしいよね。せっかく日本まで来てくれたんだし」

桜井さんがぽつりとつぶやいた。

「そうですよね」

「どこの国から来られたかはわからないけど、アジア圏じゃなきゃ日本ってかなり遠いはずだし。飛行機、長いはずだよ」

ため息をつく桜井さんを見て、立花さんが小さく応《こた》える。

「——新婚旅行。飛行機が長すぎてつらかったんですか」

「えっ⁉ なんでわかるんですか」

「わかるでしょう、それは」

私も隣で深くうなずく。

「だって十二時間！ ていうか半日！ 椅子の上って想像できます⁉」

「無理ですね」

思わず即答してしまった。

「梅本さん、海外に行かれたことは」

立花さんの質問に、きっぱりと首を横に振る。

「ありません。飛行機は、家族旅行で沖縄に行ったときに乗ったきりです」

だからというべきか、英語の必要性を感じなかった。今の今まで。

「じゃあさ、今度行ったらいいと思うよ」

台湾とか韓国とか、近いトコもあるしね。そう言って、桜井さんは力なく笑った。


その後すぐに夕方のラッシュが来て、それなりに手を動かしているうちにふと気がついた。

実は今日一番印象的だったのは、英語が話せないことじゃない。自分のいるこの場所が、他の国の人にとっては「外国」であり、「不便な場所」だってことだ。

だって英語で話す国はたくさんあるけど、日本語を話す国って日本だけだよね？　ということは、日本語を勉強したってここ以外じゃ役に立たない。つまり、知らなくて当たり前。なのに日本では、日本語以外があんまり通じない。

（通じる人もたくさんいると思うんだけど、わかりにくいっていうか――）

たぶん、不便。

駅名とか地図は英語が書いてあるけど、道や店でぱっとたずねても、あんまり通じない。

（そして、中国語や韓国語はもっと通じない……）

少し前は、中国の人が団体でデパートに来ることが多かった。和菓子のお店に来てくれる人も多くて、私もどきどきしたけど、団体さんのせいか日本語を話せる人がついていたり、スマホの翻訳アプリを使ってくれる人が多かったから気がつかなかった。

でもその嵐が過ぎ去った後、街中を見て思ったのだ。中国語は、英語以上に通じない。だから中国の人は、団体で来てたんじゃないかって。

（私だって、たぶんそうする）

初めての海外で、自分の国の言葉が通じなくて、英語すらあんまり通じない。それって、不安すぎると思う。

（なのに……）

正直な印象を言うと、日本は不親切だった気がする。それはたぶん、中国の人は見た目が近いせいか、あんまり「遠くから来た」って気がしてなかったから。中華料理は身近だし、色々な文化のルーツも一緒。でも彼らにとってここは、外国。マナーや言葉がわからなくて当たり前だ。

『爆買い』とか失礼な言い方もされていたけど、でも外国で、二度と来られないかもしれないと思ったら、高額でも買っちゃうんじゃないだろうか。だってほら、旅行先ってお財布の紐《ひも》がゆるみがちだし。

（なんて言うか――）

もっと歩み寄れたらいいのに。それは特定の国の人だけじゃなく、全体的に。そのためにはやっぱり、私が勉強するしかないんだろうか。

でも英語、苦手科目だったんだよね――。

＊

「宇宙がテーマで棒の刺さった、この時期だけのドラマチックなお菓子ねえ」

翌日。遅番でお店に来た椿店長は、人差し指を眉間に当てる。

「皆、なにか思いついた?」

「それが、これといったものはなくって」

私が棒と言われて思い出したのは、五平餅《ごへいもち》だった。串に一個だけなら、本体がそこそこ大きいものなんじゃないかと思ったから。でも、どう考えてもドラマチックじゃない。

「そうね。棒だと思えば、そういう郷土菓子っぽい大振りなイメージになるわね」

昨日の売り上げをPOSデータで見ながら、椿店長がうなずく。

「刺さっているものの、サイズの問題でしょうね。棒なのか串なのか楊枝なのか。それによって、だいぶん狭まる気がするのだけど」

「お客さまに詳しくおたずねしても、そこがわからなかったんです。お友達の話を聞いただけだから、サイズがわからないと」

「それじゃ当然ネット検索も」

「ダメだったみたいです。だから現地で聞くことにしたと」

椿店長は打ち出されたレシートを見ながら、眉間に皺を寄せる。

「ちなみに立花さんは、『傘』を候補に挙げてました」

「ああ、なるほど。楊枝が持ち手になってるし、『驟雨《しゅうう》』とかは恋愛映画みたいなテーマでドラマチックだものね」

「ただ、宇宙が……」

「そこが難しいわね」

次に椿店長は来月のシフト表を取り出す。

「ところで梅本さん、来月の予定だけれど」

「はい」

「成人式よね。もう何を着るかは決まったの？」

「えっ」

ここでも来た。やっぱりもう、後がない。

「その——次の金曜日に友達と下見に」

「そうなの。いいのが見つかるといいわね」

「あ、はい」

私はお菓子の箱に紐かけをしながらつぶやく。

こぶ巻き。

＊

どんよりとした気分を、「終わった後は甘いもの」の呪文で奮い立たせて、私は待ち合わせの駅に行った。そこから数駅電車に乗って、乗り換え客の多いターミナル駅から徒歩十分。迷いもせずにたどり着けたのは、あちこちに案内の表示やのぼりが立っていたから。

「わあ、すごいね」

『成人式・振り袖市』と書かれたイベントは、ビルの二階のホールで開催されていた。

入口に立っている案内の人に「招待状はお持ちですか？」と聞かれて、私は固まった。何それ。そんなの、持ってません。

すると友達が「持っていなくても大丈夫だって、サイトで見たんですけど」と応えてくれた。

「……こういうのって、セレブ的な場所だったりする？」

「杏子さあ」

もう一人の友達が、呆《あき》れたように私を見る。

「招待状っていうのは、登録情報と同じ意味だよ。つまりＤＭの送り先。来年二十歳《はたち》の当事者の情報を、相手は欲しいわけだから」

「あ、そっか」

「キンチョーしすぎ。怖がることなんかないよ」

友達の笑顔を見て、ようやくほっと肩の力が抜ける。ＤＭか。みつ屋もお得意様には季節のお便りを出しているし、そういうことなら怖くない。


でも階段を上がって会場に着いた途端、その友達の顔が引きつった。

「いらっしゃいませ、お嬢様！」

入口に立っていた中年のおばさまが、満面の笑《え》みで近づいてくる。

「え？」

「今、『おじょうさま』って言った？」

「メイドカフェ？」

「ばか。なに言ってんの」

ひそひそと囁《ささや》きあう私たちの前に、びしっと着物を着たおばさまたちがわらわらと近寄ってくる。

「あらあら、可愛らしいお嬢様がただこと！」

「こちらのお嬢様には、ピンクなんかがお似合いでしょうね！」

「私どもの方にいらして下さい。粗品を差し上げますわよ！」

「ここまで来るのにお疲れでしょう？　私どものところではお茶をお出ししますわ」

一気に詰め寄られて、呆然《ぼうぜん》とする。これは失礼だけどあれだ、ゾンビ映画でよくあるシーンだ。帰りたい。ものすっごく、帰りたい。

「ねえ、一人に決めちゃえば、とりあえず落ち着くんじゃない？」

友達の提案に、私はうなずく。そこで協議の結果、押しの強くない優しそうなおばさまについてゆくことに決めた。

「こういう会場にいらっしゃるのは、初めてですか？」

淡いクリーム色の着物を着た店員さんは、ゆっくりとした足取りで自分のお店に案内してくれる。

「はい。着物自体初めてなので、なにもわからなくて。だからまずは下見に来てみたんです」

「ああ、そうなんですか。じゃあ色や柄で選ばずに、ざっと見てもらった方がいいかもしれませんね」

ブースについたところでカタログを貰《もら》い、人気ベスト3の振り袖が着付けられたトルソーを見る。平面と立体とでは、印象が結構違うかも。

「去年、今年で人気なのは濃い緑がベースに入ったものですね」

示されたトルソーを見て、私たちは同時に「えっ?」と声を上げる。

「私、一位って絶対赤だと思ってた」

「私も」

もちろん、私もだ。

「でもこれ、緑っていってもすごく濃くて、目立たないですね。振り袖の緑って、てかてかした派手なイメージがあったんだけど、これはすごくシックで格好いい」

友達の言葉に、私もうなずく。マットなダークグリーンは緑と藍《あい》の中間のような色で、おかしな派手さがない。

「ピンクとかより、花柄が際立《きわだ》って見えるね」

もう一人の友達は、一位と他の振り袖を見比べて言った。すると店員さんはにこやかにうなずく。

「これは、実際に着る方の選んだランキングですから」

「それってどういうことですか？」

「つまり、親御さんなどの『着せたい側』の意見が入っていない、という意味です。赤は、そういう意味で総合の一位ですね。着る側と着せたい側の双方から、バランスよく好かれているので」

ちょっと目からウロコだった。うちはそうじゃないけど、お金を出す側の希望が通る場合もあるんだ。

「これはわたくし個人の感想ですが、お若い方はクールで大人っぽく見える色を好まれ、親御さんなど年齢が上の方は、若さや可愛らしさを強調する色を好まれるようです」

なるほど。それはすごくわかる。私もできれば黒とか、着やせ効果のある濃い青なんかを選びたいもん。でもお母さんはやっぱり、赤やピンクを勧めてきた。

「まあ、口出ししないと洋服感覚で選んで失敗されるとか、ちょっと水商売風になってしまうとか、理由は様々ですけどね」

「女の子は赤、って決めつけもありますよね？　私、ランドセルが赤いの嫌だったなあ」

友達の言葉にうなずいていると、不意に隣のブースから人が出てきた。

「突然ごめんなさい。でも、赤についてちょっと言いたくて」

今まで話していた店員さんより、もう少し年上だろうか。ちゃきちゃきした感じのおばさんは「売りつけたりしないから安心してね」と笑った。

「あのね、赤は古来より魔除《まよ》けの色って言われてるの。だから似合う似合わないじゃなく、娘を守りたいって意味で選ばれる方もいるのよ」

それを聞いて、あっと思う。小豆と同じだ。

小豆も、赤いから魔除けとしてお菓子に使われることがある。


親切な店員さんはその後も肌の色や体型にあった振り袖の探し方を教えてくれた。あと、親を説得するための裏技まで。

「ものは言いよう。言い方ひとつで、同じ色や柄でも肯定的に捉えてもらうことができます」

まず色のトーン。派手なものは「明るめ」でいいけれど、シックなものを「暗《くら》め」と言うのはNG。

「『深い』と言いかえるんです。深い緑、深い青。黒の場合は『礼服と同じような深いお色』と言ったりして」

「なるほど、深いですね」

友達の駄洒落《だじゃれ》に私たちは苦笑する。

「下らないかもしれませんが、こういう言い方ひとつで、それぞれの希望をすりあわせることができたりするんですよ」

ちなみに柄に関してのNGワードは『派手』と『地味』。これは『鮮やか』と『静か』に置き換えるといいらしい。

「じゃあたとえば私は地味な濃い青に派手めの柄が入ったものがほしいとして、赤を勧めるお母さんになんて言う?」

「そうだねえ、『深い青に鮮やかな柄の入った着物』かな」

本当に、ものは言いようだ。

でもこれって、和菓子の世界ではよくあることのような気がする。同じお菓子を良い意味に言いかえて呼んだり、悪いイメージの言葉を避けたり。

(日本の文化、ってことなのかな)


「じゃあちょっとお顔映《うつ》りを見てみましょうか」

トルソーやカタログを見ておおよその見当をつけてから、試着に入る。とはいっても本当に着るわけじゃなくて、上着を脱《ぬ》いだ上から着物を肩にかけてもらっただけ。

「うわあ、思ってたのと全然違う!」

黒ベースに、小さな花の散った着物を羽織《はお》った友達が、がっかりしたような声を上げる。

「背が高いと、黒もカッコいいと思ってたけどね」

もう一人の友達が不思議そうに首を傾げた。

「黒は問題ありませんよ。ただ、お客さまはすらりとなさっているので、柄が小さいとぼんやりとしてしまうんです」

店員さんはそう言って、同じような黒の上に大きな柄の載った着物を出してくれる。

「え。こんな派手なの、お水っぽくなりそう――」

ためらう友達の肩に、店員さんは「大丈夫ですよ」と羽織らせた。すると、全員がびっくりした。

「ええ⁉　すっごくカッコいい！　これにしなよ、これ！」

もう一人の友達につられるように、私も激しくうなずく。

「さっきのよりずっといい！　なんかすらっとして品がある！」

柄だけで、こんなに印象が変わるものなのか。

「帯は金、その上に帯揚げで色を足すと若々しさも出ますよ」

帯揚げというのは、帯の上の方に見える柔らかい布。それをピンクや水色にすることで、またがらりと印象が変わる。

「えー、すごーい！」

着物のルールを知らない私たちにとって、それはすごく新鮮な体験だった。似合いそうと思ったものが似合わず、絶対無理と圏外にしていたものが一番になったりする驚き。

「日焼けしてるから、逆に明るい色が似合うと思ってた！」

もう一人の友達は、紅《くれない》に近い暗めの赤を当ててもらい、目を丸くする。そして私に似合ったのは、濃い緑の上にピンクや白の花が舞っているようなデザイン。

「色白で優しい印象の方には、締まる色をベースに、斜めに柄が入ったものがお似合いになるんですよ」

あ、「横幅広め」は「優しい印象」って言い換えるんだ。なんていらないことに気づきつつも、かけてもらった着物を見て私ははっとした。

痩せて見える。

(嘘《うそ》!?)

布の量は洋服よりもずっと多い。なのにすっとして見える。これはどういうことだろう。

「首回りに寒色系の深いお色を合わせると、それだけですっきりして見えます。さらに柄が斜めに入ることによって、帯による『横』の印象を『縦』に変えることができるんですよ」

「そうなんですね……」

合わせた帯は金がベースで、それだけ見たらびっくりするくらい派手。普段の生活の中では、たとえバッグだとしても持てないくらいの華やかさ。でも、濃い緑の上ではごく自然に見える。

「洋服とは、方程式が違うんだねえ」

友達がしみじみと言った。

「ていうかあれだよ、錯視《さくし》」

「錯視——?」

「目の錯覚。同じ長さでも片方が短く見えたりするやつ」

それで細く見えたんだ。私はちょっと感心する。着物って民族衣装のはずなのに、科学的な工夫もあるんだな。

＊

「お帰り。いいのあった？」

お母さんに聞かれて、私はうなずく。今こそ、あのワードを使うときだ。

「うん。意外と緑が――深い緑がよくってね」

「え？　ふかみどり？」

お母さんの発音を聞いて、力が抜けた。ふかみどり、って小学校の頃の絵の具の色じゃないんだから。

「そうじゃなくて、深い色の緑で」

「だからそれって、ふかみどりのことでしょ？」

――緑ゆえの失敗。「ふかあか」や「ふかくろ」なんてないのに、もう。

「でも、ふかみどりってずいぶん地味な気がするんだけど」

「ベースが濃いだけで、柄はすごく華やかなんだよ」

そう言いながら、スマホの画面を見せる。するとお母さんは「あらホント」とうなずいた。着物だけの写真と、着てみた写真。そして比較のために着た、膨張色のパステルピンクやパステルブルー。

「赤もね、濃いめのものや下の方が黒になってるのはすっとして見えたんだよ。でも、顔の雰囲気とは合わなかったんだ」

「そうね。杏子に赤黒は強すぎるかもね」

なら、緑はいいのかもしれないわ。お母さんは納得したように画面をスクロールする。

「着物の予約はしてきたの?」

「うん。一応、来週まで押さえておいてくれるみたい」

あの後、他のお店もざっと見たけど、値段は標準的なものだった。なら最初のお店でいいと私が言ったところ、店員さんがさらに値引きやらサービスを重ねてくれたおかげで、むしろ予算を下回ってしまったくらいだ。

「お友達も決まったの?」

「うん。感じのいいお店だったし、振り袖セットの配送サービスもついてたから、一緒のところにしたよ」

「よかったわねえ」

じゃあ次の早上がりの日に、一緒に払い込みに行きましょ。そう言われて私は少しためらいながらうなずく。

これでよかったのかな。流れに乗せられるようにして決めてしまったけど。

お母さんやお父さんは自然にお金を出してくれるけど、働いている私がお金を出さなくていいのかな。それで「大人です」って言ってもいいのかな。

「杏子」

「え？」

「お菓子出してくれる？」

ぼうっと考え込んでいる間に、お母さんがお茶をいれてくれていた。うちは冬場、ベースがほうじ茶。理由は「熱湯でＯＫじゃないと面倒」だから。

でも熱いほうじ茶は、案外洋風にも合うから冬に向いてると思う。

私は雑多なお菓子の入ったカゴから『Ｋ』のマドレーヌを二つ取り出し、オーブントースターに入れた。冬の焼き菓子は、温めるとおいしいのだ。

もう焼きめがついているから、弱めで短時間。貝の筋の模様がかりっとするくらいで止めて、あとは余熱で少し温める。するとバターが溶《と》けて、いい匂いが立ち上ってくる。

できたよ、と言おうとしたところでお母さんが手に容器を持っているのが見えた。

「あ、それは」

「いいじゃない。ちょっとだけよ」

ほかほかでかりかりのマドレーヌに、追いバター。ナイフでちょこんと載せたバターは一瞬で黄金色の液体に戻って、生地に染み込んでいく。

（カロリー、っていうかカロリー……）

今日歩いて消費した分が帳消し。でもああ、口に入れるともう。

かりじゅわほわ。

「ふふふ」

お母さんと私は、共犯者の微笑みを交わした。

「やっぱり、いいバターを使ってるところのはおいしいわねー」

うんうん。私は強くうなずく。そもそも再加熱しておいしくなるのは、もともとおいしいお菓子がほとんどなのだ。おいしくない油脂を使っているものはそれが活性化してしまって匂いがいまいちになるし、香料が熱でとんでしまう場合もある。

お団子やお饅頭《まんじゅう》も加熱でおいしくなるものがあるけど、やはり元の素材が良くないとそうはならない。面白いのは、料理は温かいだけで七難《しちなん》隠す状態だけど、お菓子の場合は温めることで七難を現してしまうということ。

そういった意味で、『K』の焼き菓子は完璧だ。口に入れた時、追いバターと違うバターの風味が香るのは、発酵バターかなにかを使っているからだろうか。うーん、贅沢《ぜいたく》。

「おいしいからこれも焼いちゃいましょうか」

マドレーヌを食べ終えたお母さんは、次に『K』のミルフィーユを温める。しかも表面が焦げないよう、ひらりとアルミホイルまで載せて。

「もう、しようがないなあ」

やはり早めに火を止めて、余熱でぱりっとさせる。これはこのまま。

ぱりしゃくほわ。

ちょっと塩気のきいたパイ生地が、歯の上で心地よく砕《くだ》ける。そこからほんのりとにじみ出るバターの香り。そして甘い香りの湯気。

またこれに熱々のほうじ茶が合うこと！　コーヒーほど強くなく、紅茶ほど味に主張のない香ばしさ。チョコやキャラメルには負けるけど、シンプルな砂糖だけのミルフィーユにはこれがぴったり。

冬はつとめて。じゃなくて。

冬は焼き菓子。だよねえ。

満足と後悔を抱えたまま自分の部屋に戻ると、さっき別れた友達からＬＩＮＥが来ていた。

『言い換え、うまくいったよー！　ウチは黒とか反対されてたんだけど、礼服のような深い黒に鮮やかな花、って言ったら納得したみたい！』

私はがくりとうなだれつつ、『こっちは撃沈』と返信する。

『深い緑って言ったら、「ふかみどり？」だって』

二人から、大笑いのスタンプが届く。

『でも私も言葉では成功しなかったよ。振り袖だけだと、赤の色が深すぎるって言われて、着た写真見せたら納得してくれた』

あ、やっぱり？　私は画面を見てこくこくとうなずいた。

『言い換えっていうかさ、やっぱ言葉は難しいよね。自分のイメージが百パーセント伝わるわけじゃないし』

『あとさあ、「箸《はし》」と「橋」みたいな間違いもある！』

そうそう。私も返信を打ち込む。

『意味間違いもあるよね。私こないだ、お客さんに「足が早いのかしら?」って聞かれて、一瞬「いつもビリでした!」って答えそうになったもん』

再び、大笑いのスタンプ。

でもホント、お店でお客さんと話していると色々とびっくりするし、勉強になることがある。自分とは違う言葉づかいの方や、方言で話される方。そして外国の言葉を話される方。

＊

「あら」

ショーケースの前で年輩のお客さまがつぶやく。

「どうかなさいましたか」

「いえ。こちらの『聖夜』はリース形なのね、って思っただけ。うちの近所の和菓子屋さんは『聖夜』といったら毎年ツリー形だから」

「そうなんですね」

「まあ、『聖夜』にも色々あるわよね。サンタさんやトナカイもあるでしょうし」

これ二ついただくわ。その言葉にうなずいて、お盆とトングを持つ。そして箱に入れながら、これも言葉のイメージ違いだなと微笑む。

十二月も半ばに入って、そろそろお菓子が入れ替わる時期だ。洋菓子屋さんはギリギリまでクリスマス商戦だけど、和菓子屋さんは年始の商品に切り替えないといけない。なぜなら洋菓子にはない「新春」という売り時があるから。

なので『聖夜』ももうすぐ終わり。そう思うとちょっと名残《なご》り惜しくなって、しみじみと見つめる。そういえば『聖夜』は英語だったら『クリスマスナイト』かな。あ、『ホーリーナイト』？　そういえば昔、お兄ちゃんのやってたゲームに『ホーリーナイト＝聖なる騎士』っていうのがあったっけ。

そのとき、あれっと思った。英語だって、音が似ていて、違う単語があるんだな。じゃあもしかして、一つの単語に色んな意味があることだってあるのかもしれない。

「あの、英語で宇宙はなんて言うんでしたっけ」

お客さまがいなくなったところをみはからって、私は椿店長に話しかけた。

「外国からいらしたお客さまの話ね。ええと、スペースじゃないかしら」

うん。確かあのときもそんな風な単語を聞いた気がする。

「スペース以外に、宇宙を表現する、言いかえる言葉ってあるんでしょうか」

「そうね。私も英語が堪能《たんのう》ではないからよくわからないけど、コスモスとか——天体観測みたいな意味での宇宙っていうのもあるわよね」

あ、ウルトラマンでそういう名前のシリーズがあった気がする。これもお兄ちゃんが見てたやつだけど。でもウルトラマンって宇宙人だから、そういう名前がつくのも納得。

「……花の名前も一緒ですね」

「コスモスの花？　でもなんで？」

「その外国人のお客さま、一生懸命説明してらして、すごく食べてみたかったみたいに見えたんです。でも宇宙っぽいお菓子がなくて、なら、もしかして単語が違う意味を持ってたんじゃないかなって」

私の言葉に、店長はうなずく。

「そうね。日本語だって意味を取り違えることはあるものね。それがヒントになればいいわね」

でもコスモスは秋の花だし、たぶん違うわね。店長は残念そうに微笑む。

「そのとき、お客さまとアテンダントさんはどういう単語を使っていたのかしら。それがわかればいいのだけど」


そこで店長と私は、遅番の立花さんが出勤してくるのを待って声をかけた。

「スペースですね。コスモスは使っていませんでした」

結局、なんの進展もなし。

「私も英会話が得意とは言えませんが、二人の会話は簡単だったので聴き取ることができました。お客さまはスペース、スペーシーとおっしゃっていました」

その場にいなかった店長は確認するようにたずねる。

「お客さまは、知り合いの方にそのお菓子を奨《すす》められたのよね？」

「ええ。お友達から聞いたと。実際に話をしながらのことなので、それ以上の情報がなくて困っていたようです」

「お友達は、日本に来たことがある方なんでしょうか」

私の言葉に、立花さんは首を横に振る。

「そこまで細かくは話されていませんでしたね。けれどその点は、うかがってみるべきでした。お友達自身も人からいただいたりしたものだったら、伝聞《でんぶん》に誤りがあるかもしれませんし」

そのとき、お客さまがアドレスを残していかれたことを思い出した。

「あの。アテンダントさんからお客さまにメールしてもらうことってできますか？」

お友達の言った言葉がスペースだけだったのか。

「時期はたぶん、間違っていないと思うんです。お客さまの旅行の予定を聞いて話されていたと思いますし」

「なるほど。それはそうですね」

では、といって立花さんは内線電話でアテンダントさんに内容を伝えてくれた。すると驚くべきことに、十分くらいですぐに返信が来たと連絡があった。

「旅行中なので、まめにメールチェックをされているのでしょうね」

地下に降りてきたアテンダントさんは、店の端の方でタブレット端末を見せてくれた。

「お手数をおかけします」と椿店長が頭を下げると、アテンダントさんはにっこり微笑む。

「いえ、私には和菓子の知識はないので、見ていただけるのはありがたいです」

これが原文ですと開かれたページを、三人で覗《のぞ》き込む。私には読めるところと読めないところがあって、全体的なことしかわからない。でも「フレンド」から後、〃〃で挟まれた部分がお友達の言葉なんだろうと思う。

「あ、これ。ユニバースって書いてありますね」

立花さんがその中の一部分を指さす。

「ユニバースも、宇宙を表すんですか」

私の質問にアテンダントさんがうなずく。

「スペースが現実的な宇宙だとしたら、ユニバースはイメージとして、宇宙を含めたこの世界全部って感じかしら」

そういえば関西にある大きなテーマパークは、地球儀のマークだったような。

「ユニバース、スペース、みたいに言葉を重ねているわね」

「あとマグニフィセントとブリリアント。これは壮大で華麗の部分でしょうか」

立花さんの質問に、アテンダントさんはうなずく。

「マグニフィセントには壮大も華麗も含まれますが、さらにブリリアントを重ねているのは、感動されたからかもしれません」

感動。その人は何に感動したんだろう。わからないなりに文字を追っていると、最後の方に同じ単語が見えた。

「あ、ユニバースってもう一回書いてあります」

「あら。じゃあメインはスペースよりもユニバースなのかしら」

椿店長がつぶやいたところで、ふっと横を向く。お客さまが見えたのだ。

「いいわ。その場にいた二人が調べていて」

そこで私はもう一度、たずねてみる。

「ええと、ユニバースという言葉に他の意味はありますか」

「そうですね。宇宙、世界――あとは」

アテンダントさんはタブレット端末でネットにアクセスすると、辞書のページを開いた。

「天地、という意味もありますすね」

「スペースよりずっと観念的ですね。万物を含むような世界観を感じます」

万物を含むような。それを聞いて、なんとなく思い浮かぶ言葉があった。

「含む――くるむ――包む」

日本の特徴は、相手の文化まで包み込むこと。以前、立花さんが言っていた。だとしたら。

「おまんじゅうは、世界を包み込んでいたりしませんか」

それを聞いた瞬間、アテンダントさんと立花さんがきょとんとした表情を浮かべた。

「あ、すみません。忘れて下さい!」

私は恥ずかしくなって、下を向く。やだもう。

「なんだか可愛いイメージですね」

アテンダントさんがなぐさめるように言ってくれた。しかし立花さんは片手を顎《あご》の下に当てたまま、じっと考え込んでいる。

「世界を包み込む――世界とは？　万物、天地――」

そしてはっと顔を上げる。

「陰陽《いんよう》――陰陽道《おんみようどう》‼」

＊

何かに気づいた立花さんは、いきなり椿店長に歩み寄った。そしてお客さまに一緒に頭を下げた後、言った。

「店長。先日の本社会議で知らされた、お菓子の予定表はありますか」

「ええ、あるけど」

「当店の『花びら餅』の販売はいつからでしょう」

「確かうちは年始からだけど――」

そう答えた店長は、あっと小さく声を上げた。

「花びら餅！　棒！」

立花さんが、それに対して深くうなずく。

私とアテンダントさんは呆気《あっけ》にとられたまま、二人を見ていた。

「花びら餅というのは平安時代から続く歯固《はがた》めの行事で出される菱葩《ひしはなびら》というお菓子を基《もと》にしたもので、茶道の初釜《はつがま》にも使われる年始のお菓子です」

私の退勤前に、休憩時間を利用して立花さんがバックヤードで私とアテンダントさんに説明をしてくれる。

「実際当店でも、来月から年始の一週間のみ販売します」

そう言って、みつ屋の本社から送られたＰＤＦファイルを開いた。するとそこには、白いお餅の下に薄ピンクが透けて見える、綺麗な和菓子の写真がある。

「去年はありませんでしたよね」

「はい。関東ではそこまで有名ではなかったのですが、近年和菓子が少々ブームになり、需要が増えたので当店でも扱うことにしたようです」

実は私も、その名前だけは知っていた。師匠の河田屋《かわだや》のような個人店の店先に、『花びら餅あります』と張り出された紙を見たことがあるのだ。でもそれが、こんなお菓子だったとは。

特徴的なのは、かしわ餅のように二つ折りになったお餅の間に、棒のようなものが挟まっていること。

「あ、お客さまはこれを見てスティックと言われたんですね」

アテンダントさんがつぶやく。

「けど、スティックというのも今にしてみれば微妙な表現ですね」

確かに。棒と言われたら棒だけど、スティックという言葉からは、それが食品の一部だとは想像できない。

「これは甘く煮た牛蒡《ごぼう》です。花びら餅が供《きょう》される行事は、もともと歯固めが元になっているので」

「ところでさっきから気になっていたんですけど、歯固めって何でしょう」

「歯で物をきちんと噛《か》むことができるように、齢《とし》を重ねる。つまり健康に過ごしていきましょうという意味合いの行事です。なのでお菓子になる前は干した肉や野菜、魚などを食べていたらしいですよ」

それはもしかするとスルメ的な？　確かに硬いものを噛むことは、健康でなければできないことだけど。

頭の中に「いーっ」って硬いものを噛んでいる平安貴族が浮かんできて、私はこっそり笑ってしまう。

「その供されるものはやがて、菱葩という押し鮎《あゆ》の入った汁気のない味噌《みそ》雑煮になります。薄い餅と味噌餡と椀《わん》の上に載せられた一文字の鮎。その鮎を甘く煮た牛蒡で模したのが、花びら餅です」

ちなみに現在の天皇陛下もこの行事を行われ、菱葩を召し上がっておられるんですよ。そう言われて、私はめまいがしそうになる。平安時代から現代まで、歴史と今が地続きすぎる。

「スティックの正体と販売時期はわかりましたが、それがなぜ宇宙になるんですか？」

アテンダントさんがもう一つの謎に切り込む。すると立花さんはにこりと微笑んで、さらなる説明を始めた。

「花びら餅は、丸いお餅の上に菱形の薄い羊羹《ようかん》や餅を重ね、そこに味噌餡と牛蒡を載せてくるみます。この『円と方形（四角）』が、陰陽道における陰と陽、天と地を表しています」

「天と地……」

私のつぶやきに、立花さんはうなずく。

「天と地。陰と陽。女性と男性。ものごとを二つに分けて考える陰陽道では、その二つを重ねあわせることによって全世界、ひいては全宇宙が完成するということになります」

「なんかすごくスケールが大きいというか」

「『壮大』でしょう?」

立花さんの言葉に私はぶんぶんとうなずく。

「ちなみに菱形の部分は、雑煮の人参《にんじん》をイメージしたものなので、薄い赤や桃色にしてありますが、これもまた陰陽道的には餅の白との対比です。暖色と寒色。相反する二つのものの和合《わごう》で、全宇宙を表しています」

聞けば聞くほど、深いというかすごいというか。それはアテンダントさんも同じだったらしく、驚いたように画面を見つめている。

「本当に『壮大で華麗な物語』ですね」

しかし、資料を見ながらとはいえよくここまですらすらと説明できるものだ。立花さんのお菓子に関する知識は、百科事典レベルな気がする。

けれど、それでもまだ小さな疑問が残った。

「あれ？　でも年始のお菓子で販売も一月からなのに、お友達はなんで『この時期』と言ったんでしょうか」

それには、アテンダントさんが答えてくれた。

「こちらはおそらくですが、お友達の方は花びら餅の販売期間を『クリスマスから始まるホリデーシーズン』だと思われていたのではないでしょうか」

「ホリデーシーズン？」

「はい。欧米の方にとっては、年末年始のメインはクリスマスです。そしてクリスマス前後から年始、一月の一週目くらいまでをまとめて『クリスマス休暇＝ホリデーシーズン』と捉えることが多いようです。

つまり彼らは、一月一日をあまり重要視していない。なので年始もひとまとめにして考えられたのかと」

なるほど。『休暇のあたりで』って言われたのなら納得する。

「実際、年末から花びら餅を販売しているお店もありますから、間違いとも言えませんね」

立花さんの言葉を聞いて、私は「もしかして」と声を上げた。

「じゃあもしかして、もう売っているお店もあるんじゃないですか？」

それに伴い、立花さんとアテンダントさんが同時にはっとしたような表情を浮かべる。

「そうですね。前回は『宇宙モチーフのお菓子』としてしか検索していませんし」

すいすいと画面を操作して、アテンダントさんが情報を検索した。

「ああ、ありました。さっそくこれをお客さまにお伝えしますね。あと、立花さんのおっしゃっていた花びら餅に関するお話も、お伝えさせていただきます」

詳しいお話、ありがとうございました。アテンダントさんは軽く頭を下げてから、あたふたと去っていった。

*

翌日。私が出勤すると再びアテンダントさんがお店に来ていた。

「あ、梅本さん。お待ちしてました！」

そう言いながら、タブレット端末の画面をこちらに向ける。

「さっそくお客さまから、返信がありました。それをお伝えしたくて」

まだ午前中なので、お客さまの姿は少ない。さっそく画面を見てみると、そこには『Thank you!』の文字があった。

『『短い時間の間に調べてくれてありがとう。おかげで花びら餅を食べることができました』と書いてあります」

「わあ、よかったですね！」

「それと、東京デパートの接客、店員は素晴らしいとも」

「え——」

「最初にこの方の対応をされたのは、梅本さんですよね」

そう言われて、私は手を横に振る。

「いいえ。私、英語が全然できないので、役に立ってないです」

「お客さまは、こう書かれてます。『優しく微笑んでくれて、味見をさせてくれた。それがとてもおいしかったから、気になっていたお菓子ももっと調べてみようという気持ちになった』」

気持ちが、ほわりとあたたかくなる。

「梅本さんのおかげで、この方のご旅行はとても楽しいものになったと思いますよ」

こんな私でも力になれたと思うと、なんだかすごく嬉《うれ》しい。

「ちなみにこの方は、小さい頃からずっと天文学がお好きだったようです。しかし仕事は違う分野に進んだため、余裕ができた今、ようやく自分の好きな勉強をするために大学に通い直しているところだとか」

「通い直す……」

大学って、大人になっても行けるんですね。私がつぶやくと、アテンダントさんが微笑む。

「多くの大学は、年齢制限がありません。義務教育ではなく、学びたい人が学びたくなったときに行くべき場所だからです」

それってもしかして、私が行きたいと思ったときに行けるってこと?

試験に合格するかどうかの問題は横に置いといて、そういう道もあるというのが新鮮だった。

高校を卒業して、浪人をしても誤差数年で大学に入って、それから就活して就職して。そういうベルトコンベアーみたいな流れを外れたら、もう一切戻れないんだと思ってた。でも、違うんだ。

大人でも、学べるんだ。

＊

お母さんと一緒に、件《くだん》の振り袖のお店に来ている。

「あら、素敵。本当に緑が似合うわね」

「着てみるまでは、すごく迷ったんだよ」

やっぱり赤の方がお母さんが喜ぶかなとか、同じ緑でも値段の安いものはどうなのかなとか。口には出さなかった迷いが、山ほどあった。

「一生に一度のことですもの。迷われない方はいませんよ。決めた後、直前まで変更を繰り返す方もいますしね」

店員さんの言葉に、ふっと肩が軽くなる。

「あっちもよかった、って思うんでしょうね」

それは、シュークリームと大福みたいに？

「でもね、それはそれでいいと思うんですよ。大きなお買い物ですし、これから大人になろうという方が迷うのは当然です。むしろたくさん悩んで、好きなものを選んでいただけたらと思います」

悩んで。選んで。また悩んで。選び直して。

そうやって、将来は決まっていくのかもしれない。

＊

振り袖も決まり、すっかり気持ちが楽になった年末。

食料品フロア全体の朝礼で、フロア長から各レジにタブレット端末が配られると告げられた。

「この端末には東京百貨店の情報は当然として、多言語の翻訳ソフトが入っています。ネットにもつながっているので、外国からのお客さまにはまずこれで対応して、さらに詳しく対応が必要になったらアテンダントさんを呼んで下さい」

おお、という声があちこちで上がる。

「うちは古い百貨店だから、こういうのの導入は遅いと思ってたよ」

そもそもあたしらに使いこなせるかねえ。お酒売り場の楠田《くすだ》さんがぼそりとつぶやく。

するとそれに椿店長が応える。

「もう使いこなしてるじゃありませんか」

「え？」

「豊富な知識を状況に応じて出して下さる。楠田さんは、ここの検索エンジンみたいなものです」

それを聞いた楠田さんは、しかめ面をして「口がうまいね」とつぶやいた。

年末商戦が、始まる。

こころの行方

Anne to Aijo

65

ちょっと変わったかも。

最近売り場に立っていて、そう感じることが増えた。それはたとえばお店に若いお客さまが増えたり、和菓子に新しいデザインが増えてきたとき。

(もしかして和菓子、人気出てきた?)

和菓子は年輩の人が好む、地味なもの。冠婚葬祭に必要だけど、あまり普段使いはしないもの。上生菓子は特別なときにしか出さないもの。そんなイメージから、なんとなく変わってきている感じがするのだ。

理由はたぶんたくさんあって、あんこは豆だから食物繊維が豊富とか、形を作りやすいからデザイン性に優れているとか、四季折々のイベントに合わせやすいとか、色々。さらに最近のお店はパッケージにも力を入れているし、見ていて楽しいものも多い。たとえばお煎餅《せんべい》が春には桜の形になり、冬には雪だるま形になっていたりして。そしてそんな可愛い和菓子を特集のテーマにした雑誌や旅行ガイドなんかも、増えてきた気がする。

あと、売り手の側も変わった。ぱっと見てわかったのは、お店に若い人が増えたこと。以前は作り手も売り手もベテランの人が多かった印象だけれど、今は売り子さんや実演販売の職人さんにも若い人が多くて、活気がある。

和菓子に人気が出ることは、すごく嬉しい。可愛いお菓子は私も食べたいし、職人さんの仕事が評価されるのも素晴らしいことだと思う。ただ、個人的にちょっと、ほんのちょっとだけ困っていることがある。

それは、お店がお洒落になりすぎること。ちょっとみつ豆を食べようとしたら、甘味屋さんが和風カフェになっていたり、大福を買おうとした店先がガラス張りのギャラリーみたいな空間になっていたりとか。

（悪いことじゃない。むしろいいことなんだけど……）

でも、私にとっては入りづらい。真っ白な店内で、すらっとした店員さんに「みつ豆でございますね？」なんて言われたら緊張してしまう。ていうかそもそも、そんなお店に一人で入る勇気はない。

そう、私には勇気が足りない。一人ご飯は社食が精一杯で、外でとなると馴染みのファストフードに逃げ込んでしまう。でも、そんな私でもなんとか入ることのできる唯一のお店がある。それは、甘味屋さん。

民芸調というのか、和風のテーブルとお座布団の載った椅子。店員さんはたいてい年輩の女性で、全体的に地味で落ち着いた雰囲気。メニューも落ち着いていて、カタカナは少なめ。クリームみつ豆の「クリーム」が唯一といったところ。お客さまも年輩の人や女性の一人客など、静かな感じ。賑《にぎ》やかな女性グループも来るけど、たいていはおばさま方で、自分たちのお喋りにのめり込んでいるから、私的には気にならない。

つまり私は、お洒落な空間で誰かに見られたりする感じが、すごく苦手。他人はそんなに人のことを見ていない、ってよく言われるけど、私はそうでもないと思う。だって私自身が、結構見てしまうから。

そんなわけで、和菓子が人気になるのは嬉しいけど、ひっそりとした甘味屋さんは残っていてほしいと思う、わがままな気持ちの今日この頃。

＊

ジャンルとして人気が出ると、二月が忙しくなる。

「今年のバレンタインフェアは、和菓子部門のスペースが増えるそうよ」

無事に成人式も終わった一月中旬。椿店長が来月のフェアのパンフレットを広げている。

「みつ屋も参加することになったから、二月頭からの二週間は、通常のシフトに加えて催事場に一人、入らなきゃいけないの」

「なるほど。だとするとちょっと人手不足になりますね。応援を呼びますか？」

立花さんの言葉に、私と桜井さんはどきりとする。以前、椿店長が不在のときに応援で来た年輩の社員さんが、ものすごくきつい人だったのだ。

「そうね。今回はバレンタインだから、できれば催事の得意な若手の人を頼もうと思うの」

それを聞いて、私たちはほっと胸を撫《な》で下ろす。若い人なら、話もしやすいだろう。

「じゃあ本社にメール出してきますね」

立花さんはメールを打つためバックヤードに行き、残された私たちは二月のお菓子の情報を読んだ。バレンタインフェア用のお菓子はいつもと同じ三種類だけど、個包装やパッケージングで多少日持ちするものが用意されている。

『こい』は濃厚な生チョコ入りの桃山《ももやま》……おいしそうですね」

私のつぶやきに、桜井さんがうなずく。

「ハート形で可愛い。あ、小鳥モチーフのは透けるお餅の中に抹茶チョコ餡で『春告鳥《はるつげどり》』だって。鶯《うぐいす》の緑ってことかな」

そして最後の三つめは、珍しいことに金柑《きんかん》が丸ごと使われた一品。

「金柑を丸ごと甘露煮にしてから、中をくり抜いてホワイトチョコを混ぜた白餡が詰めてあるんですって。すごく手が込んでるわね」

椿店長の指先にある写真を見ると、金柑がうっすら透けていてとても綺麗。オレンジというより、まさに金色。名前は『こころ』。コロコロした見た目ともあって、すごく可愛らしい。

「チェリーボンボンみたいですね」

どうやらシロップに甘口の日本酒が入っているらしい。すごくおいしそうだけど、お子さん連れの方には注意が必要だ。

「通常の上生菓子は『福寿草《ふくじゅそう》』と『ひいらぎ』、それに『懸想文《けそうぶみ》』かあ。ん？　懸想文ってどういう意味でしたっけ」

首を傾げる桜井さんに、椿店長が微笑む。

「簡単に言うと、恋文。ラブレターね」

「ああ、だから『ぱたん』って折りたたまれた感じなんですね」

『懸想文』は平らなねりきりで、黄身餡《きみあん》を挟み込んでいる。文であるところのねりきりは淡いピンクで、端に梅の花がぽちりと添えてある。手紙を止めるシールのような飾りだろうか。可愛いし、ロマンチックなお菓子。でも私の感想は、ぜんぜんロマンチックじゃなかった。

「――みつ屋の黄身餡、おいしいですよね」

「梅本さん……」

桜井さんと椿店長が「これはあかん」という表情で私の方を見た。

でもね、みつ屋の黄身餡は本当においしい。他のお店と作り方がどう違うかは知らないけど、コクがあってとろんとして、でも餡だから後味はさらりとして、すっごくおいしい。これがバターのきいた桃山に入っているお菓子をお土産屋さんでよく見るけど、みつ屋の黄身餡で作ったらきっと、ものすごくおいしいんじゃないかと思う。

資料をバックヤードに置いてきてもらえる？　そう言われて、私はバックヤードをノックした。

「はあい」

裏なので、当然のように乙女な返事。

「失礼します。バレンタインフェアのファイルを置かせて下さい」

「はい、どうぞー」

乙女こと立花さんは、いつもは店長が使うパソコンの前でメールを打っていた。

「ねえアンちゃん、『若い』っていくつまでだと思う?」

「え? うーん、そうですねえ。二十代まで、って感じでしょうか」

「だよねえ、でも『若手』っていうと、結構広がっちゃう気がしない?」

確かに。『若手の職人さん』と言ったら、二十代後半から三十代でもあり得るし。私がうなずくと、立花さんは困った表情で手を頰に当てる。

「なんかね、メールの書き方って難しいよね」

私はこういうお仕事のメールを書いたことがないのでよくわからないけど、人を頼むのは確かに表現が微妙だと思う。年齢を指定するのも失礼だし、かといって超ベテランのおばさまが来てしまったら雰囲気が違うし。

「やっぱり椿店長の言ったまま、『催事の得意な若手の方』って書くしかないみたい。店長、ホントそういうとこうまいなあ」

誰をも不快にさせない言葉の選び方。丁寧だけれども、きっちり釘《くぎ》を刺すことのできる態度。椿店長は、デパートという場所を知りつくしている。ひいては、会社員としても優秀だということなんだろう。

「あ、そういえば」

立花さんが振り向く。

「成人式、どうだった？」

「あ、えーと、楽しかったです」

悩んで決めた振り袖を朝早くに美容室で着つけてもらい、友達と一緒に区民ホールで開催された『成人のつどい』に行った。ちょっと気恥ずかしかったけど、会場では小学校の頃の友達にも会えてよかった。

「そうなんだ」

「そうそう、楽しかったといえば、会場に無料の屋台がいくつもあったんですよ。お祝いのお餅のパック詰めに、おにぎり、焼きそば。豚汁《とんじる》なんかもあってびっくりしました」

中でもお餅はその日のつきたてらしく、ほんのり温かくてすごくおいしかった。種類はきな粉とあんこと磯辺《いそべ》だったのだけど、私は着物にこぼしてしまうのが怖くて磯辺を選んだ。

「それが、本当においしくて！　思わず表示のシールを見たら、ちゃんと和菓子屋さんの名前で、嬉しかったです」

「アンちゃん……」

今度は立花さんが「これはあかん」の表情を浮かべる。

え。だって和菓子がおいしいって、良い話じゃなかった？

＊

「あー、それは遠回しに成人式の写真を見たがってたんじゃないの」

バックヤードで上がり支度をしていた桜井さんが、ため息をつきつつ言った。

「え？　なんで？」

あ、もしかして着物の柄の流行りが和菓子の流行に関係あるとか？　私がそう答えると、桜井さんはついに天を仰いだ。

「こりゃダメだ」

「えー、つまりそれは……」

「梅本さん、この際だからはっきり言わせてもらうけど」

「うん」

「あ、でも余計なおせっかいはよくないなあ」

「うん？」

「言わせてもらいたいけど、言って好転するか保証はないし」

つまり何が言いたいのか。ぼんやり待っていると、意を決したように桜井さんは言った。

「梅本さんにはちょっと、その――乙女っぽい想像をする力が足りないと思う」

「うん」

自覚はある。でもその力は別になくても困らなかったし。

「だからその——あーもう!!」

めんどくさっ！　桜井さんは小声で叫ぶと、私の肩に手をかけた。

「梅本さん」

「はい」

「梅本さんと立花さんは、どんな関係か考えてみて」

「どんな関係って……」

アルバイト先の上司と部下。でもたまにお茶したりする。あ、中華街も行った。あとスイーツ仲間。それはたぶん合ってる。

「その上で、なんで振り袖姿を見たいかって考えて」

なんでって。スイーツ友達で、みつ屋で出会う喜びや悲しみを分け合う人で、それってつまり——。

「友達」

「はい？」

「友達だと、思ってくれてるのかもしれません。年下だし、こんな私ですけど」

だからこそ、悩みを打ち明けてくれた。励ましてくれた。だからおこがましいけど、想像してみた。乙女ならきっと、立場や年齢の差なんて「関係ないから！」って言ってくれると思うから。

「友達の晴れ姿、私は見たいです」

「あ、うん――」

勇気を出して言ったのに、桜井さんはなぜかぐんにゃりと肩を落とす。

「ま、友達として見せてあげなよ」

店内用バッグを腕にかけると、桜井さんは振り返る。

「あ、その前に私にも見せて」


というわけでデパートのシャッターが閉じたあと、私は自分のスマホを取り出して写真を見てもらうことにした。

「あの――」

「ん？」

立花さんと椿店長が、同時に振り向く。

「えっと、先日お休みをいただいた成人式の写真があるんですけど……」

なんか自分から見てっていうのは恥ずかしいな。そう思っていると、二人がすごい勢いで寄ってくる。

「えっ、見せてくれるの!?　見たい見たい!!」

椿店長、近い。

「やだ、見たいに決まってるじゃないですか!!」

立花さん、閉店後だけど店内なのに、乙女漏れてる。

「あ、ありがとうございます」

ちょっとびっくりして、怯《おび》えたような声が出てしまった。だってなんか、圧がすごい。

「何色？　ファーはつけたの？　あ、緑なのね！　似合ってる！」

「白の桜が流してある。え？　レンタル？　でもしっかりしたお店だと思う！　帯はふくら雀ね。よくできてる」

「うんうん、いい。立て矢もいいと思ってたんだけど」

「店長、私は華文庫《はなぶんこ》推しでしたよ」

「あー、そっちもいいわね。梅本さんに似合いそう！」

二人の言葉を聞いて、私は瞬時に後悔した。そうだ。この二人は和菓子だけじゃなく、日本文化全般の知識が豊富なんだった。

きゃあきゃあと声を上げる二人に、通りかかった楠田さんが目を留める。

「おや、椿店長がはしゃぐなんて珍しいね。何を見てるんだい」

「あ、楠田さん。見て下さい！　彼女、この間成人式だったんですよ！」

ううう、恥ずかしい。でも楠田さんならクールに対応してくれるだろう。そう思っていたら、楠田さんは小さくつぶやいた。

「ふん、可愛らしいこと」

え？

「いいね。眩《まぶ》しいくらいだよ」

いつもの「仕事人」みたいな表情のまま、楠田さんは私の写真を褒《ほ》めてくれる。

「うん。人生の節目ってのは、こうやって祝わないとね。いいものを見せてもらったよ」

おめでとう。そう言われて、私は慌てて頭を下げる。

「ありがとうございます！」

楠田さんは軽くうなずくと、お惣菜《そうざい》売り場の安売り弁当コーナーへと向かった。

その方向に向かって頭を下げている私に、今度は違う声がかかる。

「あのう、さっきから何を見てるんですか？」

お向かいの『K』の柘植《つげ》さんと柏木さん。

「えっ。あの――」

さすがに関係なさ過ぎる。そう思って言葉を濁《にご》すと、背後から椿店長の声がした。

「梅本さんの成人式の写真を見せてもらってるんですよ」

「へえ。そうなんですか」

それはおめでとうございます。柘植さんはそう言って、自分の店の後片づけに戻った。その普通な対応にほっとしていると、柏木さんがこちらをうかがうようにして言った。

「あの、私にも見せていただけますか」

え？　思わず振り返ると、椿店長がスマホを差し出さんばかりに「梅本さん、いいかしら？」と構えている。

「ええと」

すると立花さんが、乙女をすっと引っ込める。

「梅本さん。他店の方ですが、お見せしてもよろしいのでしょうか」

「あ、その――」

見せない方がいいのかな。正直その方が助かるし、これは友達である乙女からの助け舟のような気がする。でも楠田さんにも見せたし、ここで柏木さんだけに見せないというのも悪いような。

「――どうぞ」

ああ、なんかもうどうにでもなれという気分。柏木さんは、画面をじっと覗き込んでいる。

「うん、素敵ですね。色がとても良く似合っています」

ありがとうございます。私は小さな声でつぶやく。もう、本当に恥ずかしい。ていうかなんで柏木さんまで見たがるんだか。

すると立花さんが、私の気持ちを代弁してくれた。

「しかし柏木さん、なぜ梅本さんの成人式の写真を見たいと思われたのですか?」

さすが友達。よくわかってる! 私が心の中でうなずいていると、柏木さんはにこりと笑う。

「ちょっと、着物に興味があったんです。実家の方が、反物《たんもの》が有名な土地なもので」

「――加賀友禅《かがゆうぜん》ですか」

立花さんが、ぼそりとつぶやく。

「さすが立花さん。よくご存知ですね!」

「確かに、この着物はそれっぽい図柄ではあります」

加賀友禅。私も名前だけは聞いたことがある。有名な金沢の着物だと思うんだけど、どこがどう「それっぽい」のかわからない。

「立花くん、加賀友禅と京友禅の違いってどこなの？」

椿店長も、そこまでは知らなかったらしい。

「――簡単に言うと、京友禅は図案調で都会派。加賀友禅は花鳥風月《かちょうふうげつ》を描いた絵画調で自然派といった感じです」

「なるほど。確かにこの着物は、自然っぽいわね。桜の花だけじゃなく葉も描かれているし」

とはいえ、私が着たのは「加賀友禅ふう」だろう。でないと、あのお値段ではとても借りることができない。

「加賀友禅は、ちょっと面白いんですよ。自然と写実を極めた結果、面白いものを描いてしまったんです」

何かわかりますか？　柏木さんの質問に、立花さんが眉間に皺を寄せる。

「――それはなんですか」

「虫食いです。加賀友禅の職人は自然描写を極めたあまり、自然のマイナス部分まで描いてしまった」

それを聞いた立花さんは、はっとしたように表情を変えた。

「病葉《わくらば》のことを聞いた覚えがあります」

わくらば、って何ですか。私がたずねると、椿店長が「傷んだり腐った葉のことよ」と教えてくれる。

「腐った葉っぱまで、着物に描くんですか？」

私の言葉に、柏木さんは苦笑した。

「ドロドロに腐ったようなものは、さすがに描きませんよ」

「そうなんですね」

「葉の縁が少し茶色くなっていたり、欠けていたりといった程度です。それもデザイン的に、枯れた茶色や黄色を入れてふさわしい場合に限ります。全部の加賀友禅が虫食いを入れているわけじゃないんですよ」

柏木さんの説明に、立花さんがうなずく。

「とても現代的な感覚ですね。始まったのは、江戸時代ですか？」

「はい。江戸中期らしいです。もともとは京友禅の絵師が晩年に加賀藩で始めたとか」

「ということは、デザインを極めた後《のち》の写実。面白い。通常はピカソや光琳《こうりん》のように、写実を極めてから余計なものを削《そ》ぎ落としてデザイン的になっていくものなのに」

「そうですね。そう言われると、珍しい流れかも」

光琳って、『光琳菊』の光琳のことか。頭の中に、ぽこんと丸いお花の形が浮かび上がる。あれはつまり、菊から色々な物を削ぎ落として取り出したイメージということになる。

（確かにあの菊は、都会的でシンプルなデザインって感じがする）

それは、どことなく和菓子とも通じているようにも思えた。実際の花や自然の風景をシンプルにして、お菓子として形作る。イメージを取り出すという意味では、同じなんじゃないだろうか。

私が考え込んでいると、椿店長が「ああ」と声を上げた。

「回帰、ということはないかしら」

私は意味がわからず、首を傾げる。

「さっき柏木さんは『晩年』って言ったでしょう？　その絵師は、京都という都会でデザインを極めて、金沢という田舎に移ったわけよね。だったら、先鋭的なものには飽き飽きしてて、自然派に回帰してもおかしくないんじゃないかしら」

その言葉に、柏木さんと立花さんが「それはありそうですね」と同時にうなずく。

「ええと。それってつまり、おじいちゃんが都会に疲れて自然に癒《い》やされたくなったってことですか」

柏木さんと立花さんが、今度は同時にぶっと噴き出す。

「みもふたもない」

「梅本さん、そのまますぎでしょう」

くくくと笑う二人を見て、私は恥ずかしくなる。

「いや、すみません。合ってるんですよ。合ってるんですけど」

柏木さんは、笑いのスイッチが入ってしまったらしく笑い続けている。その隣で立花さんが、笑いをこらえながら言った。

「癒やされるというか、この場合は美意識が変わったのかもしれません」

立花さんは、カウンターの中に活《い》けてある一輪挿しを示す。

「破綻《はたん》がなく、完全に整ったデザインはもちろん美しい。けれど現実の花は咲き、散り、やがて枯れるものです。自分も人として枯れつつある中で、本当の花を描きたいと思ったら、そこまで描かなければと思ったのかも」

「自然は不完全である、という美意識ね」

それって、すごく面白い。絵や柄は綺麗に整っているのが一番だと思っていたのに、傷んだ葉っぱがあってもいいなんて。

(綺麗にも、色々あるんだな)

三人の話を聞いていて、私は人生で初めて着物の柄や日本画に興味を覚えた。


柏木さんがお店に戻ったあと、ようやく私たちは閉店作業に戻った。

「梅本さん、騒いじゃって迷惑かけてしまったわね。ごめんなさい」

椿店長の申し訳なさそうな顔を見て、私は慌てる。

「そんな、迷惑だなんて。祝っていただいて、嬉しかったです」

「そう?」

「もちろんです。立花さんにはもともと、見てもらおうと思ってましたし」

「あら」

椿店長は、ケースに埃《ほこり》よけの布をかけている立花さんを見てふっと微笑む。

「その——乙女的には、振り袖とか好きかなって」

ちょっとだけ嘘。ここで「友達」と言うのは、さらに気恥ずかしいし。

すると今度は、椿店長が噴き出す。

「ああ、ね。確かに乙女はね、好きそうよね。振り袖」

＊

東京デパートのバレンタインフェアは、一月の最終週から、二月十四日まで。そしてフェアの前日、応援の人との顔合わせがあった。

「明日から二週間、お世話になります」

開店前のみつ屋でぺこりと頭を下げたのは、桐生《きりゅう》さんという女の子。セミロングの髪を後ろできゅっとまとめていて、おでこが出ている。

「来てくれてありがとう。そちらもバレンタインは忙しいでしょうに」

「いいえ、大丈夫です。うちの店は忙しいとはりきるタイプが多いので」

桐生さんは私や桜井さんと同じくらいの歳に見える。でも、すごくしっかりした感じ。

「お店は空港店だったわよね」

「はい。でも空港が一番忙しいのは盆暮れ正月に大型連休ですから、今はマックスじゃないんです」

みつ屋に空港店があるのは、パンフレットで知ってた。でも行ったことがないので、規模や忙しさの想像がつかない。

「空港店は、使えるスタッフしかとらないと評判ですね」

立花さんの言葉に、桐生さんがにこりと笑う。

「ですね。でも私なんてあそこじゃまだまだです」

お化粧はしているけど控えめで、清潔感もあって、笑顔がさわやか。

(こういう人のいるお店は、買いやすそうだなあ)

私が桐生さんに見ほれていると、椿店長が「あ、そうだ」と両手を合わせた。

「梅本さん、これから桐生さんに東京百貨店の中を案内してあげて」

「え、私でいいんですか?」

「もちろん。催事場への通路や、お手洗いの場所、休憩所に社員食堂。あとは——」

椿店長の言葉を受け取るように桐生さんが続ける。

「両替所と配送受付、とかでしょうか。あ、台車専用のエレベーターとかがあるなら、そちらも」

「そうそう。さすがわかってるわね」

すごい。私なんて催事場への案内しか考えてなかった。きっと空港店だと、全国へ発送する機会が多いんだろうな。

「梅本さん、よろしくお願いします」

「はい。こちらこそ、よろしくお願いします！」

桐生さんと私は、お互いにぺこりと頭を下げた。


催事場は今回、一階に設けられている。東京デパートは大きなターミナル駅に直結しているので、その人の流れを取り込もうということだろう。

「東京デパートさんも、バレンタインが一階に降りてきてるんですね」

桐生さんは周りのブースを確認しながら歩く。

「はい。上にも広い催事場があるんですけど」

どうしてなんですかね。何気なくつぶやくと、桐生さんは「ん？」という表情になる。

「一階でやる理由は、チョコレートは利益が確実だと見込まれたからですよ。一粒五百円のチョコでも、買う人は買うから」

「ああ、確かにそうですね」

「あと、ショコラティエのスター化」

「写真撮ったりしてますもんね」

私が言うと、桐生さんはふっと真面目な表情になった。

「ただ最近は、その先に行ってる気がするんです。そのスターが、次にどういう理由でどんなチョコを作るのかという興味。スターをちやほやするだけじゃなくて、その先のことが知りたいみたいな」

その先、というのはどういうことなんだろう。

「どんな素材を選ぶか、とかでしょうか」

「はい、そんな感じです」

みつ屋のブースに着くと、桐生さんはまず外からブースを眺め、次に中に入ってから周囲を眺めた。

「梅本さん。そこから私の身体は、どれくらい見えますか？」

「え？　ええと、胸の下までです」

「じゃあちょっと下がってもらって、会場の入口から、歩いてきてみて下さい」

言われるがままに、入口からみつ屋のブースを目指して歩く。

「どの辺《あた》りから、私が見えましたか」

「んー、最後の角を曲がる前ですね」

これはどういう意味なんだろう。不思議に思ってたずねると、桐生さんはにこりと笑う。

「声量の問題ですね。この通路に人が一杯いて、ギリギリ見えるところまでの距離。そこまで届く声を出したいと思うので」

「すごい。そこまで考えてるんですね」

「空港はいつも混んでますし、飛行機のアナウンスで声が聴き取りにくかったりするんです。だから私たちは皆、声が届くかどうかいつも気にしています」

次に桐生さんは、品物の置き場所を移動する。カウンターの裏側に詰められている箱を、左右に振り分ける。季節のお菓子以外に乾き物として用意されているハート形のお煎餅のパックや打ち出しの干菓子も左右にずらして、正面には何も置かない。

私が見ていると、桐生さんは「ここはコックピットみたいなものだから」と言った。

「ここに入るのは、ほとんど一人でしょう？　だったら小さな動線を作っておかなきゃ。左右に品物を置くのは、正面よりも身体が隠れる時間が短いから。なんなら、顔だけ出しながら身体を傾けて取れるし」

「すごい。そんなこと、考えたこともなかったです」

私の言葉に、桐生さんは照れくさそうに笑う。

「そんなすごくないですよ。私なりのやり方なので、みんなにお勧めできるわけじゃないですし」

いやでも、本当にすごい。催事が得意というのは、こういうことなんだな。

「私、とにかく和菓子を売りたいんですよ」

「とにかく売りたい？」

「はい。安いお饅頭でも利益を上げたら、需要があると思われて単価の高い商品が出ますよね。そしたらチョコレートみたいに、ひとつ五百円でも普通に売れるようになる。ううん、和菓子のいいものはすでにそのレベルだから、千円を狙いたい。そういう流れになれば、商業施設の側から『売れるジャンル』だと思われて、常に一階が狙えるようになると思うんです」

ビジョンが明確すぎて、なんて返せばいいかわからなかった。

「あの――桐生さんは、社員さんなんですよね」

だから先のことを考え抜いているのだろうか。

「はい。梅本さんもそうですよね」

「いえ。私はアルバイトです。だからここのお店しか知らなくて」

それを聞いた桐生さんは、軽く首を傾げる。

「でも、お店の方とすごく馴染まれてますよね。もう長いんですか」

「二年――くらいです」

「じゃあ社員を目指されてる？」

なんとなく、そうなりたいなという気持ちはある。でも私は会社でやっていけるのだろうか。師匠のお店みたいな個人店の方が向いているんじゃないかとか、ずっと気持ちが揺れて決めきれないでいる。

「みつ屋は、長いアルバイトさんを社員に推薦してくれることがありますよ」

「あ、はい。それは知ってます」

最初に貰った書類に書いてあった。希望を出せば審査の後に、採用すると。

「私はきっかけが、高校時代のアルバイトだったんですよ」

「そうなんですか」

「偶然、催事のときのアルバイト募集でみつ屋に入って。それですごく楽しかったから、高校を卒業してすぐ就職したんです」

「すごく……しっかりされてますね。私は二年前、そんな風に決められなかったです」

なんていう違いだろう。私が軽く落ち込んでいると、桐生さんが「えっ」と声を上げる。

「もしかして二年前に、高校を卒業？」

「はい」

「私もです」

てことは、同い年⁉

「うわあ、偶然ですね！」

私たちは顔を見合わせて、笑いあった。

うん。これから二週間、楽しく過ごせそう。

*

いよいよ始まったバレンタインフェア。午前中、「見学ついでに届けてきて」と椿店長に包材《ほうざい》を渡された。

一階に上がると、いきなりざわめきが耳に入る。普段の午前中は、一階に人がこんなに入ることはない。でも今は、入口近くの催事場に人だかりができている。

（さすがだなあ）

有名なショコラティエのチョコは売り切れてしまうから、朝早くから来る人も多い。いつもとは違う熱気に圧倒されながら、私はみつ屋のブースを目指す。

するとと、声が聞こえた。

「はい、こちら和菓子のみつ屋です！　和菓子店が手がけた、味は確かなショコラ入りの和菓子です」

桐生さんの声だ。

「こちらのショコラ和菓子、お日持ちもいたします。一つ売りもセットもございます。いかがですかー？」

よく通る、明るい声。それを耳にしたお客さまが振り返ると、すかさず目を合わせる。

「普通のチョコレートもいいですけど、ちょっと目先を変えたくなったりしませんか？」

あるいは、すでにいくつか買っている方に。

「最後の買い足しなら、和菓子ショコラはいかがですか？　年輩や目上の方にもおすすめですよ」

それでお客さまはなんとなく足を止め、桐生さんの近くに寄ってくる。

「『こい』は濃厚な生チョコ入り、『春告鳥』は抹茶チョコ、『こころ』はホワイトチョコが入っております」

「へえ。可愛い」

お客さまは三種類がセットになったものを見つめる。

「三個セットは、お好みが分かれても安心なのでおすすめですよ」

桐生さんの言葉に、お客さまはうなずく。すると突然、後ろから見ていた人が「二箱ちょうだい」と声を上げた。そしてそれにつられるように、前の方もお買い上げ。

桐生さんはてきぱきと品物を作り、左右からお会計のトレーを差し出す。レジは数店舗共用のものだから、「申し訳ありません。共用レジなので順番が前後することがございます」と言いながら受け渡しをする。

流れるような動き。途切れない笑顔。

「梅本さん」

小声で呼ばれて、はっと我に返る。

「ごめんなさい。ちょっと見とれてしまって」

すると桐生さんは困ったような表情を浮かべた。

「そういうのは、後でいいです。持ってきていただいた包材、早く置いて下さい」

「あ、ごめんなさい」

私は慌てて包材をカウンターの中に並べる。しゃがんでカウンターに隠れた私に向かって、桐生さんは前を向いたまま話しかける。

「一日めの午前中は、かなり大事な時間です。ここで買って気に入って下されば、期間中にもう一度買ってもらえる確率が上がりますから」

早口で言い終えると、すっと背筋を伸ばした。

「みつ屋の和風ショコラでーす！　今年初出店、可愛い小鳥のモチーフもございます。初めての出店でーす！　お一ついかがですかー？」

　ぴんと張った声。私はそれを聞きながら、包材を揃える。催事は忙しいから全体をくるむ包装紙はなし。そのかわり手提《さ》げ袋を三種類と、プレゼント用にリボンつきのシールを揃えてある。

　桐生さんが空けたカウンターの真ん中。そこにシールから並べていると、上から「シールは一番下でお願いします」という声が降ってきた。

「バレンタイン商品はもう包装済みのものがほとんどです。そこにあえてシールを希望される方《かた》の方が少数です。使用頻度の少ないものは下に」

「あっ、すみません」

「あと、昨日も言いましたけど正面は身体が隠れるので困ります。包材も左右に散らして下さい」

「はい、ごめんなさい！」

　そこで小さい紙袋を右、大きめのものを左側に置こうとしたところでまた声がかかる。

「よく見て下さい。私がもう置いているのがわかりませんか？　左右、両方に全部の種類を並べて下さい」

　見ると、確かに全部のサイズが両方に置いてあった。

（でもこれ、逆に散らかるんじゃ）

　そう思った瞬間、桐生さんの身体が左にさっと傾く。

「はい。一個入りをそれぞれ、計三個ですね。ありがとうございます！」

下ろされた左手がお菓子の小箱を集める。顔はかろうじてカウンターから出たまま。

「ではお会計、千二百円になります」

右手でトレーを出して、左手で小箱をカウンターに載せる。それぞれの箱に貼られた表示ラベルでお客さまと一緒に内容の確認をする間に、今度は右手を下げて紙袋を摑《つか》む。

トレーを背後のレジに出して、待っている間に「分ける用の袋をおつけしますね」と言いながら箱をまとめる。なるほど、左右どちらにも同じ揃えがあれば、そのときのお客さまに近い方で顔を出しながら取り出せる。

「ありがとうございました！　あと二週間おりますので、よろしければまたお越し下さい」

最後に深々と頭を下げて、終了。と思いきや、もう次のお客さまが見えている。まるで千手観《せんじゅかん》音《のん》のような桐生さんの働きぶりに、私はただただ驚いていた。


その後、少し人が途絶《とだ》えたところで私は桐生さんについて販売の手伝いを始めた。けど、全然役に立たない。

私の声はぴんと響かないし、動作ものろい。混雑に気圧《けお》されて「急がなきゃ」と思えば思うほど、ミスが多くなる。横幅が広いから桐生さんとすぐにぶつかってしまうし、同じように身体を傾けたところで、うまく会話が続けられない。

（あれ？　私っていつもどうやって接客してたんだろう）

イライラするお客さまの顔。狭い会場。

（落ち着かなきゃ）

気を取り直して顔を上げたところで、桐生さんが言った。

「梅本さん。申し訳ありませんが、地下に戻ってもらえますか」

ショックだった。催事が初めてなわけじゃないのに、ここまで役に立たないなんて。

（上の催事場のときは、こんなことなかったのに）

規模の違いだろうか。あるいはバレンタインという、一大イベントならではの勢いに負けたのか。地下へ続く階段を、のろのろと降りる。

自分の手が遅いのは知っていた。動きがどんくさいのも、先を読むのが下手なのも。でも最近は、それなりにできるようになったと思っていたのに。お客さまが少ない時間なら、店長が裏で事務仕事をしていても一人で乗り切れていたのに。なのに。

（――違った）

それなりどころか、足手まといだった。乗り切れるどころか、溺《おぼ》れてあがくしかなかった。

思い違いも、はなはだしかった。

その後は、普段のこともうまくできなかった。お客さまの言葉を聞き違えて違う品物をお出ししてしまったり、上生菓子のケースをころりとひっくり返してしまったり。

「梅本さん、大丈夫？」

椿店長の声で、はっとすることが数回。

「はい。大丈夫です」

とにかく迷惑をかけてはいけないと思い、手を動かし続けた。

「梅本さん、もう箱は折らなくていいわよ」

「あ、はい」

「レジ点検するからカウンター、お願いしてもいいかしら」

「はい」

言われるがままにカウンターに立つ。お昼ちょうど。デパ地下的にはほどほど賑わうけど、和菓子屋さんとしては暇《ひま》な時間だ。

ランチの袋らしきものを提げた女性が、こっちに向かって歩いてくる。

(――来ないといいいな)

ぼんやり、そう思う。そして偶然にも、その女性は私の願い通りに通り過ぎた。

次に、ショーケースを眺めながら歩く年輩の女性が通りかかる。

(見なくていいのに)

え。

何それ？　私は自分の気持ちにびっくりした。お客さまを前にして、今、私はなんてことを思ったの？

年輩の女性は、いかにも声をかけてきそうな人だった。そして。

「ねえ、この『こころ』って何でできてるの？」

やっぱり。私はぎくしゃくと笑顔を浮かべて、対応する。

「あ、ええとそれは、日本酒とシロップで甘く煮た金柑の中に、ホワイトチョコ入りの白餡が入っているお菓子です……」

私はみつ屋の店員で、ここは東京百貨店。だからしっかりしないと。そう、自分に言い聞かせる。

「へえ、珍しいわね。じゃそれ、二ついただいていくわ」

「――ありがとうございます」

ほっとして軽く頭を下げたところで、思い出す。

「あ」

「え？」

「あの、『こころ』は度数が低いですが、アルコールが残っています」

「あ、そうなの」

「はい。なので、お子さまやアルコールが苦手な方にはご注意下さい」

「ああ、そういうこと」

機械的に包み、お金をいただき、お釣りをお返しする。お辞儀。なんとかできた。お客さまが、気づいていないといいけど。

「ありがとうございました」

頭を下げたまま、数十秒。なんとなく、上げたくなかった。

「梅本さん」

「あ、はいっ」

きっと、椿店長にはわかっているはず。注意されるはず。そう思うと、自然に身体が強《こわ》ばった。

「お昼休憩、お先にどうぞ」

「え？」

「今、暇だから。行ってらっしゃい」

にこりと微笑まれて、調子が狂う。

＊

さっき、なんであんなことを思ったんだろう。

社員食堂の喫茶室。まだ食堂も空《す》いてる時間だけど、今日は賑やかさよりも静けさがほしかった。

（来ないといい、なんて）

カフェオレとホットサンドを前にして、私はぼんやり考える。いつもなら、暇な時間はむしろ「暇だから誰か来て下さい」とすら思うのに。

（なんで……）

やる気がないどころの話じゃない。店員失格だ。

自分が落ち込んでるのはわかってる。でも今までだってこういうことはあった。ただ、そのときは自分が嫌だった。相手、それもお客さまのことを拒《こば》むようなことはなかった。

(別に、嫌なことをされたわけじゃないのに)

これってもしかして、催事の雰囲気に気圧されたんだろうか。ラッシュみたいな人混みに、順番を待って苛々《いらいら》しているお客さまの顔。そういえば、一番最初にみつ屋を選んだのも、和菓子コーナーがのんびりして見えたからだっけ。

(ってことはそもそも私、催事に向いていない――?)

そう考えると、より一層落ち込んできた。

(駄目だ)

もっと落ち込んだら、もっと仕事ができなくなってしまう。せめて普通の笑顔を出せるようにならなきゃ。そのためには、どうすればいいのか。

まだ湯気の立っているホットサンド。今食べないと、おいしさが半減する。それだってわかってはいるのだけど。けど、わかってはいてもどうにもできないことが多すぎる。たとえばトラブルの後、桐生さんとどうやって顔を合わせればいいのか。明日、また一階に行ってねと言われたらどうすればいいのか。

――そして同い年でものすごく優秀な人を前にしたとき、どうすれば卑屈にならないですむのか。

（ああ、もう！）

考えるまでもない。桐生さんが優秀なのは、彼女がそれだけ努力してるから。特に努力もしない私が卑屈になるなんて、ほとんど逆恨《さかうら》みに近い。同じなのは年齢と性別だけ。

（一緒に考えちゃダメだ）

この仕事に就《つ》こうと思ったのだって、桐生さんの方が早い。つまり、彼女は先輩だ。

（うん。先輩）

そう思うと、少しだけ気が楽になった。私は後輩で、それも出来の悪い後輩。せめて二週間、迷惑をかけないように過ごそう。

気持ちが落ち着いてきたところで、ようやくホットサンドを持ち上げる。少し時間が経《た》って、ぬすっとした歯触りのパン。でも中はぎりぎり温かい。中のポークは濃いめの醬油《しようゆ》味で、これはたぶん昨日の社食のランチがポークソテーだったということ。

（そういう推理してる場合じゃなくって！）

ああもう。頭を抱えたくなっても、チーズのからんだポークはちゃんとおいしい。そしておいしく感じてしまう自分に、また軽く落ち込む。

「ちょっと。ここ、いい？」

不意に声をかけられて、私は顔を上げる。

「あ」

綺麗な立ち姿。ふわりと揺れるスカーフ。彼女は一階の化粧品フロアの有名人。通称『魔女』

だ。ちなみにあだ名の由来は、実年齢と見た目年齢が信じられないほど離れているから。

「はい、どうぞ」

「ありがと」

魔女は自分のトレーをテーブルに置くと、すっと腰を下ろす。なんでだろう。こういう人って、なぜか立ち居振る舞いに音がしない。

「ねえ。『みつ屋』さんの新人さん、すごいわね」

「はい?」

「バレンタインフェアよ。声が聞こえてくるの」

そうか。同じフロアだから。

「あ、はい。でも彼女は新人ではなくて、他店からの応援なんです。催事が得意な人で」

「あら、そうなんだ」

ちょっと意外そうな顔で、魔女が首を傾げる。もしかしたら、桐生さんが若く見えたからだろうか。

「あの、一階でのフェアはそちらのフロアから見て、どんな感じですか。今年初めてって聞いたんですけど」

「初めてとはいっても、今までも通路の外にラックを出しての販売はあったんだけどね。でもまあ、確かに集客はしてるわね。ただ――」

魔女はふっと息をついて、紅茶のカップを口に運ぶ。

「ちょっとざわついてるかな」

「普段、一階は落ち着いてますもんね」

「そうそう。いつもより声のトーンを上げないと伝わりにくいの」

あ、桐生さんと同じことを言ってる。

「でもそれより、個人的に嫌なのよね。コスメと食品が隣り合ってるのって」

「それは……確かに」

「わかってるんだけどね。どうにも感覚的に割り切れなくて」

これは私も、心のどこかで思っていた。東京デパートの一階には化粧品売り場の他に傘やスカーフ、お財布などを扱う小物売り場がある。本当はそっちがフェアと接してくればいいのだけど、店内奥なので難しい。

「たぶん、そう思うお客さまもいらっしゃると思います」

「やっぱり？」

魔女は軽く微笑むと、ジャムトーストを持ち上げてさくりと噛んだ。

「一応こっちもね、気をつかってるのよ。この期間中、香水の試供品を出さないとか」

「匂い、気になりますもんね」

「あとカウンターでのメイクね。お客さまだって、こんな人の多い場所でメイクされたくないと思うわ」

「……確かに」

だとすると、バレンタインフェアは化粧品売り場にとっては結構迷惑なんじゃないだろうか。

「でも、なんでデパートってみんな一階が化粧品売り場なんでしょう」

前に『デパートは町を縦にしたようなものだから、一番遠い所が公園を意味する屋上だ』って話は聞いたことがあるけど、だとしたら一番近い場所が化粧品屋さんって何を意味してるんだろう。ドラッグストア？

「ああ、それ前にどこかで聞いたわ。理由は二つあってね。一つはデパートのメインターゲットはやっぱり女性客だから、女性が興味のあるものを入口に配置、という説」

うん、わかる。けど現代でそれはちょっとどうかなあと思うのは、私のように化粧品に興味の薄い人もいそうだってこと。あと、興味はあっても高いから立ち寄らない人も多い気がする。

「で、二つめは匂い。香水の強い匂いは残りやすいから、風通しのいい一階が最適という説」

「一階は色々な方向に出入口がありますもんね」

これはすごく納得。うなずく私を見て、魔女はふっと笑う。

「でもね、私は三つめの理由があると思うのよね」

「え？」

「なんだと思う？」

女性が好む、匂いがこもらない、他に化粧品を一階で売る理由は。

（――匂い）

「あ、もしかして逆に、いい匂いを振りまいてたりするんでしょうか？」

「振りまく？」

「私、自分はお化粧が得意じゃないんですけど、道で通り過ぎた女性がいい匂いではっとしたりすることがあるんです。いい匂いだな、素敵だな。大人の女性って、こんな感じなのかなって。だからデパートからそういう匂いが流れてきたら、そこはきっと素敵な場所って思えるのかなって」

「あら」

魔女は指についたジャムをぺろりと舐《な》める。

「それは思いつかなかったわ。でもすごくいい理由ね」

ふふふと笑われて、私はなんとなく照れくさくなる。綺麗で大人な女性に褒められるのは、道で出会うだけよりもずっと嬉しい。

「あ、でも正解じゃないんですよね？」

答えを教えて下さい。私の言葉に、魔女は「どうしようかなあ？」と微笑みながら首を傾げた。

「なんか裏表っていうかね、近い感じがするからそれがあなたの正解でいいと思う」

「ええ!?」

「もし私の正解が気になるなら、宿題にしておくわ」

残った紅茶をくいっと飲み干して、魔女は席を立つ。

「あ、あとね。最初にこれが言いたかったの」

「はい？」

「私は、新しい子よりあなたの方がここの売り場に向いてると思うわよ」

なんで？


意味がわからなすぎて、「嬉しい」よりも「なんで？」が先に立った。

魔女は、間近で催事を見ている。桐生さんの働きぶりも、私のダメダメっぷりも。なのになんで、私の方が向いているなんて思ったんだろう。

（実際、売ってなかったし。いた時間も短かったし）

それを疑問に思っているうちに、上がる時間になった。おかげで接客に悩むことはなかったけど、上がりの時間にロッカールームで桐生さんと鉢合わせしてしまった。

「あ——」

お互いに、一瞬固まった。桐生さんは催事の応援で朝から入ってたから、早番と同じタイムスケジュールなのを忘れていた。

「あの、今朝はごめんなさい。私、全然役に立たなくて」

私が頭を下げると、桐生さんは手を横にぶんぶん振る。

「いえ、そんなこと！　こちらこそ催事の初日で気が立ってて」

謝ろうと思ってたんですけど、あの後会えなくって。そう言われて、少しほっとした。

「言い方がきつくて、ごめんなさい」

「そんな、実際私は失敗ばかりだったし。気にしないで下さい」

私も同じように手を横に振ると、桐生さんもほっとしたように笑う。

「よかった。私、言い方がきつくてたまに注意されるんです」

「そうなんですか」

「お客さまには大丈夫なんですけど。同僚とか一緒に働く相手だと、遠慮がなくなっちゃって」

でもそれって、すごく真面目に仕事に取り組んでるからって気がする。そういう言葉なら、受け止めなきゃ。

「私は本当に、慌てやすいんです。悩むとすぐに手が止まっちゃうし。だから桐生さんをお手本にして頑張りたいです。なので気にしないで、ばんばん注意して下さい」

「いいんですか？　私、本当にきついですよ」

桐生さんが不敵な笑みを浮かべる。

「大丈夫です！　悩んでフリーズしてたら、遠慮せずどついて下さい」

「どつくって」

がくり、とこける仕草をしながら桐生さんが本当に笑った。

「ところで同い年ってことは、この間成人式でしたよね」

「ああ、はい」

「私、振り袖どころか着物を着るのも初めてで、レンタル借りるだけなのに悩み倒したんですよ」

桐生さんは何を着たんですか？　そうたずねると、桐生さんは軽く首を横に振った。

「私は、成人式は出ませんでした。一応、去年の年末に写真だけは撮りましたけど、洋服で」

「そうなんですか」

「一月は空港が書き入れ時なので、休まなかったんです。もちろん、店長は休んでいいって言ってくれたんですけどね」

やっぱりすごく真面目。桐生さんはきっと、お店で頼りにされているんだろうな。

＊

それから一週間。私は桐生さんにみっちりしごかれた。いや、しごいてもらった。

「いらっしゃいませ！　みつ屋です！　梅本さん、一緒に！」

「はい！　いらっしゃいませ！　みつ屋です！」

声の出し方、通りかかった人への声かけのタイミング。

「今回初出店の和菓子店です！　和菓子店の作る、本物の和風ショコラ、いかがでございますか～？」

ポイントは『初』の強調。ただの和風チョコではなく、和菓子店が作っているということも伝えること。

「梅本さん、もし自分が聞いているとして、どんな言葉なら足を止めますか？」

「そうですね。確かに『初』は気になります。あとは『今だけ』とか?」

「そうそう。『今だけ』は言いかえれば『限定』です。なので『バレンタイン限定』とか『今回だけのご用意』とか、自分の言いやすいようにアレンジすればいいんですよ。それで足を止めてもらうのが、第一歩ですね」

桐生さんは、人を引きつける言葉のバリエーションが多い。きっとすごく勉強してきたんだろう。聞いていると、『チョコ、チョコレート』と『ショコラ』も使い分けているのがわかる。『チョコ』は気安くて、『ショコラ』は高級な感じ。

若い人なら「こちらのチョコはお父様や上司の方など、目上の方にもおすすめ」で、年輩の人なら「このショコラはどなたに差し上げても喜ばれますよ」になる。

「あとは、下見っぽい方ならパンフレットを渡すこと。受け取ってくれたら、もう一度来て下さる可能性が高いです」

「そうなんですか」

「その気がなければ、パンフレットは荷物になるだけ。受け取ってくれるということは、興味があるということなので。空港だと、地方のお土産に悩まれる方が、その場では買わなくても次回のときや、あるいは帰ってきたときに味見として買って下さることもあるんですよ」

「帰省土産ですね」

私は東京生まれの上、両方の親戚が近県に住んでいるので帰省というものに縁がない。

「けっこう皆さん、悩まれるんですよ。お盆と年末と二回ありますから、毎回違うものをと思うと」

「ネタ切れになっちゃうと」

「そういうことです」

バレンタインも毎年あるから、ネタ切れになる人が多いのかもしれない。

「あと、まとめ買いがあるところも似てますね。そういう方はたいてい、さっき話したパンフレットで比較検討したり、最初に味見してからいらっしゃいます」

「だから初日が大事なんですね」

私は思わずため息をつく。桐生さんは、もはや同い年の先輩というより、椿店長や立花さんの方に近い気がする。考え方が、目先じゃないのだ。

そんな桐生さんと私に、催事の見回りに来た椿店長が声をかけてくれた。

「仲良くなったのね」

「はい。私、桐生さんを先輩として色々教えてもらうことにしたんです」

「いえ、そんなおこがましいんですけど。でも催事でお役に立つことなら、お伝えしてもいいかなって」

二人で顔を見合わせて笑うと、椿店長も微笑む。

「素敵ね。お互いの情報を楽しんで交換できるといいわね」

お互い？　私には伝えるべき情報なんてない気がするのだけど。でもそこは椿店長の優しさなのかもしれない。だって私はいつも、後ろ向きになりすぎるから。

しかしその椿店長が、意外な提案をしてきた。

「催事の売り上げは桐生さんのおかげで順調だから、ここからしばらくは立花くんや桜井さんに任せてみようかと思うの」

「え。じゃあ私はもう空港に戻るんですか」

「いいえ。そうじゃなくて。桐生さんにはデパートの売り場も経験してほしいって、空港店の店長さんが言われてたのよ」

「そうなんですか」

「色々な店舗を経験することは、無駄にはならないと思うわよ」

「はい。よろしくお願いします」

桐生さんは真剣な表情でこくりとうなずいた。

そしてさらに意外な提案は続く。

「地下の店舗では梅本さんの方が先輩だから、桐生さんに色々教えてあげてね」

「ええっ⁉」

ていうか場所は教えたし、桐生さんは勉強家なのでこっちの店舗の配置もなんとなく覚えてるっぽい。売ってるものは同じわけだし、一体何を教えろと？

思わず桐生さんの方を見ると、桐生さんはにこりと笑って言った。

「梅本さん、よろしくお願いします」

私はどうしたらいいのかわからなくて、ただ曖昧《あいまい》な笑顔を返すしかない。

「梅本先輩だね」

バックヤードで会った桜井さんがにやにやと笑う。

「やめて下さいよ。私、先輩なんかじゃないし。そういうキャラでもないです」

「先輩ってキャラの向き不向きでやるもんだっけ？」

「そうじゃないですけど――」

「じゃあいいじゃん。この店舗では実際に先輩なんだから」

「でも私、アルバイトですよ？」

アルバイトが社員に教えるって、おかしくないですか？　そう訴えると、桜井さんは言葉に詰まった。

「それはまあ、そうかもしれないけど――でも、アルバイトだからこそ見えることもあるかもしれないし」

「あるんですかねえ……」

どんよりとする私から話題をそらすように、桜井さんはポーチの留め金をぱちんと閉じる。

「しかしあれだね、桐生さんて結構すごいね」

「ですよね！　売り方をすごく考えていて尊敬します」

「いや、そっちも確かにすごいんだけど。なんていうか、前のめりでさ」

「前のめり？」

「めっちゃ売ろうとする」

まあ、催事ではそれが当たり前なんだろうけど。桜井さんはそうつぶやくと、透明なバッグを持って休憩に出ていった。


午後の落ち着いた時間に、まったりとした時間が流れる。

「暇、ですね」

桐生さんがぽそりとつぶやく。

「はい」

包材の準備はしてしまったし、お釣りも両替済み。レジ点検はさっき店長がやったばかりだ。

「いつもだったら、バレンタインでそこそこ賑わうんですけど。今年は売り場を分けたので――」

もちろん、無人なわけではない。ぽつぽつと人通りはある。ただ一階の催事場と比べると、暇としか言えない。

「あ」

そう言っているところに、お客さまが近づいてきてくれた。中年の女性。お勤めというより、お買い物中といった感じ。

「いらっしゃいませ！」

桐生さんが声をかけると、お客さまはぴくりと顔を上げる。

「本日は何をお求めですか？　今はバレンタインフェアで、限定の商品などもございますよ」

「ああ、そうなの」

「金柑にホワイトチョコを詰めた『こころ』、生チョコを桃山に詰めた『こい』、抹茶チョコ餡の『春告鳥』、あと別に、季節の生菓子もございます。こちらは『懸想文』、『福寿草』、『ひいらぎ』です」

流れるように商品説明をする桐生さん。思わず聞き惚《ほ》れていると、もう一人お客さまが近づいてくる。今度はスーツを着た若い男性で、おずおずとショーケースを覗き込んでいる。見ているのは季節の上生菓子。

「いらっしゃいませ」

声をかけると、さっと身体を離す。

「あ、えっと。これってどんなお菓子なんですかね？」

指さしているのは、懸想文。

「これは昔の手紙。ラブレターを模したお菓子です」

「へえ。あ、バレンタインだから？」

「それもあるんですけど、『懸想文』はもともと二月のお菓子なんです」

「え？　なんで？　昔の日本にもバレンタインがあったわけは――ないですよね」

お客さまは、不思議そうに首を傾げた。

「節分のお祭りがもとなんですよ」

「あ、二月はそっちもありましたね」

「京都に良縁を祀《まつ》る須賀《すが》神社というところがあって、そこの節分のお祭りに『懸想文売り』というキャラクターが出るんです」

「『売り』ってことは、ラブレターを売ってるんですか?」

「はい。昔、字が書けない人が多かった時代は代筆業が盛んだったそうです」

「ああ、内容はオーダーメイドなんですね」

面白いなあ。お客さまが聞いて下さるので、ついおまけのような情報まで喋ってしまう。

「しかもその懸想文売り、見た目が変わってるんですよ。烏帽子《えぼし》を被《かぶ》って水干《すいかん》という平安時代の衣装を着てるんですけど、顔が——」

「顔が?」

「布を巻いた覆面で隠されてるんです」

「え? なにそれ。覆面レスラー? 面白いなあ」

「なんでも、字を書くことができた貴族がアルバイトで代筆業をしていたから、下々《しもじも》の者に顔を見られてはいけないという設定らしいです」

「それ、その設定で神社的にはオッケーなのかな」

笑いながら、お客さまは「じゃあこれを五個下さい」と指さした。

「うちのチーム、チーフが女性なんですよ。だから今日のおやつはバレンタイン関連にしようと思ってたんだけど。この話、午後のミーティングでしたら喜ばれそうだな」

喜んでもらえてよかった。私がトレーにお菓子を載せていると、男性が「ついでにこれも可愛いから」と『こころ』を指さした。

「あ、はい」

そう言った瞬間、ふと思った。

「でも、こちらは日本酒のアルコール分が残してあるお菓子です」

「そうなんですか」

お客さまはつかの間、悩まれるような表情になった。すると桐生さんがすっと寄ってくる。

「アルコールと言っても、ほんの少しですよ」

そうなの？　という顔でお客さまが私を見た。

「あ……」

少しは、少しなんだけど。でも。

「そうなんですけど、もし同僚の方にアルコールに弱い方とか、酔わなくてもお顔が赤くなってしまう方がいらっしゃったら――」

「あ、そうですね。午後、外に出て顔が赤かったらまずいですよね」

お客さまはうなずき、「じゃあ今回はこれだけで」と笑った。

男性のお客さまが帰った後、桐生さんが再び隣に来る。

「梅本さん。さっきのはちょっと」

「え？」

「売り逃しだと思いませんか。お客さまが悩まれてるときは、肯定してあげないと」

「でも、アルコールについては言わないと――」

「わかるけど。相手は大人だし、箱にも注意書きは大きく貼ってあります」

「でも」

たとえば私は、少量のアルコールでは酔っぱらいはしない。ただ、顔がすごく赤くなる。それが恥ずかしくて、外ではワインゼリーすら避けている。

（でもそういう人は、あんまりいないのかな）

「――すみません」

「いえ、私も先に言っておけばよかったんです。ごめんなさい。ああいうときは、すぐに代案をお伝えするべきだって。アルコールの件をお伝えした後で、『こい』か『春告鳥』はいかがですか、と」

「あ、そうですね！」

「あの方は、もう五個は買うおつもりがあったわけですし」

それは確かに。

「でも須賀神社のお話は、すごく面白かったし興味深かったです。あれはどこで知ったんですか？　商品情報には書いていなかったと思うんですけど」

「あ、あれは私が勝手に調べたことです。最近、新しいお菓子が出たら一応調べることにしてるんですけど、『懸想文』は色々珍しかったから」

「すごい。梅本さん、勉強熱心ですね」

「いえ、そんな」

こうして調べてやっと、椿店長や立花さんの足もとくらいに近づける。私には、もともとの知識が不足しているから。

「でも、ちょっと話す時間が長いですね。話はすごく面白かったんですけど、その間にちらりとこちらを見て通り過ぎた方が数人いらっしゃいました。これも大きな意味では売り逃しです」

——何も言えない。ていうか、その通り過ぎた方を見てすらいなかった。ただ楽しくお喋りをしていただけで。

「気をつけます」

「大丈夫です。私も気をつけて、これからは先に言いますね」

「はい……」

なのにその後も私は、次々と喋りすぎてしまう。なぜならお得意様が続いたから。

そしてそのたびに、桐生さんがちらりとこっちを見る。いたたまれない。

(すみません、すみません!)

でもお客さまのお話を途中で遮《さえぎ》ることもできない。せめて自分の話をしないようにしていたら、「今日は元気ないわね。大丈夫?」と心配される始末。

そんな私の横で、桐生さんは売りまくる。

「いらっしゃいませー！　みつ屋のお菓子はいかがでございますかー？」

きちんと声を出して、通りかかった人を引き寄せる。

「よろしければこちらのお味もいかがですか？」

当然、売り逃しもない。

椿店長は、何も言わなかった。たぶん桐生さんが正しいんだろう。

(でも、今まで話に関して注意を受けたことはなかったんだけどな……)

新人だから、大目に見てもらってたってことなのかもしれない。そして今、いいかげん新人の時代は終わったんだと突きつけられているのかもしれない。

＊

バックヤードで店頭への補充品を集めているところに、催事場から立花さんが帰ってきた。

「お疲れさまです」

「うん、すっごい疲れた！　ていうか喉がかれそう！」

自分のバッグからペットボトルを出して、立花さんはごくごくと水を飲む。

「一階って外からの空気が入ってくるし、時期的に乾燥してるからなんかつらいね」

それは確かに。普段温度の安定している地下にいると、外の気温や天気に気づきにくいし。

「あそこでずっと声出してたなんて、桐生さんはすごいね」

「本当ですね」

桐生さんのすごさは、折り紙付きだ。『でも私は』と思わないようにしていても、どうしたって目の前に突きつけられる。

（ちゃんとしよう。卑屈にならないように、私も頑張るんだ）

暗い声を出さないように、ぱっと顔を上げる。

「私、今桐生さんから色々教えてもらってるんです」

「そうなんだ」

「はい。でも椿店長が不思議なことを言うんですよ。今度は、私が教える番だって。桐生さんは社員さんで、私はアルバイトなのに」

「へえ、そんなこと言ったんだ」

「教えられることなんかないのに。おかしいですよね」

むしろいたたまれなさ倍増です。とは言えないので、笑顔でごまかす。すると立花さんがいきなり振り向く。

「ねえアンちゃん、今日僕早番なんだ。一緒に上がれるの珍しいから、甘味屋さんでも寄って帰らない？」

「えっ!?」

「寒いからおいしいお出汁《だし》のお雑煮とか雑炊とか食べて、デザートにあんみつなんていいなあって思ったんだけど」

「それは……」

自分の力不足を感じていたし、のんきにしてていいのかという気分ではあった。でも、「おいしいお出汁」の攻撃力がすごい。

「たまごとじうどん、鶏雑炊――」

「行きます」

私は、自分の胃袋に負けた。ていうか、負けるの早すぎ。


おいしいお出汁以前に、真冬の甘味屋さんの破壊力はすごかった。

「あ、甘酒。甘酒汁粉《しるこ》、ぜんざい、ほっかほかの粟餅《あわもち》……！」

「アンちゃん？　まずは晩ご飯。しょっぱいものは？」

「あ、はい。うわあ、お雑煮、お餅の数が選べる！　焼くのか煮るのかも選べる！」

「アンちゃん……」

「鍋焼きうどん！　揚げ餅のあられ入り！　私、これにします！」

甘味屋さんのメニューに興奮した私は、迷わずハイカロリーメニューを選択してしまう。わかってたはずなのに、はここでも同じだ。

「あ、じゃあ僕も鍋焼きうどんにしようかな。あられじゃなくて、大根おろしトッピングで」

喉によさそうじゃない？　と乙女はお品書きを見つめる。

「はい、お待たせしました。器が熱いから、気をつけて下さいね～」

お給仕のおばさんの言葉に、二人してうなずいた。

ほわりと立ち上るお出汁の香り。ぐつぐつと煮える汁の中に、きらきらと輝く揚げ餅の油。ほうれん草はしゃきしゃきで、かまぼこはぷりぷり。お花の形のお麩《ふ》はよくお出汁を吸ってじゅんわり。そしてああ、揚げ餅の外側がとろんとほとびて――。

「おいしすぎます……！」

「ねー。僕のもおろしがじゅわっとして、全部飲み干せそう！」

熱々のおうどんは細めで、するりと喉を通る。しばし無言でおうどんを啜《すす》り、おつゆをれんげですくいまくって、ようやく一息。

「あー、あったまった」

お腹《なか》の底から、ほっとする。

それにしても、さすが乙女。というか和菓子職人。この甘味屋さんはたぶん、私が今まで入った中で一番おいしい。お餅はしっかりとお米の味がするし、なによりお出汁が本当においしい。塩気と甘みのバランスがよくて、ついつい飲んでしまう。

「じゃ、デザートだね」

「ここは、悩みますねえ」

軽く汗をかくくらい温まったので、冷たいのもおいしそう。でも冷えすぎるとまた、外に出たときにつらいし。

「うーん、僕はみつ豆にしようかなあ」

「寒天、いいですねえ」

「今が旬《しゅん》だし」

「え。そうなんですか?」

「うん。寒天はところてんと同じようにテングサからできてるんだけど、ところてんは海藻をそのまま煮るのに対して、寒天は一回ところてんを作ってから干して作るんだよ」

「寒天って、ところてんを干さないとできないものだったんですか?」

びっくり。同時にできるものだと思ってた。

「昔はね。寒天は基本的に凍結と乾燥によって、ところてんからにごりや海藻臭さを抜いたものなんだよ」

「ああ、確かにところてんはちょっと磯の匂いがしますもんね」

「そうそう。で、昔は冷蔵庫なんてないから、乾燥した寒い時期に干さないと腐っちゃうと」

暑い時期に食べることが多いから、なんとなく夏の食べ物だと思ってた。でも元は乾物と聞けば、すごく納得。

「海藻っぽいところてんは料理感覚でしょっぱいものが合うし、その匂いが抜けた寒天は、甘いものと合うようになった。というわけで、栗入りみつ豆お願いしまーす」

「え、ちょっと待って下さい。じゃあ私はあんず入りで!」

競うように注文し、温かいお茶を飲みながらのんびり待つ。二月の夕方、甘味屋さんには案外男性も入っている。大きなターミナル駅のそばだからというのもあるかもだけど。

「ところで」

ぷりぷりの寒天をたっぷり堪能した後で、立花さんはふと思い出したように私を見た。

「アンちゃんは、この間成人式だったじゃない？」

「はい」

「で、その――なんていうか、将来？　つまりみつ屋の社員になるとかは、考えてたりするの？」

そろりと、たずねられた。すごく気をつかってくれてるのが、わかった。だから正直に答えようと思った。

「そうですね。本当言うと、そういう未来もあるのかなあって思ってました。でも桐生さんを見たら、自信がなくなっちゃって」

「そっかあ。でもちょっとわかるよ。彼女、優秀だもんね」

ですよね、と私はうなずく。

「これは卑屈とかじゃなくて、桐生さんを見てると私なんてまだまだだって思うことが多いんです。だから今は、先がよくわからなくなっちゃって」

「うーん、でもそこは納得いかないかも」

「え？」

「だってアンちゃんと桐生さんは、キャラが違いすぎるでしょ。だから同じようには比べられないっていうか――あ！　だから店長はアンちゃんにも教えられることがあるって言いたかったんじゃない？」

そうなんだろうか。そうだったら、すごく嬉しいけど。

「でも実際、どういうところなんでしょうねえ」

私のつぶやきに、立花さんは首を傾げる。

「ええと、おいしそうに説明するところとか？」

ありがとう。でもそれ、仕事的に教えることじゃないと思います。

＊

地下に桐生さんが来てから三日が過ぎた。そして四日目の朝礼の後、桐生さんはついに我慢しきれなくなったのか口を開いた。

「あの、そろそろ私を上に戻していただけませんか？」

それを聞いた椿店長は、軽く首を傾げる。

「じゃあもう、梅本さんからここのことをすべて吸収したのかしら」

「はい。ほとんど学んだと思います」

「あら、早いわね。じゃあ何か気づいたことはありますか？」

淡々と進む会話を、今日の催事場担当である桜井さんが困ったような顔で見ている。

「ていうか、あたしどっちの支度すればいいんだろうね？」

そんな桜井さんに向かって、店長は「桜井さん、催事をお願いします」と声をかけた。なんにせよ、すぐに話は終わらないということだ。

「では、気づいたことを言わせていただきます」

桐生さんは、きっと顔を上げる。

「梅本さんは商品に対する愛情と知識があります。自分でお菓子の由来を調べるなんて、今まで私はしていなかったのですごいと思いました。でも」

ありがとう。でも、『でも』の先が怖い。

「それとは別に、話が長くて売り逃しがとても多いです。常連だけではなく、初対面の方とも長く喋ったりしていたのが気になりました。そして動きもゆっくりで、十人さばけるところを二人しかさばいていませんでした。あと、声もあまり出ていないので、集客の練習も必要だと感じました」

耳が痛いし、いたたまれない。もうなんかつらすぎる。

「全体的に受け身で、売りに行こうとする姿勢が感じられません。きつい言い方かもしれませんが、梅本さんは今のままでは販売に不向きかと思います」

本当のことだ。事実だ。わかっていても、やっぱりつらい。

でも、悪者になるとわかっていて言ってくれる桐生さんの優しさも、わかった。すごく正直で、まっすぐ。だからつらくても泣きたいような気持ちには、ならなかった。

「ただ、とても素直な方なのでこれからだとも思います。売り方を勉強すれば、きっとすごくいい販売員になるのではないでしょうか」

お仕事的に百点満点の答え。だから私は「えへへ」という困った笑顔を浮かべるしかない。

椿店長はそれを聞いて「そうね」とうなずく。ですよね。

「確かに梅本さんは動きがゆっくりで、話している時間が長いかもしれません。でも、それは本当に短所かしら?」

え?

桐生さんはふっと眉根を寄せている。納得できないといった表情。

「じゃあ梅本さんに聞くわ。桐生さんの長所はどんなところ?」

「あ、あの、まずとにかく早いです。覚えるのも動きも。お菓子の名前や値段や包材の場所、注文をいただいた数量、お代金とお釣り、忙しいのにすぐに覚えて、すごいと思います。包むのも早いし、お会計も待たせない。あとそれからよく声が出ていて、確実にお客さまを引き止めて、売り逃すことがありません」

椿店長は、私のときと同じように「そうね」とうなずいた。そしてやはり同じように「でも」と続ける。

「桐生さんはすべてが早くて、声が届く。売り逃さない。でも、それは本当に長所かしら?」

「え?」

桐生さんと私は、同時に声を上げる。

「二人ともわからないなら、まだまだね」

椿店長はにこりと笑う。

「じゃあ、二人に問題を出すわ。それがわかったら、きっと今回の答えも見えてくるはずよ」

「問題ってなんでしょうか」

「せっかくだから、梅本さんの言っていた『懸想文』の話を使わせてもらうわね。問題は、懸想文売りはなぜ、覆面に水干という格好をしていたのか」

「それは――」

貴族だったからという答えが出ているはずですが。桐生さんの質問に、店長はうなずく。

「そうね。だから私からの問題の答えは、違うのよ。ちなみにインターネットで調べても載っていないから、梅本さんが有利というわけでもないわ」

じゃあもっと深い知識？　図書館や資料館に行かないと、わからないことだったりするんだろうか。

「二人とも、ゆっくり考えてみて」

椿店長はそう言うと、バックヤードに姿を消した。

＊

「これは、勤務時間内に解ける問題なんでしょうか」

カウンターの前に立ったまま、桐生さんがぽつりとつぶやく。私と同じことを考えていたらしい。

「どこかへ調べに行ったり、聞きに行ったりしないと解けないような問題は、さすがに出さないと思いますよ」

「だとすると、このお店の中にヒントがあるってことですね」

「このお店？」

「だって私が上に行ったら、解けないんじゃないかと思って」

なるほど、確かに。じゃなくて、もしかしてそれはすごいヒントでは？

「ここで、普通に接客していたらわかること――」

いやいやいや。それでなぜ、貴族が変装していたかわかる？

「常連の方に、貴族の末裔《まつえい》がいらっしゃるなんてことは」

「ないですよ～」

「うーん、じゃあ覆面の方は」

「来たら驚きますって」

桐生さんの考えが、案外ストレートで私はちょっと楽しくなる。

「あ、変装の名人が？」

「だからそれ、そのまますぎですって」

貴族が覆面をする理由。それは身分を隠すため。じゃあ身分を明かしたら、どうなるんだろう。

(名前に傷がつく、とか?)

本人にとってそれは、恥ずかしい状態だったんだろうか。それよりそもそも、その人はなんで懸想文売りをアルバイトに選んだんだろう。文字が書けるというなら、他の仕事もありそうなのに。

「それはあれでしょ、貴族は恋の歌を詠《よ》みまくってたからでしょ」

昼休みに戻ってきた桜井さんが、売れた品物のチェックをしながらあっけらかんと笑う。

「ラブレター書くのが得意なんだよ、きっと。お坊さんや偉い人だって文字は書けただろうけど、恋の歌は貴族のワールドだったんじゃない?」

お坊さんや偉い人。何かがちらっと引っかかる。他にも字が書けた人たち。

「ああ、そういうことですか」

桐生さんは言いながらチェック表を横目で見て、紙袋を下から出して桜井さんに渡す。

「すごい。よくこれが必要だってわかったね」

「表を見れば、なんとなくわかります」

考えながらでも、手が動く。それはやっぱりすごい。

お昼休憩も終わった午後。私たちはまだ答えにたどり着けていない。

(なんだろう。何かが引っかかるんだけど)

字が書けるから、しているアルバイト。でも恥ずかしいから、身分を隠して。

(――あれ?)

ちょっと待って。もしかしたら当時、字が書けるのはそういう身分の人だって、他の人も知ってたんじゃない?

「あの。変装していても、バレていたかもしれません」

「どういうこと?」

「だって字が書ける人は限られていたんですよね。だとしたら、書いてもらう側の人だって、薄々その人の正体がわかっていたんじゃ」

「あ、そうですね!」

確実に貴族だとわからなくとも、少ない選択肢の大部分を貴族が占めていたと考えるのが自然だろう。

「じゃあ、変装なんてする必要なかったんじゃ――」

「そうなんですよ。でもわかっていて、あえて変装をするというところがポイントなんじゃないでしょうか」

「わかってて、あえてやる……」

それって『お約束』みたいなもの? 桐生さんの問いかけに、私は軽くうなずく。バレバレの服装。それでもあえてする意味は――。

「あ、いらっしゃいませ」

ショーケースにお客さまが近づいてきたので、慌てて二人で頭を下げる。

「ああ、よかった。まだあった」

中年の女性がほっとしたように言った。

「何かお探しでしたか」

桐生さんがたずねると、お客さまはなぜか私の方を見てうなずく。

「この間、この人がなんだったか――面白いお菓子の説明をしてたでしょ。帰ってから調べようと思ったんだけど、わからなくて」

「もしかして、こちらのことでしょうか」

私はケースの中の『懸想文』を示した。するとお客さまは、「そうそう」と笑う。

「ラブレターのお菓子。よかったらもう一度、説明してくれる?」

「もちろんです」

私は季節のお菓子が書いてある紙に、『須賀神社』や『懸想文売り』といった言葉を書き込みながらお客さまに話した。お客さまは「へええ」とか「そうなの」とうなずきながら、楽しそうに話を聞いてくれる。

(あ。もしかして話が長い?)

はっとして桐生さんを見ると、彼女はお客さまと同じように紙を覗き込んでいた。

(あれ?)

だったら話していても大丈夫かな。私は一応周囲に気を配りながら、噺《はなし》を続けた。

「でも変装にしたって、顔を布で覆ってるっていうのが面白いわよね」

「そうですね」

懸想文売りの服は水干といって、簡単に言うと童話の牛若丸《うしわかまる》が着ていたような格好だ。そして頭には烏帽子を被り、顔には弁慶《べんけい》風に布が巻かれている。

「昔だったら被る笠《かさ》とかもあったでしょうに」

「本当ですね」

お話や時代劇で見ると、昔の変装はけっこうゆるくて、布を一枚ひらりと被っただけのものもある。そんな中、目だけ出すような完全な覆面をしているのは少ない。なのに、懸想文売りがそこまで厳重に顔を隠すのはなぜだろう。

「顔を隠した相手に、頼む方は怖くなかったのかしらね」

お客さまの言葉に、ひらめくものがあった。

「あ」

「梅本さん、何かわかったの」

「あの、もしかしてですよ？　何の確証もないですけど、もしかして懸想文売りが顔を隠してたのは、お客さんのためもあったんじゃないでしょうか」

「お客さんのため？」

「はい。お客さんはラブレターを書いてもらうために、懸想文売りに頼むわけですよね。ということは、その内容を口で伝えなきゃいけない。でもそれって、かなり恥ずかしくないですか？」

私の言葉に、お客さまと桐生さんがはっとした表情を浮かべる。

「そうか。顔が見えない方が頼みやすいかも！」

「そうですね！　もしゆるい変装だったら、次に会ったとき、あの内容を知られてる相手だとわかって、いたたまれないかも」

もし私が昔の女性だったとしたら、そう思う。秘密の気持ちを、普通の顔でこっちを見ている相手になんて話せない。でも、顔を隠して無言で書いてくれたら、ぎりぎりいける気がする。

すごいすごい、と三人で盛り上がったあとで、お客さまはお菓子をたくさん買って下さった。

「すごく面白かったわ。また来月も来るから、お菓子の話を教えてちょうだいね」

「ありがとうございます。ただ、毎回面白いかどうかは自信がないんですけど」

私が苦笑いを浮かべると、お客さまは「なに言ってんの」と笑った。

「そのときは、あなたの顔を見るだけで満足するわよ」

あ、もちろんお菓子の味もだけどね。そう言って、帰られた。

「すごい、梅本さん。謎を解きましたね」

お客さまを見送ったあと、桐生さんが私の顔を見つめる。

「え？　いえ、あれはお客さまの言葉がヒントになったからですよ」

「でも、私にはわからなかったし、それよりなんて言うか——面白かった。お菓子の名前から世界がぱっと広がったみたいで、話すうちにどんどん楽しくなって」

興奮しているのか、桐生さんはほっぺたを赤くして言った。

「もっとお菓子について話したい。そう思いました」

＊

偶然は続くものなのか、午後の時間には先ほどの女性と同じ日に応対した若い男性が来た。

「ああ、いたいた」

通路の向こうから小走りに近づいてきて、私の前に立つ。

「いらっしゃいませ」

「この間、『懸想文』買わせてもらったんだけど、あれ、すごくよかったです。だから今日は違うのをお土産にしようと思って」

「ありがとうございます！」

確か会社の上司が女性だって言ってた方だ。

「今日もおやつの時間に？」

「うん。ここのは味もおいしいし、話も好評だったからってリクエストがあったんですよ」

「お勧めしたかいがあって嬉しいです」

なら、今日は違うものをお勧めしなければ。とはいえ『懸想文』ほど話題になるお菓子はあっただろうか。

「あ、これはチーフからの伝言なんですけど、『今日は全員この後社内にいるので、お酒の入ったものも大丈夫』だそうです」

「そうなんですね」

「前回はＴＰＯにまで配慮してもらって、助かりました」

「ＴＰＯ……」

ってなんだっけ。言葉に詰まる私に、桐生さんが助け舟を出してくれる。

「時と場所と場合に応じた、使い分けということですね。よく服装について使う言葉ですが。お役に立ててよかったです」

「顔が赤くなるかもって話をしたら、やっぱり赤みが残る人がいて」

「そうなんですか」

でも今回は大丈夫だと。だとすると残っているのは『こころ』と『こい』と『春告鳥』、それに『ひいらぎ』と『福寿草』だ。

「『ひいらぎ』は節分の魔除けだから、そういう方向は面白いかもしれませんね」

桐生さんの言葉に、お客さまはうなずく。

「競合プレゼンとか控えてたら、ばっちりなんだけどな」

つまり今はそういうことはない。じゃあ他には?

(『福寿草』は可愛いしおめでたいけど、話題的にはあんまりない。『こころ』は味的に珍しいから、そういう方向ではお勧めできる。『こい』はバレンタイン直球。でも)

「あ。『こい』がいいと思います」

「お。なんでですか?」

「言葉が、色々な意味にとれるからです。恋するの『恋』、春よ来いの『来い』、ついでにチョコレートが濃いので『濃い』とも」

たぶん、もともと『恋する』と『濃いチョコ』は想定されていたはずのネーミングだ。

「面白い。それにします」

私が品物をトレーに移していると、今度は桐生さんが「あ」と声を上げる。

「あのう、今さらですが、二つ組み合わせたらもっと面白くありませんか?」

「二つ?」

「『こころ』です。二つ合わせれば『こい』『こころ』――『恋心』になります」

本当だ。しかももう一つの意味もある。

「『来い、心』だと願ってる感じがして、けなげな感じがしますね」

「すごい、謎解きみたいですごくいいです」

じゃあこっちも五個で。そう言われて、桐生さんと私は顔を見合わせてにっこりと笑った。

「ありがとうございます!」

桐生さんがお会計をし、領収証を書いている隣で私は箱を包み終える。そのとき、さらに思いつくことがあった。

「あ、でも『濃い心』だと、ストーカーっぽいですかね」

お客さまと桐生さんが、ぷっと噴き出す。そこにちょうど椿店長が休憩から帰ってきて、駄目押しのように言った。

「魚の『鯉《こい》』もありますね」

「それはちょっと、面白すぎですよ！」

お客さまが「メモ取ろう」と言いながらスマホを操作する。

「あら。でもこれはちょっとビジネス的にもお使いいただけるんですよ」

「魚の『鯉』がですか？」

「そうです。おっしゃる通り『鯉』は『魚』、では『魚』と『こころ』なら――」

お客さまは、スマホからぱっと顔を上げる。

「ああ！『魚心あれば水心』だ！」

「はい。この組み合わせをお出しして、先方から『水』のイメージのお菓子が返ってきたら、契約成立。なんて冗談ですけど」

頭の中に、想像がわっと広がる。こういう瞬間が、本当に面白い。

「いやあ、和菓子がこんなに面白いなんて知りませんでした」

また来ますね。そう言って、お客さまは戻って行った。

*

遅番の立花さんが来たところで、桐生さんと私は椿店長に答えを伝えることにした。狭いバックヤードに三人で入ると、なんとなく部活の部屋っぽく感じる。

「これは桐生さんと二人で、というかお客さまも交えて出した答えなんですけど」

私が口を開くと、桐生さんが手を横にぶんぶん振る。

「いえ、私はほとんど役に立ってません。思いついたのは、ほとんど梅本さんです」

椿店長は、微笑みながら軽くうなずいた。

「懸想文売りが顔を布で隠していたのは――恋文を依頼する側にとって、その方が恥ずかしくなかったからだと思います」

「なるほど、確かにそうね。顔がわからなければ、また違う相手に恋をしても頼みやすいし」

あ、その視点はなかった。さすが店長。

「あと、ついさっきのお客さまの言葉を聞いて思ったんですけど、ええと、Tなんでしたっけ」

「TPO?」

桐生さんの言葉に、私はうなずく。

「そのTPOも、理由だったかもしれません」

「時や場所に応じた服装、ということ?」

椿店長が「あら」という表情を浮かべる。違ったかな。

「店長は水干についても『なぜ』と言っていましたよね。顔だけじゃなくて、なぜあの服を着ているのか」

「梅本さん、よく覚えてたわね」

本当は、覚えていなかった。でもＴＰＯの説明で桐生さんが「服装の使い分け」だと言ってくれたので、思い出したのだ。

「そもそも懸想文売りの正体が貴族や階級が上の人だっていうのは、字が書ける時点で周囲にバレてるわけですよね」

「そうね」

「でも、バレてるからって貴族の格好で出歩いたら、それこそ騒ぎになりそうじゃないですか。もし顔を隠しても、貴族の服を着た相手に、恋心を喋るのはちょっと無理な気がします。だからその、お互いわかってるけど『そうじゃない』ふりっていうか、お約束みたいな感じで、町に溶け込むために水干を着てたんじゃないかなって」

「そうか、町のドレスコードに合わせたってことですね」

桐生さんの言葉を聞いて、椿店長は軽く手を叩く。

「すごいわ。二人で大正解。それも、私が考えていたよりずっと先まで行ってる」

よかった。正解だ。桐生さんと私はほっとして、微笑みあった。

「ところで、なんで私がこんな問題を出したと思う？」

「それは……なんででしょうか」

私の答えに、店長は苦笑する。

「二人にね、わかってほしかったのよ。ＴＰＯというか、適材適所な感じを」

「適材適所——」

桐生さんが首を傾げる。

「桐生さんと梅本さん。二人の問題点は、理想的な店員の姿が一種類しかないことよ」

でも、優秀な店員と言われたら、理想像は一つなんじゃないだろうか。手が早くて声が届いて、売り逃しがなくて、丁寧で。

「『みつ屋』は一つでも、お店の種類は一つじゃありません。本店は路面店だし、桐生さんがいるのは空港店。そしてここをはじめとするデパート店に、ショッピングモール店もありますよね。それらすべてで、同じやり方が最高だと思いますか?」

「あ……」

桐生さんと私は、今度は違う表情で顔を見合わせる。

頭の中に、化粧品売り場の魔女の言葉が甦《よみがえ》った。

ざわついてる、声が届かない。

「大きな声を必要とするお店もあれば、控えめな声が喜ばれるお店もあります。数を売るのは大切ですが、それ以上にコミュニケーションやブランドイメージを大切にするお店もあるわけです。そうして考えた場合、東京デパートは何を大切にするお店でしょうね」

「——デパートならではの信頼のブランド。それにもう一度来たいと思えるような、温かくて会話も楽しめる接客——」

「百店満点よ、桐生さん。そういう目で見ると、梅本さんはどういう店員かしら」

「このお店にぴったり、です」

信じられなかった。


「柔軟さが必要だと思うのよ」

椿店長は桐生さんを見て、そう告げる。

「桐生さんはとても優秀で、勉強熱心。だからこその落とし穴がありました。それを事前にわからなかった私にも、責任はあるのだけど」

「落とし穴、ってどういうことですか」

私がたずねると、店長はパソコンの画面を開いた。そこに見えているのは、催事の売り上げグラフだ。初日と二日目は好調だけど、三日目あたりからぐっと落ち込んでいる。中だるみだろうか。

「最初は物珍しさと桐生さんの呼び込みで、売り上げがぱっと伸びた。でもそれはその場だけで、二回目に来る方はほとんどいなかった。だからここで下がったのね。そしてそれと同時に、一階のお客さまからクレームが来たの」

「クレーム？」

「催事の声が大きすぎて、落ち着いて買い物ができない。化粧品はゆったりとした気持ちで選びたいのに、ドラッグストアみたいだ、と」

それを聞いた桐生さんの目に、涙がせり上がってくる。

「でもそれ、桐生さんのせいじゃないですよね？」

だって一階に催事場を設置したのは、東京デパートの人だ。

「もちろんそうよ。だから桐生さんを責めるつもりはないわ。ただゆったりとした売り方を受け入れられなかったようだから、売り場の違いを学んでほしかったの」

「そういう、意味があったんですね」

桐生さんはぐすぐすと泣きながらうなずく。

「すごくよくわかりました。それぞれの売り場に、それぞれ合った売り方があるってこと」

「わかってもらえてよかったわ。それに桐生さんには、感謝しているのよ」

「はい？」

「梅本さんをびしびし鍛えてくれたでしょう？　催事のノウハウを叩き込んでくれて助かりました。これで次回からは、梅本さん一人でも大丈夫よね」

全然大丈夫じゃないです！　とは言えない雰囲気だったので、私は小さな声で「頑張ります」とつぶやいた。

＊

バレンタインフェアが終わり、桐生さんが自分のお店に帰ったあとで、立花さんがしみじみと言った。

「二人はまるで、京友禅と加賀友禅でしたね」

確か京友禅は都会的なデザインで、加賀友禅は自然を描いたものだったっけ。そしてどう考えても桐生さんが京都で、私が加賀。

「――虫食い？」

思わず口に出すと、立花さんが口の端を歪《ゆが》める。

「笑わせないで下さい。私が言いたいのは、完全を求める都会のストイックさと、不完全こそ完全であるという自然派の対比です」

「不完全こそ、完全――」

「虫食いや病葉を描くのは、完全なものなどこの世にはないと気づいたから。ならば生々流転《しょうじょうるてん》、病んで朽《く》ちて再び生まれて咲いて、という流動的な世界こそが美しいのだという考えです」

難しい言葉だけど、なんとなくわかる。きれいな花をきれいなまま、ずっととっておくのは無理だもんね。

「ストイックなデザインと、自然美。どちらも美しくて、それぞれが素晴らしい。優劣をつけることに意味はありません」

店頭なので硬い言葉。でも、桐生さんと私を評価してくれているのが伝わってくる。

「ありがとうございます」

「いえ」

私も催事の勉強になりましたので。立花さんは静かに微笑むと、カウンターの上の生け花を直した。

バレンタインフェアが終わり、すっかり元の姿を取り戻した一階。私は遅番の日、あらためて東京デパートの正面入口から入ってみることにした。

駅構内の通路を進むと、華やかに明るい場所が見えてくる。素っ気ない通路の壁に優美なデザインのライトが現れ、磨き抜かれたガラスのドアが音もなくすっと開く。

「いらっしゃいませ」

歩くのは、大理石の床。化粧品売り場からほのかにオードトワレが香り、販売員さんたちは声低く、物静かな接客をしている。こちらから覗き込まない限り、声をかけられることもない。

(まるでお姫さまのお散歩だ)

お化粧室は綺麗で、駅よりも入るのに安心。二階や三階に行けばこぢんまりとした喫茶もあって、こちらも駅のだだっ広《びろ》いファストフードより安心。

(これがデパート)

静けさと上品さ。それに便利さと安心を兼ね備えた空間。人は、これにお金を払うんだ。

「あら、『みつ屋』さん」

「こんにちは」

振り返ると、そこに魔女がたたずんでいる。

「休憩？」

「いえ、今日は遅番でこれからです。それよりこの間の問題、わかった気がします」

「あら。教えてくれる?」

魔女はにこりと笑うと、カウンターの中に回り込んだ。そこで私は、否応《いやおう》なくカウンターにつくことになった。人生二回目の緊張。

「デパートの一階に化粧品売り場がある理由ですけど、私、この間は素敵な場所だと思えるからって言いましたよね。でも正しくは、誰もがゆったりとした気分で歩けるように、だと思いました」

「その理由は?」

「接客です。化粧品売り場はほとんどセールをしないから、このフロアで大きな声を出している人を見たことがありません。それに興味のない人を無理やり引き寄せるようなこともない。だから化粧品に興味のない人も、いい香りに包まれて穏やかな気持ちでゆったり歩くことができる。そのゆったりとした気分を与えることこそ、デパートの仕事なんじゃないかなって思ったんです」

「よくできました」

そう言って魔女は微笑むと、カウンターの中から何かを取り出した。それは、小さなハート形に埋め込まれたリップの試供品。ちょうど真ん中に線がひかれて、半分は濃い色、もう半分は薄めの色になっている。

「バレンタインの試供品よ。よかったら使って」

それを聞いて、化粧品にもバレンタイン商戦があることを思い出した。恋愛がテーマである以上、化粧品売り場的にバレンタインは売り時だろう。なのに、そんなときに一階にお菓子の催事が来てしまった。ゆったりとした気分を壊すような、騒々しい売り場が。

「――催事、うるさかったですよね」

「まあね。でも毎年ってわけじゃないみたいだから」

魔女はハートの中心をすっと指さす。

「このリップはね、両方を混ぜて、好きな色みにして使うのよ。恋する二人が出会うように」

「素敵ですね」

「私たちもね、和菓子屋さんと同じように物語を売ってるのよ」

その言葉が、胸の奥に響く。

「ものが置いてあって、値段が書いてある。実用品としてドラッグストアで売るだけならそれでいいわ。でも化粧品には、季節ごとにテーマがあり、背景に物語があるの。綺麗になったり、心地よくなるためのバックグラウンド。それを伝えるのが、販売員の仕事だと私は思ってるのよ」

「すごく、よくわかります」

私は手の中の小さなハートを、きゅっと握りしめた。

あまいうまい

Anne to Aijo

147

大忙しのバレンタインデーが終わり、そこそこ忙しいホワイトデーが終わると、ようやく「お休み」って気分になる。

「ていうかさ、去年十月のハロウィンから始まって、クリスマス、お歳暮商戦、新春初釜からのこの流れ！　五ヶ月って長すぎでしょ！」

お菓子屋さん倒れるわ。そう言いながら桜井さんが、ホワイトデーの飾りをぶちぶちと引きちぎった。

「そうねえ。洋菓子だったら新春はお休みできるかもしれないけど、和菓子は旧暦もあるものねえ」

椿店長は、ハートの看板をべきんとへし折る。

「デパートっていうのもありますよね。個人店だったら、お歳暮やお中元はそこまで大きなイベントじゃないのに」

私は『WHITE♡LOVE』と書かれたポスターをべりべりと剝がし、大きなゴミ袋に突っ込む。

「あー、すっきりした！」

お店がいつもの姿を取り戻したところで、私たちは笑いあう。といっても、最初から飾りがうっとうしかったわけじゃない。飽きたのだ。だって考えてみてほしい。二月頭から三月中旬まで、私たちはずっとハートの飾りに囲まれていた。それも、フロア全体で。

ただ、それに飽きていない人もいる。

「今日、立花さんが早番でよかったですね」

乙女はきっと、こんな風に飾りを始末できない。そっと綺麗に外してまとめて、なんならゴミ袋に入れるとき「ごめんね」とかつぶやく。

「そうね。彼がいたらもっと時間がかかってたかも」

店長はゴミ袋に片足を突っ込む桜井さんを見て、苦笑する。

百貨店でアルバイトをはじめてから驚くことはたくさんあったけど、ゴミの潰《つぶ》し方は衝撃が大きかった。段ボール箱なら開いてない方の面を上にして床に置き、踵《かかと》落とし一発。今回みたいなかさばるゴミは、袋の中に足を突っ込んで踏んでかさを減らす。お客さまには到底見せられない姿だけど、これが催事や繁忙期《はんぼうき》が終わるたびにフロアのあちこちで繰り返される。

でもってこれが、やってみるとちょっとすっとするのだ。

（ストレス発散、って言うのかな）

だからイベント最終日の遅番は、私的には好きなシフト。と思っていたら、椿店長も桜井さんも同じらしい。

「この軽くて巨大なゴミ袋持ってくのも、結構好きなんだよね」

台車を出してきた桜井さんは、潰さず残しておいた段ボール箱を最初に載せ、それを台座のようにしてゴミ袋を載せる。遠目に見ると、大玉転がしの玉を運んでいるような感じ。

「わかります。ふわふわして面白いですよね」

落としても危なくないし、閉店後だからお客さまに気をつける必要もない。業務用エレベーターに乗ってさらに地下のゴミ置き場まで行ったら、巨大なゴミコンテナに放り込んで、最後の箱に踵落としを決める。それを段ボールコーナーに置いてくれれば、ミッションは完了。「やりきった感」があるのがいい。

「じゃ、行ってきます」

桜井さんが楽しそうにゴミ出しに行ったところで、店長が私にたずねる。

「そういえば梅本さん、今度のお休みだけど予定は決まったの？」

皆がそれぞれ交代で、お休みを取るこの時期。私は三月末から四月にかけての四日間を休むことにしていた。

「はい。友達も春休みなので、一緒に旅行しようってことになりました」

「あら素敵」

「ただちょっと――」

「どうかしたの？」

「ちょっと――面倒なんですよね」

首をかしげる店長に、私は昨日までの流れを説明する。

＊

そもそも、旅行の話を店でしたのが失敗だった。

今のように閉店後のお店で何気なく「旅行するんですよ」と話したら、その日レジ締めで残っていた立花さんが「どちらへ？」と聞いてくれた。なので「金沢です」と答えた。

目的地が金沢になったのには、いくつか理由がある。まず、和菓子が有名。それだけでも私的には充分なんだけど、加えて雑誌の特集で『女子旅』みたいなときに、よく取り上げられていた。観光サイトにはカラフルな和菓子や美術館のアートグッズがこれでもかと載っていて、立花さんが一人旅に出たのもよくわかる乙女っぽさがあったし、さらに今年、成人式の着物に関する会話で加賀友禅の存在を知ったのも大きかった。

よし金沢だ。素敵な街並を歩いて、和菓子を食べよう。そう思っていたところで、友達の一人が言った。

「ちょっと待って。この季節って、まだ寒いんじゃない？」

金沢って日本海方面で、北陸でしょ。雪とかまだあるんじゃない？　友達の意見に、つかの間腰が引けた。金沢って、雪国だっけ？

でも、もう一人の友達が言った。

「なに言ってんの。日本海で北陸だから、カニやエビがおいしいんじゃない！」

見て。回転寿司でもすごくおいしいらしいよ？　突き出されたスマホの画面には、大輪《たいりん》の薔薇《ばら》
と見まごうばかりにお刺身が盛られた海鮮丼が載っていた。

「その、サチの見せてくれた写真がものすごくおいしそうで――」

説明しながら、興奮のあまり友達の名前を出してしまう。

「サチ、さん――」

「あ、はい。去年京都にも一緒に行った友達です。『寒い』って言った方の友達はよりちゃんで」

「仲が良いんですね」

にっこりと微笑まれて、私は急に恥ずかしくなった。友達の名前を、それもあだ名で職場の人に話すなんて。小学生じゃあるまいし。

（せめてお茶するときとかに話せばよかった……）

立花さんは年上だし、職場の先輩であり上司でもある。でも色々あったおかげで、私の中では友達にさせてもらっている。ただそれは、できるだけお店では出さないようにしてきた。店員同士としての雑談はともかく、友達っぽく馴《な》れ合ったりしたら接客業としては失格だと思うから。

（桐生さんだったら、絶対にこんなことはしないよね）

私の小さな落ち込みには気づかず、立花さんはメモにさらさらと何かを書いている。

「金沢でおすすめの和菓子です」

もしお時間があれば、行ってみて下さい。そう言われて、私はうなずく。落ち込みとは関係なく、乙女のおすすめに外れはないのだ。

「『かいちん』も可愛かったですよね」

「はい。でも本当においしかったのは、日持ちのしないお菓子でしたよ」

「上生菓子ですね」

お茶の時間から逆算して作りはじめる、京都で体験したようなあれだ。お菓子に本気の土地なら、ああいうお店も多いはず。

「もちろん、それはそうです。でも、普段使いのお菓子もすごくおいしかったんですよ。町の餅菓子屋さんも、市場でおばあさんが売っているような蒸しまんじゅうも」

あ、それはすごくいい。気楽な餅菓子は大好きだし、おばあさんが自分で作って、自分で売っているようなものは絶対素通りできない。

「市場、いいですね。絶対行きます！」

「近江町《おうみちょう》市場というのが有名なのですが――」

むしろこっちがメモを取らなければ。そう思って紙を取りにカウンターに近づく。と、そこに柏木さんが立っていた。え？　お買い上げ希望？

「あ、いらっしゃいませ……？」

閉店後でも、レジ締め前なら他店のものを買うことはできる。東京デパートとしてはあまりすすめてはいないけど、禁止されてもいないから、そこはお互い融通の範疇《はんちゅう》という感じ。

「あの」

「はい」

「さっき通りかかったときに、耳に入ってしまったのですが。金沢に行かれるんですか」

そういえば、柏木さんは金沢出身。最初に会ったのも、他のデパートで開催されていた金沢フエアでだったっけ。

「はい。観光なんですけど」

地元の人のおすすめも聞いてみたいけど、でも柏木さんに聞くのは、なんていうかちょっと微妙。かつて立花さんは柏木さんに嫉妬《しっと》したのだと告白してくれたけど、柏木さんはそんな気配すら感じていないみたいで、よく立花さんにも話しかけている。

(もしかして、ちょっと鈍感だったりする?)

私がためらっていると、奥から立花さんが出てきた。

「いらっしゃいませ。何か御入り用でしょうか。まだレジは開いているので、お買い物は大丈夫ですよ」

立て板に水、って使い方合ってたっけ。立花さんのこういうときの物言いはすごい。刀をすらりと抜いて、相手との間に置くような感じ。でなければ、恐ろしく綺麗な布をふっと下ろしてすべてを遮断《しゃだん》するような。

「あ、いえ。買い物ではなくて」

その壁を感じたのか、柏木さんが口ごもる。さすがにこれは通じたのだろう。少し申し訳ない気持ちでいると、彼は意を決したように顔を上げた。

「立花さんも、金沢に行かれたとか」

「は？」

立花さんが、不意をつかれたように首を傾げる。

「あの、和菓子店を回られたんですよね？」

「ええ、まあそうですが――」

乙女の可愛いもの巡りの旅とも言えず、うなずく立花さん。

「『柿一《かきいち》』という店は、行かれましたか」

あれ。どこかで聞いたことがある。でも、どこだっけ？

「『柿一』……」

立花さんはうーん、とさらに首を傾げる。

「巻き柿が有名な店なのですが」

まきがき、というお菓子は初めて聞いた。一瞬、貝の方の牡蠣《かき》を連想してしまったが、木になる柿の方だろう。

（ガイドブックには載ってなかったような？）

けれど、立花さんはそれで気づいたらしい。

「ああ、わかりました。柚子《ゆず》味噌餡の中に胡桃《くるみ》が入っている巻き柿のお店では」

立花さんの言葉に、柏木さんの表情がぱっと明るくなる。

「そうですそうです」

召し上がったんですか。柏木さんの嬉しそうな顔を見て、私は思い出した。『柿一』は、柏木さんの実家のお店だ。

金沢フェアのときもその店名で出ていたのだけど、見た目に反して味が平凡な印象だったから忘れかけていた。

(立花さんは、どう思ったんだろう)

感想を聞いてみたいけど、柏木さんの前では聞けない。

「その、有名な品を一つ買い求めただけなのですが、バランスが良くておいしかったです。金沢には、それぞれ店の顔になるお菓子を持つお店が多いですね」

「そうですか」

ほっとしたような顔で、柏木さんはうなずいた。

「梅本さんも、よろしければ行ってみて下さい。『柿一』の巻き柿は、おいしいですよ」

「あの、ところですごく初歩的なことを聞いてもいいでしょうか」

「はい?」

「『巻き柿』って、どんなお菓子なんですか?」

また私だけ無知なパターンなんだけど、今までの経験から聞かないより聞いた方がいいことはわかっている。すると立花さんが軽くうなずいた。

「『巻き柿』は、字の通り柿を巻いて作ったお菓子です。柿は干し柿ですが、店によって柿だけのところや、中に餡を巻いたところがあります」

「金沢のことまで、詳しいんですね」

さすが立花さん。私が感心すると、立花さんは「あ、いえ」と手を身体の前で振る。

「『巻き柿』は、金沢だけのお菓子ではありません。大分や熊本、それに岡山や岐阜、徳島あたりが有名ですが、あちこちに点在しています」

「あ、そうなんですね」

身近にないから知らなかっただけで、それなりに有名なお菓子だったんだな。

「基本は干し柿だけを巻いて、藁《わら》で包んだ保存食的なお菓子です」

「干し柿そのものが保存食ですもんね」

頭の中に、日本昔話的なイメージが広がる。おばあちゃんがお茶うけに「お食べ」って出してくれるような。

「おいしいんですけど、地味なので日が当たらないジャンルのお菓子なんですよ。干し芋みたいな。だから最近ではそれの中に色々巻き込んで、現代風なお菓子にしているんです」

柏木さんの言葉に、立花さんがうなずく。お菓子の話をしていると、なんとなく二人の仲が良いように見えてくるから不思議だ。

「白餡が多いでしょうか」

「はい。それに柚子を使ったものも多いですね」

「黒糖風味の餡もおいしかったような」

「九州のものでしょうね」

しかし私からすると、二人の会話はおいしい情報の宝庫だ。だって私は、干し芋だって大好きなのだ。だから。

「――巻き柿、食べてみたいですねぇ」

思わずつぶやくと、二人が同時ににっこりと笑う。


私の話を聞き終えた椿店長は声を上げて笑う。

「立花くんも柏木さんも、和菓子っていうか、お菓子おたくなのよねぇ」

「そうなんですよ」

「お菓子が関係する話をしていると、口を挟まずにいられないのね」

で、どうなったの？　そう聞かれて、私はため息をつく。

「『柿一』に行ってね、って無言の圧力を感じました。あと、それぞれのおすすめリストが山盛りになって」

それを全部忠実に回ったら、二泊三日の間ずっとお菓子を食べ続けなきゃならなくなる。いくら私だって、それはちょっと無理だ。

＊

そういえば、寒いんだったっけ。

金沢駅に降りた瞬間、頬をひゅっと撫でる冷気にそのことを思い知らされた。

「だから言ったじゃない」

厚めのダウンにもこもこブーツで着ぶくれたよりちゃんが、呆れたようにサチと私を見る。

「だって金沢、雪国イメージなかったんだもん」

「寒いって、東京よりちょっとくらいかなって」

ウールコートのサチと、薄めのニットにライトダウンの私は慌てて荷物を探る。

「もう、これだから」

「ごはんの後に着替えればいいって」

サチは笑いながら「こっちだよ」と改札の外に進む。そう、まず私たちが目指すのは駅の中。おいしい地魚がお手頃価格で食べられると評判の、回転寿司屋さん。

「ガスエビ、サストロ、ノドグロ――」

知らない土地の寿司ネタは、もはや呪文レベルにわけがわからない。

「まあ、エビはエビだろうけど、サストロは？」

「あ、下にカジキって書いてある。じゃあノドグロも別名かな」

しかし、どこにも書いていない。通りかかった店員さんに聞いてみると「ノドグロはアカムツの別名ですよ」と言われた。

「ていうか、アカムツがわからない……！」

こっそりスマホで検索してみると、綺麗な赤い魚が出てきた。

「おいしそうだから、記念に頼んでみない？」

私の提案に、二人は真剣な表情でこくりとうなずく。それもそのはず、ノドグロはお高いメニューなのだ。

お店の人の親切で、一貫ずつ注文させてもらった。身は白身で、でも口に入れるととろんと脂《あぶら》が広がる。

『お、い、し、い』

私が顔と表情で伝えると、二人も同じように口を閉じたままジェスチャーで応える。

「『白身のトロ』とも呼ばれるんですよ」

お給仕のお姉さんが、そんな私たちを見て微笑む。

ノドグロがあまりにおいしかったので、次は地元の魚介を使ったお得な三点盛りを頼んだ。ガスエビ、紅《べに》ズワイ、寒ブリ。これがまた、おいしかった。エビは甘く、紅ズワイは「旨味《うまみ》！」、そして寒ブリに至っては脂肪と旨味のミラクル合体。お醬油も工夫してあるのかまろやかな味がして、口の中がとろんとろん祭り。私たちはしばし無言でジェスチャー合戦を繰り広げた。

「うう、おいしかった……」

まだ駅すら出ていないのに、満足感がすごい。

「金沢、恐ろしい子——！」

さて、いよいよ外に出る。サチはコートの中にダウンベストを着込み、私は厚手のタートルネックに着替えて、いざ出陣。

出てみて驚いたのは、駅ビルがアート作品みたいだったこと。美しく組み上げられた木が、ゲートのように私たちを迎え入れてくれる。

「すごくおしゃれだね」

駅前を見渡すと、現代的なビルが建ち並び、いつもよく見ているようなチェーン店の名前が並ぶ。ここだけ見ると「金沢」って感じはしないけど、それは京都も同じかな。

そして金沢の中心部、というか繁華街はここではなく、香林坊《こうりんぼう》というところらしい。ホテルもその近くにとったので、路線バスに乗る。知らない町の、知らない景色。すごく変わったところを見ているわけじゃないのに、なぜか「遠くへ来たんだな」って思う。

ホテルは、無駄がなくて値段が控えめなところを選んだ。今回は二泊する上、海鮮にお金を割《さ》きたいから滞在費は節約したい。どうせ部屋ではだらだら喋り倒すだけなので、リゾート感はなくてもいいということになったのだ。

ちなみに立花さんと柏木さんからは、なぜか揃って同じホテルをおすすめされた。館内が大正ロマンに満ちあふれた、老舗《しにせ》のホテル。立花さんはそこのインテリアが乙女感全開で素晴らしいと言い、柏木さんは市内で唯一温泉が湧いているからだと言う。でも正直、私たちにはちょっと無理な感じだった。値段というより、その豪勢な雰囲気が。

「フリースの部屋着でフロントとか歩けないよね」

そこで私は、東京デパートの近くにある観光デスクに相談に行った。そこは、立花さんが姿を消したとき行き先を探すヒントをくれた場所でもある。

「金沢の繁華街、は香林坊ですね。このあたりで手頃なホテルをお探しします」

相変わらず仕事の早いお姉さんは、キーボードと電話とパンフレットを駆使して、あっという間に希望通りのホテルを探し当ててくれた。

「お友達との三人旅なら、安いからという理由でビジネスホテルはつまりませんね。ご希望に近い値段で、それなりにお洒落なお部屋を探しましょう」

そこで出てきたのが、アメニティを使わなかったり、二日目のお掃除を断るとお値段が下がるというタイプのホテル。

「三人一部屋で、レイトチェックアウト。十二時までお部屋にいられれば、帰る日も楽でしょう」

「すごく助かります!」

「朝食もついて、もしよろしければ新幹線もセットのプランが組めますよ」

別々に買うより、いくらか安くなると言う。渡りに船の提案に、私は激しくうなずいた。

駅からバスで十分。ホテルに着いた私たちは、先に荷物を預けて観光することにした。初日は、とにかく「金沢と言えば」の兼六園《けんろくえん》か金沢21世紀美術館。どちらも歩いて行ける距離にあるけど、寒さに負けて美術館に行くことが決定した。

歩き出してすぐ、足もとがしんと冷えてくる。歩いてもなかなか温まらなくて、これが北陸の寒さなのかな、なんて考える。

「わ、綺麗！」

坂を上って芝生が見えてくると、そこが美術館。きんと冷たく晴れた空に、存在感のある建物がよく映えている。

「これ、有名なやつだよね？」

サチが池のようなものを指した瞬間、私はあっと声を上げる。

「レアンドロのプール！」

これは、立花さんが『はじまりのかがやき』というお菓子で表現した場所だ。正式な名前は『スイミング・プール』で、レアンドロというのは作者の名前だった。

（これが……）

その縁《ふち》に立つと、プールらしい水色のゆらめきの下に、人の姿が見える。

「面白い！　透明なガラスの上に水が流してあるから、下にいる人が水の底にいるみたいに見えるね」

よりちゃんが覗き込むと、下にいる外国の人が手を振ってきた。

「下からも見えてるんだね」

三人で手を振り返しながら、わずかな風でゆらめく水を眺める。

「私たちは、どう見えてるんだろう？」

「あっち側の景色も見に行こうよ」

さっそく中に入ってプールの下に行くと、思ったのとは違う世界が広がっていた。

「あんまりよく見えないね」

水面が鏡のように凪《な》いでいれば、人もわかるし空まで見える。でも、少しでもさざ波が立つと、すべてがぼかした水彩画のような世界に変わる。

「コンタクト外したときみたい」

サチがぽつりとつぶやく。

「でも、見えるときは地面から空まで一直線に見えるから、開放感がすごいね」

「魚っていつも、こんな景色を見てるのかな」

水を挟んで、上と下で見つめあう。芸術はよくわからないけど、こういう体験型のものは楽しいと思った。


でも、中には楽しくないものもあった。

それはアニッシュ・カプーアという人の作品。タイトルが英語っぽくない外国語で難しくて読めなかったけど、壁の上の方に、真っ黒な丸が浮かんでいるようなもの。すごく不自然な位置だから絵なんだろうけど、その黒さが深すぎて、穴にしか見えない。見上げていると、上にあるのに吸い込まれて落ちそうな気分になる。

「これ、なんか怖い」

私がつぶやくと、よりちゃんもうなずく。

「宇宙の、ブラックホール感あるね」

「えー、私にはトンネルの入口に見えるなあ」

とサチ。

「宇宙だとしても、どっかにワープして行けそう」

私たちには怖い「穴」も、サチにとっては「どこかへ行ける入口」。人の感じ方は、本当にそれぞれ違う。もしかしたら、その部分を引き出すのが芸術の力なのかな。

館内をしばらく見て回った後、ミュージアムショップでお洒落な雑貨を眺めて、さてどこかでお茶しようということになった。美術館にもカフェがあったけど食事がメインっぽかったので、外に出てみることにした。

美術館のある区画にはあまりお店がないので、とりあえず信号を渡ってお店が並ぶ方に行ってみた。するといきなりそこに「カフェご利用の方はこちら」という看板が立っている。不思議に思って見ると、どうやら塗り物のお店が上の階で和カフェをやっているらしい。

「金沢っぽくていいかも」

階段を上って中を覗いてみると、今風のカフェじゃなくて甘味どころっぽい落ち着いた雰囲気だったので、安心して入った。メニューには『抹茶クリームぜんざい』や『三色白玉』なんてあって、悩む悩む。と、下の方に『抹茶・和菓子セット』という文字を発見する。しかもよく見ると、セットの和菓子の方には店名まで入っていた。

「私、この和菓子セットにする」

だってこんな書き方、おいしいお菓子屋さんじゃなきゃしないはず。そして私の読みは、最高の形で当たった。

「うわあ……」

お抹茶とともに供されたのは、繊細なそぼろで彩《いろど》られた上生菓子。横に小さな紙が添えてあって『春の山』という菓名が記されている。金沢はまだ冬の気温だけど、春の訪れを感じさせてくれるような、ふんわりとした若草色のお菓子だ。

「綺麗だねえ」

思わず全員で、記念撮影。私はインスタグラムをやってないけど、この写真を上げたらきっと好評だろうな。

そして、黒文字《くろもじ》ですっとひと口。

(……!!)

最初に感じたのは、ひやりとした口当たり。気温のせいもあるけど、そぼろがものすごく繊細な上、保湿状態が完璧だからそう感じたんだと思う。

そして口をもぐりと動かした瞬間、すべてが液体に変わる。

(おいしいおいしいおいしい――――!!)

ものすごく肌理《きめ》の細かいそぼろと餡は、少しの刺激でどしゃっと崩れて口の中で御膳汁粉《ごぜんじるこ》になった。

（水分！）

普通なら、口の中の水分を持って行かれるのが当たり前。でもこの上生菓子は、逆に水分を与えにくるほど。

（え？　え？）

そぼろなのに、どうしてここまで水分を保っていられるんだろう？　わけがわからないまま、さらに水分量の多い中の餡が甘い液体となって喉をすべり落ちる。残る後味は、ほのかな甘みと豆のうまみ。

（なにこれ――）

私はジェスチャーすることも忘れて、呆然とお皿の上のお菓子を見つめる。

「杏子？」

「どうしたの？」

「あのさ、これちょっと食べてみて」

二人は不思議そうな顔をした後、黒文字でちょこっとずつ生菓子を口に運ぶ。そして。

「え――」

私と同じ表情をした。

「ねえ、これ、上生菓子ってやつだよね？」

「こんなの食べたことないんだけど。杏子のお店のいいやつって、こんな感じ？」

前のめりになったよりちゃんとサチに向かって、私は首を横に振る。

「これは、特別においしいよ」

「やっぱりそうなんだ」

「金沢、すごいねえ」

うん。もしこれが当たり前に出てくるんだとしたら、ものすごいところだ。

「でもさ、もしかしたらこれを作った和菓子屋さんが特別においしいんじゃない？」

よりちゃんの言葉に、私はうなずく。これはちょっと、確かめなければ。

＊

カフェのメニューに書いてあった店名を検索すると、金沢市内にお店があることがわかった。それも、ここから三十分くらいで行ける所に。

「営業時間内だよ。行ってきたら？」

サチが言うと、よりちゃんも「そうだね」と時計を見る。

「まだ三時過ぎだし、夕ご飯までに戻ってこれるでしょ」

「いいの？　自由行動は明日からの予定だけど」

私がたずねると、サチがふふふと笑う。

「大丈夫。ていうか杏子もわかってるでしょ。来てみてわかったけど、金沢って案外わかりやすくて回りやすそうだからさ。私だって平気なくらいだもん」

サチは、自他ともに認める方向音痴。アプリのナビを使っても、画面を回してさらに迷う才能の持ち主だ。

「だってほら、兼六園とこの美術館、超わかりやすいよ。あと、私が行きたい茶屋街《ちゃやがい》も川に挟まれててすぐわかる」

だから今から自由時間にしようよ。そう言ってくれたので、甘えさせてもらうことにした。

実は私たちは今回、『目指せ、大人旅』というテーマを決めてきている。

というのも、去年の京都もそうだったけど、今まで私たち三人は目的地まで一緒で、現地でもずっと一緒、という遊び方をしてきた。日帰りならそれも当然なのだけど、旅行となると少しずつ「私はこれが見たい」というものが出てくる。これまでは日数も少なかったし自分たちで旅行するのにも慣れていなくて不安だったから、それでも「一緒」を貫《つらぬ》いていた。けど、もうそろそろいいかなという雰囲気になったのだ。

だから今回は現地で単独行動の時間を設けて、それぞれの時間を楽しもうということになったわけ。ただ、いきなり丸一日フリーも怖いからまずは半日、それにご飯は知らない土地で一人は嫌すぎるから絶対一緒、というあたりがまだまだ大人になりきれない。

で、本来ならそれが二日目の午後だったわけなんだけど。

バスの本数はそこそこあるし、観光客があちこち歩いてる。もし万が一迷子になってもスマホの地図で（私は）なんとかなるし。

（よし。冒険だ）

とはいえ案外狭い金沢市内。サチの行きたいひがし茶屋街と私の行きたいお店はバスの同じ路線で行くことができる。

「二人は一緒かあ」

「途中までだよ。よりちゃんもこっち来る？」

「ううん。やっぱり私は兼六園も見てみたいから、このまま歩く」

それぞれの行き先が決まったところで、出発。サチと私はバスに乗って、のんびり景色を楽しむ。最初は繁華街らしく都会的な街並が、少しずつ建物が低くなって、やがて遠くに山が見えてくる。

「なんか気持ちいい感じのところだねえ」

同じバス停で降りて、サチは街並の方。私は川を渡って住宅街へと向かう。

「じゃあ、気をつけてね。迷ったらＬＩＮＥしてね。ホテルの名前覚えてる？」

サチを一人にするのがちょっと不安で、私はお母さんのような言い方になる。けれどサチは無邪気に「大丈夫だって」と笑う。だから、その「大丈夫」感が迷う原因なんだってば。

でも今回、大丈夫じゃないのは私の方だった。

「え。ここの区画であってるよね……？」

スマホの画面を見ながら私はつぶやく。地図は確かにこのあたりを指しているのに、お店っぽい建物がまるっきり見当たらない。誰かに道を聞こうにも、住宅街すぎて誰も歩いていない。

しようがないのでぐるぐる歩きながら看板を探していたら、ようやく上の方にそれらしきものを見つけた。木製で、しかも日に焼けていて、目立たなすぎる。そこから下に目をやると、思いっきり普通の民家。の隣に本当にひっそりと、料亭のような雰囲気の一角があった。そこに、目指していた店名の暖簾《のれん》がかかっている。

ぴたりと閉じられた引き戸を前に、ちょっと悩む。開けていいのか、場違いじゃないのか、一《いち》見《げん》さんお断りだったりするのか。

（でも、暖簾はウェルカムのしるしだったはず！）

心を決めて、えいとばかりに戸を開ける。

でも、ここにも誰もいなかった。

（やってる、よね……？）

中には小さなカウンターと、やはり小さなショーケース。上に飾られた一輪挿しのお花が、清潔な印象のお店だった。

「ごめん下さーい……」

おそるおそる声をかけると、奥から「はーい」という返事とともに、若い女性が出てきた。優しそうな笑顔に、ほっとする。

「いらっしゃいませ」

しかも制服とか着物じゃなくて、ものすごく普段着。デニムにフリース、その上からエプロン。これは、働く人の服だ。

それを見て、すごく気が楽になった。

「あの、さっき美術館の近くのカフェでこちらの上生菓子をいただいたんですが、すごくおいしかったです」

「ありがとうございます。本日はご予約ですか？」

「いえ。もしかしたらお店での販売もあるのかと思って来てみたんです。でも、やっぱり予約が必要なんですね」

「申し訳ありません。うちはごらんの通り小さな店なので、基本的に受注生産でやらせてもらってるんです」

それはそうだろうと思う。だってさっきは気がつかなかったけど、カウンターの奥には作業台が見えてるし。きっと、家族で営まれてるお店なんじゃないだろうか。

「でも、予約さえしていただければどなたでもお買い求めいただけます」

「そうなんですね」

じゃあ明日食べられるかも。そう思ったけど、予約は前日の三時までと言われて肩を落とす。

今は四時前だ。そんな私を見て、女性は優しく微笑む。

「ご旅行ですか？」

「はい」

「もし明後日《あさって》までいらっしゃるなら、ご用意できますよ。朝は九時から開けてますから、電車の時間に間に合うなら、ぜひ」

「本当ですか⁉」

帰りの新幹線は三時過ぎの予定だ。余裕で間に合う。

「日持ちは――当日中ですよね？」

「そうですね。できれば当日が望ましいですが、翌日の午前中までならお召し上がりいただけると思います。ただ、上生菓子は水分が抜けてしまうとおいしさが半減してしまうかと」

ですよね。私は素早く頭の中で計算する。三時台の新幹線に乗って、五時半過ぎに東京デパートのある駅に着く。立花さんが出る日だと思うけど、遅番だったかどうか。

（もし会えたら、師匠の分もあげたいな）

あとは椿店長と桜井さん、それにうちの家族と、忘れちゃいけない自分の分。ざっと見積もって八個だけど、お財布が許してくれるだろうか。

「あの、お値段は」

「はい。うちは一つ三百五十円で、お二つからお買い求めいただけます」

「え？」

安い。安すぎる。だってあの味で、あの口どけで、三百五十円⁉

（すっごい手間がかかってるはずなのに――！）

ここよりおいしくなくて、ここより小さくて、ここより高いお菓子が世の中にはいくらでもある。お財布的には嬉しいけど、なんていうかこの値段で買わせてもらうのが申し訳ないような。

（製造直営だから、余計なお金はかからないのかもしれないけど）

あるいは、金沢的にはこれが普通の価格なのか。そんなことをぐるぐると考えていたら、以前『東京デパートの生き字引』こと楠田さんに聞いたことを思い出す。

デパートに出店しているということだけが売りの、特色のない工業製品的なお菓子を出していた『金の林檎』。それを知って「経済の話なんだなあ」と微妙な顔をした私に向かって、楠田さんは言った。

『当たり前だろ。商売なんだから』

そう。お菓子屋さんは商売。みつ屋は会社だから作る人と売る人の役割が分担できているけど、このお店や師匠みたいに、職人さんがすべてに関わっているところだってある。お金を儲《もう》けることと、自分を含めて誰かのために何かを作ること。それを両立するのって、きっとすごく難しい。

（たぶん、どんな製造業でも一緒なんだろうけど——）

ただ、お菓子は人が食べるものだ。おいしいと思ってもらう以上に、安全や安心という基準をクリアしなければいけない。そこを考えると、やっぱりこれは安いんじゃないだろうか。

「じゃあ、十個お願いします」

三千五百円。いつもの自分だったらやめておく金額だけど、応援のつもりで少しだけ多めに注文した。お土産をもう買わなければいいだけの話だ。それに、残ってもおいしくいただける自信もあるし。

「ありがとうございます」

ご旅行、楽しんで下さいね。そう言ってもらって、気持ちがほわりと温かくなる。

「えっ？　和菓子に三千五百円⁉」

夕ご飯で合流したよりちゃんとサチが、同時に声を上げた。

「服買える値段だよ」

マジで？　とサチ。

「えー……、なのでですね。明日の海鮮丼のためにお金を節約したいと思い――」

私が話しだすと、よりちゃんが「わかったよ」と手で制する。

「晩ご飯は、金沢のファストフードにしよう」

「ありがとう～！」

「まあ、最初から一食はそうしようって言ってたしね」

切り替えの早いサチは、すでにスマホで店舗検索をかけていた。

「どっちかっていうと、ラーメンの方が安いよ」

画面を見せられた私は、こくこくとうなずいた。こっちの安さは簡単に受け入れられるのは、どうなの。

＊

翌日の午前中は、前から申し込んでおいたお寺の見学ツアー。忍者が使いそうな〝からくり〟

があちこちにあることが人気で、海外の人も多い。ただ、そのからくりはお殿様を逃がすためのものであって忍者とは関係ないらしい。

でも、目の前に隠し階段が現れたりすると、私の中の外国の人が「ワーオ、ニンジャ！」と叫ぶ。ジャパン、楽しい。

「面白かったねえ」

お寺なのでちゃんと参拝はしてきたけど、感想はやっぱり遊園地っぽくなる。

「秘密のトンネルとか、わくわくするよねえ」

「お城までつながってるんだっけ」

「そこをトロッコでゴーッと」

違う違う。よりちゃんと私がサチに突っ込む。


お昼は、この旅のきっかけにもなった海鮮丼。それを食べるために、またバスに乗って近江町市場というところに向かう。

「あ、ここ昨日香林坊へ行くときに通ったね」

よりちゃんの言葉に、私はうなずく。

「でも、すごい街中にあるんだね。向かい側とかデパートだし、あんまり市場って感じしないなあ」

バスを降りて、アーケードっぽい入口から中に入る。するといきなり両側に魚屋さんが現れた。

「うわ、すごいね」

カニとかエビとか動いてる！　見たことない魚！　ブリ大きい！

私たちはきゃあきゃあ言いながら、海鮮丼のお店を目指す。しかし。

大輪の薔薇のようなそれは、お値段二千五百円。

「杏子のお菓子代、笑えないね……」

「一人分の、一食でだよ。お菓子は一個もっと安いもんね……」

一気に落ちるテンション。

「大人って、一食に三千円出せる人のことを言うんじゃないかなあ」

市場をとぼとぼと歩くと、出口の方に小さな看板が見える。矢印が下を向いているから、地下のお店みたいだ。

「『金沢おでんランチ八百円』――」

もう、これでもよくない？　そんな空気が流れる。けれど、よく見るとその下に他のメニューも書いてある。

「ねえ、『プチ海鮮丼千五百円』だってよ？」

「でも、めっちゃ具が少なかったらどうする？」

「うーん、写真がないのがなあ」

悩みながらも、階段を降りてみる。ガラス戸から覗いて見ると、お店の雰囲気は、悪くない。

そこで思い切って入ってみることにした。

結果、大勝利。

『プチ海鮮丼』は器が普通の丼サイズで、二重に載っている具が一重になっただけのものだったのだ。

「ちゃんと豪華！」

まずは一番上のエビだよね。小皿にお醬油を注いで、ちょんとつける。そして口に運ぶと。

(あれ？)

甘い。なんかすごく甘い。

私と同じ疑問を、よりちゃんとサチも感じているらしい。不思議そうな顔で、小皿を見つめている。

「甘い、よね」

「だよね。昨日の回転寿司はちょっと甘めかな、くらいだったのに」

「こっちはホント甘い」

一瞬、海鮮丼専用のタレかと思った。でもこのお醬油は卓上の醬油差しから注いだものだ。

「すごい不思議」

でもまずいわけじゃない。寒ブリにつけると、こってりした脂と合わさってむしろおいしい。

「甘い甘い」と言いながら、ぱくぱく食べてしまう。

「それ、うまくち醬油って言うんですよ」

お茶を持ってきてくれたお店のお姉さんが教えてくれた。

「あまくち、じゃないんですか」

サチがたずねると、お姉さんはうなずく。

「私も昔、おんなじ質問をしたんです。結婚でこっちにきたから、お醬油にびっくりして」

ですよね、と三人でうなずく。

「でもそのとき、お姑《しゅうとめ》さんに怒られたの。これはあまくちじゃないの、うまくちなのよ、って」

「うまくち――」

「九州ほど甘くなくて、旨味があるでしょ。って言われたけど、関東からしたらこれも甘く感じてしまいますよね」

私は九州のお醬油の味を知らないのだけど、それほど差があるのだろうか。

「金沢は、お菓子の消費量が四年連続で日本一になったくらい、甘いものが好きな土地なんです。だから『甘いもの＝うまいもの』なのかな、って個人的には思ってます」

なるほど。それはなんとなくわかる気がする。

「甘さって、人間にとって絶対的に正しい味覚ですよね。しょっぱさの振り幅は狭いけど、甘さは広いって言うか」

いきなり味覚を語りだしたサチを、よりちゃんと私は驚いて見つめる。

「どうしたの急に」

「いやあ、こないだ塩を入れすぎたお湯で茹《ゆ》でたパスタに、塩のきついソースをかけて大失敗したんだよね。それ、ホント食べられなかったの。でもさ、チョコとキャラメルがアイスにかかってでもおいしいじゃない？」

「サチ、それパフェっていう食べ物になってる」

「あ、そっか」

でも言いたいことはわかる。しょっぱさは、あるレベルまで来ると舌が『危険！』という反応を示すのに対し、甘さは『激甘！』と感じても飲み下せる。

「ただ、どっちも比喩表現ではいい意味にならないよね。『しょっぱい』と『甘い』は」

大学で国文科を選んだよりちゃんは、言葉に詳しい。

「ああ、しょっぱい試合ですんません、だよね。あとは甘いこと言ってんじゃねえ、みたいな」

「サチ、どうしてバイオレンス寄りなの」

私の突っ込みに、全員が笑った。

ランチの後、市場を少しぶらついた。最初は新鮮な魚やエビが目についたけど、よく見ると八百屋さんや乾物屋さんもあって面白い。金沢特有の野菜に、エビの塩辛。中でも面白いと思ったのは、ブリの加工品だった。

「こちらはブリのスモークなんですよ」

味見どうぞ、と差し出されて食べてみると、薫製特有の香りが脂の多いブリによく合っている。

「おいしいですねえ！」

「元は能登《のと》の方の郷土食がヒントなんですよ。あっちは塩で保存していたからしょっぱいのを、今風に減塩して、その部分をスモークで補ったんです」

郷土食かあ。日本には、私の知らない料理がまだまだたくさんあるんだろうな。そんなことを考えていたら、今度はおばあちゃんが番重《ばんじゅう》ひとつで開いている露店があった。中に並んでいたのは、ふかふかの蒸しまんじゅう。

これこれ、こういうのが食べたかったんだ。

「杏子、今お昼食べたとこじゃ」

「でも、ふかふかで湯気立ってるから――」

受け取ったおまんじゅうは、蒸しパンみたいにたくさん気泡が開いている。それをふかりと割ると、中には濃い色のあんこ。ちょっとちぎってお裾《すそ》分けすると、二人とも笑顔になった。

「やさしい味だねえ」

「結構甘くて大きいけど、なんか食べられる感じの味だねえ」

たぶん、ほどよく塩がきいてるんだと思う。よくある感じのおまんじゅうでも、食べてみれば案外と個性がある。

(これも、郷土食。いや、郷土菓子ってやつ?)

地方が違えば行事も違う。気候や採《と》れる作物も違う。関西のお菓子が関東と違うように、いや、もしかしたらもっと細かいレベルでそれぞれの地元のお菓子は存在する。このおまんじゅうのように。

（食べてみたいな）

デパートの催事に来ないような地味なお菓子や、日持ちのしないお菓子。そういうものを食べに、あちこちに行ってみたい。そんなことを、ふと思った。

市場ランチの後は、今度こそ長めのフリータイム。冷え性のよりちゃんは、山の方にある日帰り温泉を巡るのだと先に出発した。サチは昨日に引き続き茶屋街めぐり。今度は西に行くらしい。西ゆきのバスにサチが乗り込むと、最後に私が残る。

（さてと）

私が目指すのは、『柿一』。柏木さんの実家であり、立花さんも食べたという巻き柿が名物なお店。近江町市場から、頑張れば歩けそうな場所にあるというのも都合が良かった。

市場を出て大きな通りを渡り、さらにいくつか通りを渡ると車の通行量がぐっと減ってくる。お店はあるものの、周囲に会社っぽい建物も増えてきて落ち着いた雰囲気。ランチタイムが過ぎたせいか、やはり人通りは少ない。

（また、わかりにくいかも……？）

昨日のお店の看板を思い出した私は、スマホの地図をじっと見つめる。もう、近くまで来ているはずだ。けれど次に顔を上げた瞬間、目の前の電柱に『柿一・この先右折』と書かれているのが目に入った。

その指示に従って角を曲がると、お店が現れる。

（ここが、柏木さんの――）

『柿一』は間口が広く看板が大きくて、外に暖簾ものぼりも出ている、立派なお店だった。しかもガラス張りで中は見えるし、入口は自動ドアで心のハードルがぐっと下がる。

「いらっしゃいませ」

カウンターの向こうから、お店の人が声をかけてくれた。

「あ、はい。こんにちは」

言いながら、ちょっと緊張した。なぜなら声をかけてくれた店員さんが、すごくきちっとした印象の人だったから。

私のお父さんよりは若くて、お兄ちゃんよりは年上。その人は皺一つない白い上着を着て、ぴしっとカウンターの中に立っている。

（この人も職人さんなのかな）

店内もすっきりとしていて、カウンターの外にはお客さん用の木製のベンチしか置いていない。壁には掛け軸、そしてその横のスペースには季節のお花が生けられている。昨日のお店もそうだったけど、生花《せいか》を飾るのって素敵だな。それとも金沢のお菓子屋さん的には、当たり前のことなのだろうか。

清潔で、すっきり。その時点ですごく好印象を持てる。でもまずは、お菓子を見なきゃ。カウンターに近寄って覗き込むと、真ん中の目立つところに、『巻き柿の新しい形・柿一』と書かれたプレートがある。これだ。菓名と店名が同じなのは、看板商品ということなんだろう。

(——棹菓子《さお》なんだ)

ようかんのように、一本が丸ごと並んでいる。でもそれが、すごく不思議な見た目。干し柿を使っているからか、少し皺があって白く粉を吹いている。でもどこかで見たことがあるような気がして、私はつかの間考える。すると思い浮かんだのは、東京デパートに入っているヨーロッパ系の加工肉屋さん。

(あ、サラミ!)

棒状で、外側に白カビがついている。表面が乾いて皺の寄った感じもそっくりだ。

(まあ、どっちも保存食なわけだけど)

にしても、地味な見た目だ。私は干し柿を知っているから「こういうものだ」って思うけど、これ、干し柿を食べたことがない人には謎だろうな。

(食べてみたい)

そんな気持ちが顔に出ていたのか、前にすっと小皿が差し出される。

「よろしければ、お味見をいかがですか。今ご覧になっているのは、干し柿で餡を巻いた『柿一』というお菓子です」

「あ……」

見つめすぎちゃったかも。ちょっと恥ずかしくなって口ごもると、男性の店員さんが「アレルギーなど、苦手な食材でしたでしょうか」とたずねてくれた。

「あ、いえ。そういうんじゃなくて。むしろ気になってたというか——」

いただきます。そう言って、小皿を受け取る。

スライスされた『柿一』は、中心の餡が見えることでお菓子らしい見た目に変わっていた。

(うん、おいしそう)

楊枝を刺して口に運んで、軽く驚く。歯ごたえがある。

(硬いんじゃなくて、でもしっかりしてて、んー？)

干し柿は、いわばドライフルーツ。だから歯ごたえがあることは予想できた。でもこの柿の部分は、ただの干し柿よりもしっとりねっちりとしている。そして水分量が多いことで、ただの干し柿が「お菓子」に変わっている気がした。

(何か蜜やお酒に漬けてあるんだろうか)

もぐもぐと噛んでいると、口の中で中心の餡が溶け出してくる。聞いていた通り、柚子味噌餡だ。ひなびた干し柿に、新鮮な柑橘《かんきつ》の香りはよく合う。そして味噌餡の優しい感じも、柿にぴったりだ。さらに噛んでいると、くるみがこりっと違う歯ごたえを与えてくれる。

(――おいしい！)

看板商品になるわけだ。深く納得した。

そしてあらためてショーケースの中を見る。個別包装とかは――ないんだろうな。ちなみにお値段は、一本千五百円。切り分けたら八人分くらいあるから、すごく良心的な価格だ。

「いかがでしたか」

声をかけられて、はっと顔を上げる。

「すごく、おいしかったです。干し柿を使っているのに、しっとりしていて」

男性の店員さんが「ありがとうございます」と微笑んだ。

「あれは、なにかに漬けたりして戻しているんですか?」

「ええ、まあ」

「蜜とか――」

「先代の、試行錯誤の結果ですよ」

やんわりと答えを拒否された。企業秘密ということだろうか。

他のお菓子も見てみようと視線をそらすと、上生菓子が目に入った。

(あれ)

三月だから春のモチーフなのはどこも同じなんだけど、なんだかそのうちの一つに見覚えがあった。可愛い小鳥の形の『うぐいす』だ。うぐいすのモチーフ自体はあちこちで見るけど、この丸っこくて可愛らしいデザインは特徴的だ。

「あ、これ――」

柏木さんが東京のデパートに出店していたときに、売っていたのと同じものだ。そういえばあのときも、寒い季節だったっけ。そうそう、「初釜」という言葉を教えてもらったから、新年だ。

鶯《うぐいす》は「春を告げる鳥」だから、新春から早春まで長く使える便利なモチーフなのだけど。

(――味は今ひとつだったんだよね)

見た目がすごく可愛かったし、包装紙のデザインも素敵だった。でも肝心のお菓子の味が、それに釣り合っていなかった。甘すぎる餡と、もっちりしすぎたこなし。

暗記系の勉強は苦手だったはずなのに、こと味の記憶となると私はしっかり覚えている。そして芋づる式に、あのときの柏木さんや嫌みなお客さんのことなどを思い出す。そうそう、あのお客さんもこういう厳しそうな人だった。

（って、もしかして——⁉）

私ははっと顔を上げると、店員さんの顔をまじまじと見た。たぶん、だけどあの人。でもたった一度のことだし、確証は持てない。そしてここは柏木さんの実家。ということは、この店員さんは彼の身内の人ということになる。

（あのとき、椿店長はなんて言ったんだっけ）

柏木さんに対して「飴《あめ》細工の鳥だ」と言い放った男性。その謎を解く際、椿店長は「どうでもいい相手には、怒ったり叱ったりしない」というようなことを言っていた気がする。立花さんは「解いてほしかったんじゃないかな」とも。

少し調べて勉強しなければわからない、「飴細工の鳥」という言葉。それをあえて投げつけるのは、解いてみせろという叱咤激励《しったげきれい》の意味があったんじゃないかと。

中身がなくて、見せかけばかりの飴細工の鳥。

その見かけに見合うようになってみろ。中身を満たせ。

そういう言葉をかける相手というのは、自分にとってどんな人なんだろうか。

（家族、じゃなきゃ師弟？）

そう思って見ると、ちょっと柏木さんに似ている気もする。

「あの——?」

店員さんに首をかしげられて、顔を見つめすぎていることに気づく。

「あ、すみません!」

恥ずかしい。私がうつむくと、店員さんは気にしませんというように微笑んだ。

「もしよろしければ、そちらで召し上がりますか?」

「え?」

「上生菓子を見て、悩まれていたので」

観光でいらしたんですよね? と聞かれてうなずく。そうか。持ち帰れなくて悩んでいると思われたんだ。でも食べられるなら、食べてみたい。

「じゃあその『うぐいす』をひとつ、お願いします」

値段は、ここでも三百円台。やっぱり安い気がする。店員さんが懐紙を敷いた小皿に載せて、黒文字を添えて出してくれた。

「今、お茶をお持ちしますね」

「あ、ありがとうございます」

お茶まで出してもらえるとは思わなかった。私はベンチに腰かけて、お茶碗で冷えた指先を温める。そしてごめんね、とつぶやきつつ可愛い小鳥を一刀両断。ぱくり。

(……あれ?)

おいしい。気のせいかと思って、もうひと口。ちゃんとおいしい。甘いけど嫌な甘さじゃなくて、むっちりしたこなしとうまく調和してる。

（おいしいのは、いいことなんだけど——）

記憶と違う味に首をかしげていたら、店員さんが「どうかされましたか？」と声をかけてくれた。

「あ、いえ。なんていうか、その、前と味が変わったなって」

私の答えに、店員さんが意外そうな表情を浮かべる。

「以前も、当店のお菓子を召し上がっていただいていたんでしょうか」

それを聞いた瞬間、まずい、と思った。だってこの人があのときのお客さんと同一人物だったら、私が邪魔をしたことも覚えているかも。

言わなきゃよかった。でも適当な嘘をつく頭脳もなければ、それをつき通すテクニックも持ってはいない。なら、とるべき道はひとつ。正直に話すこと。でも、話さなくていいことは置いとくことにする。

「はい。東京のデパートの金沢フェアで。あのときはこの『うぐいす』と『早春』を買ったんですけど」

私の言葉を聞いた店員さんは、きゅっと厳しい表情になる。ああ、やっぱりあの人な気がする。

「それはありがとうございます。もしよかったら、味がどう変わったか教えていただけますでしょうか」

そこで私は正直に、今の方がおいしいですと答えた。すると店員さんはほっとしたように笑顔を見せる。

「それはよかった。これが本店の味ですから」

本店？　心の中に疑問符が浮かぶ。だって『柿一』に支店はなかったはず。それとも、フェアへの出店を「支店扱い」にしているのかな。

その疑問と同時に、私はもう一つ不思議なことに気づく。あのときのフェアには、巻き柿の『柿一』が置かれていなかった。

＊

店名と同じ、看板商品のお菓子。普通だったらそれをメインに売っているはず。でもあのとき、こんな特徴的なお菓子はなかった。というか、棹菓子そのものがなかった。

（あえて、置かなかったのかな）

短期間のフェアだから、棹菓子は売れそうにないと思った？　でも地元で有名なわけだし、売れなくても少しは並べておくものじゃないだろうか。

味が今ひとつな上生菓子と、接客が今ひとつな柏木さん。そこに味が確実な看板商品もないって、どこかがおかしい。そして今、ここで食べる上生菓子はデザインが同じなのに、味はおいしい。

（それを、この人は当たり前のことのように言って――）

考えれば考えるほど、疑問が浮かび上がってくる。

「あの、こちらが本店ということは、フェアに出られていたのは支店だったんですか」

そうたずねると、店員さんは初めて気まずそうな顔で言い淀《よど》んだ。

「支店というか、暖簾分けというか……こちらの職人が作った味ではないということです」

「同じお店じゃなかったんですか？」

「同じ店です。が、百貨店側の要望として若手の職人を出すことが条件だったんです。老舗の若い職人衆、という売り方をしたかったようで」

それは気がつかなかった。ただたんに、若い売り手さんが増えたなとしか考えていなかった。

「この『柿一』もありませんでしたよね」

「あの店はこちらの味ではないので、任せられなかったという部分があります。ただ――」

「任せられなかった？」

その言葉に、ちくりとしたものを感じる。

「ええ。あのフェアは、その職人の力試しのようなものだったので――。自分の味だけで勝負してみろと」

あのとき、お店にいたのは柏木さん一人きり。もし交代で誰かいたとしても、せいぜいもう一人。だとしたら。

「じゃあ、あのときお店をやられていた方は」

素知らぬふりで、聞いてみる。

「もう、こちらにはおりません」

やっぱり。

「暖簾分けされたんですか？　それとも独り立ちされたとか」

「いえ。違う店に転職しました」

「愛想のいい店員さんだったのに、残念ですね」

柏木さんをフォローしてあげたくて、そうつぶやいた。すると目の前の店員さんが、皮肉な笑みを浮かべる。

「まあ、そうですね。彼は、愛想だけはよかった」

「え？」

「上の人間に取り入るのがうまいんですよ。だからどの業界でも可愛がられる。でも技術がないから、思うような結果が出ない。それで転職を繰り返す。考えが浅いというか、甘いんでしょうね」

……ちょっと、言い方がひどくない？

だってここは柏木さんの実家なはず。そしてこの容赦《ようしゃ》のない言い方からして、この店員さんは柏木さんの家族――年齢から考えると、おそらくはお兄さんだろう。

柏木さんに、足りない部分があるのは本当だと思う。でも彼はそれを自覚していたし、悩んでいた。なのに、こんな言われ方をするなんて。

私は、自分のことを半端者《はんぱもの》のアヒルと言った柏木さんを思い出す。『K』の仲間とごはんを食べに行くのが楽しいと笑っていた姿も。

「――誰かに気に入られることを、取り入るって言い方にするのはどうなんでしょうか」

つぶやきが、口から漏れてしまう。

「はい？」

「愛想がよくて感じがいいから、人に気に入られるんですよね。それをわざわざそんな言い方をするなんて」

「いや、それは――」

店員さんが、ばつの悪そうな表情を浮かべる。

「失礼しました。見ず知らずのお客さまに、身内の揉《も》め事をお話ししてしまって」

ぺこりと頭を下げられて、私は唇を嚙む。こんな風に謝られてしまうと、心の中で立ち上がった自分の行き先を失ってしまう。だってこの人とは、ほぼ初対面だし。

「いえ」

口惜《くや》しい顔を見られないように、店員さんから目をそらした。するとベンチの端の方に置かれた小さな台の上に、『柿一』のパンフレットが置いてあるのが目に入った。印刷の写真が少し古い印象で、いかにも昔から同じといった感じのデザイン。

他のお店に置いてあったら、気にもならなかったかもしれない。でも、『柿一』では逆にこれが浮いて見えた。なぜなら、ここは包装紙や生菓子のデザインがとても洗練されていたから。

なんだか、ちぐはぐな印象。思わず手に取った瞬間、自動ドアが開いて他のお客さんが入ってきた。私はパンフレットを斜め掛けのバッグにしまって立ち上がる。

「あの」

その人がお菓子を選んでいる間に、私は店員さんに小さな声で話しかける。

「さっきは失礼な言い方ですみませんでした」

こちらこそ申し訳ありません。そう頭を下げる人に、『柿一』の小さなサイズはないのか聞いてみた。すると店員さんは少し考えてから、やはり抑えた声で言う。

「通常は販売していないのですが、夕方に料亭さんに卸す分を切り分けます。そのときなら、三分の一のサイズをお分けできますが」

時間を聞くと、四時半から五時半くらいだという。来られなくはない。

「では、その頃にまたうかがいます」

会釈をしてお店を出ようとすると、「ちょっとあなた」と今入ってきたお客さんから声をかけられた。人の好《よ》さそうな、中年の女性だった。

「失礼だけど、もしかしてご旅行中じゃない？」

「え？　あ、はい。そうですけど」

「今ちょっと聞こえちゃったんだけど、夕方またここに来るのよね？　それまで、どうやって時間潰すのかしら？　行きたいところとかあるの？」

美術館は、市場は、と聞かれて私は答える。

「はい。どっちも行きました。あと、からくりのお寺にも」

「あら、もう結構行っちゃってるのね。そしたら残るのは金沢城か兼六園ってとこだけど」

ガラス扉の方をちらりと見て、「今日は寒いわよね」とつぶやく。

「室内だったら和菓子作り体験とかあるけど、今からじゃ時間の調整が面倒だし」

もともと午後はフリータイムの予定だったし、ぶらぶらお菓子屋さん巡りをしてもいい。だからそんな心配をしていただかなくても、と私が言うと、女性はきっぱりと首を横に振った。

「せっかく若いお嬢さんが旅行先に選んで下さったんだもの。金沢をできるだけ楽しんでほしいわ」

女性は、カウンターに向き直ると店員さんにたずねる。

「ねえ柏木さん、室内でおすすめのとこってどこかしら?」

ええっ!? 店員さんと私は、同じような表情を浮かべてしまう。だってさっきまで、微妙に険悪というかよくない雰囲気だったから。それを頑張って元に戻したところなのに。あと、私的には「やっぱり柏木さんの家族だったか」という意味も含めての、「ええっ!?」だ。

それでも店員さんは、ちゃんと考えてくれた。

「――鈴木大拙《すずきだいせつ》館、ですかね」

「え? それってどこにあったかしら?」

「美術館と同じエリアですよ。県立図書館の方に歩いて十分くらいです」

すずきだいせつ。文学者だろうか。金沢市内には室生犀星《むろうさいせい》や泉鏡花《いずみきょうか》など、文学館も多い。

「で、その人って何をした人？」

どの辺がおすすめなのかしら。女性が、私の疑問を代弁してくれた。

「鈴木大拙は仏教系の哲学者ですが、難しいことを考える必要はないと思います。建物と庭が素晴らしいので、それを楽しむだけでも充分かと」

ふうん。でも、なんとなくそそられなかった。

「そうなの。でもそれ、面白いのかしらね」

またしても女性と同意見。だって難しくないって言われても、そもそも哲学が何について考えるジャンルなのかもわからないし。

ただ、店員さんの表情が変わったのは気になった。

「面白いというか――よい場所だと思います。緑と水があって。静かで、自由で」

「静かで、自由――」

おうむ返しにつぶやくと、店員さんが微笑みを浮かべてうなずいた。

「私はあそこの『水鏡《みずかがみ》の庭』が好きで。そこに座っていると、小さな場所から解き放たれて、どこまででもゆけるような気がするんです」

おだやかで、落ち着いた声。その場所を思い出すだけで、こんな表情ができるなんて。

（きっと、素敵な場所なんだろうな）

面白いとかわくわくするとかじゃなくて、気持ちが解き放たれるところ。そういうところへ行ってみるのも、いいかもしれない。

「じゃあ、行ってみます」

私が言うと、店員さんは我に返ったように慌てた。

「あ、いえ。これは本当に私個人の感想なので、無理に行かれなくても」

「そうよね、若いお嬢さんには面白くないかもしれないし」

二人の言葉に、私はうなずく。

「大丈夫です。行ってみないと、面白いか面白くないかもわかりませんから」

それよりも、色々考えていただいてありがとうございます。ぺこりと頭を下げると、店員さんがメモに行き方を書いて差し出してくれた。

私はもう一度お礼を言うと、店を出た。

＊

よりちゃんとサチにＬＩＮＥで夕方の予定を送ると、二人から『ＯＫ』のスタンプが届く。もともと夜ごはんは七時くらいと打ち合わせていたので、問題はない。

『夕方、暗くて迷ったら連絡してね！』

『ちなみに、夜は何にしようか？』

ぽこぽこと小さな音をたてて、会話が進む。私はバスを待ちながら、返事を打ち込んだ。

『昨日は私の希望でラーメンにしてもらったから、今日は二人の希望で選んでね！』

するとよりちゃんから平謝りのスタンプが送られてくる。

『ごめん！　今日は私が金欠でファストフード希望……！』

私は素早く『了解！』のスタンプを送る。なら夜ごはんはカレーで確定だ。昨日のラーメンもそうだけど、金沢には独自路線のチェーン店があって面白い。


バスに乗って、昨日行った美術館の次のバス停で降りる。そこから徒歩数分。入口が大通りに面していないので少し悩んだ。でも書いてもらったメモの通りに曲がったら、すごく大人っぽい建物が現れた。

ベースが黒で、字も大きくないし「ここでーす！」って主張していない。入口も小さくて、観光バスで来るとかそういう雰囲気じゃなかった。

（入って、いいのかな……）

私は観光バス的な「誰でもどうぞ」に安心する方だから、正直ちょっと腰が引けた。

（でも、せっかく教えてもらったんだし）

そう思って、扉を開ける。すると入館料がお財布に優しくて、まず一安心。でも受付の女性の静かなたたずまいと、館内の静けさにまた不安になる。

「ごゆっくりどうぞ」

その言葉に送り出されて、廊下を歩きはじめる。不安だ。でもすぐに明るいガラス張りの空間が広がって、また安心。しかも外には大きな木が一本、静かに立っていてなんだか気持ちがほっとした。

展示室に着いて、まずは鈴木大拙さんの年表を読んでみる。仏教哲学者って何がなんだかわからなかったけど、「禅の思想を海外にも広めた」というのはふむふむと思った。

(禅ってよく瞑想《めいそう》──悟り──宇宙──ってなってるやつだよね?)

超シンプルな中に、無限の宇宙を感じるみたいな。私は京都で見た、水の波紋を砂利で表現した石庭を思い出す。確かあれも、石の配置が宇宙じゃなかったっけ。

(で、哲学っていうのは、たぶん「我思う故に我あり」みたいなことを考える? で合ってる?)

合ってるかなあ。そんなことを考えながら、室内を見渡す。するとここでも、お花が目に入ってきた。「禅」と書かれた掛け軸と、生け花。金沢が雅《みやび》なイメージって、こういう小さなことの積み重ねからきてるんじゃないだろうか。

(でも、不思議)

掛け軸だけだったらただの展示物だけど、そこにお花があるとインテリアにも感じる。あと、やっぱり生ものっていうか、フレッシュな存在感が枯れた掛け軸といい対比になっている気がした。

(にしても、展示してあるものが少ないな)

年表や著作一覧はあるものの、「これはこうだ」みたいな思想を大書きしたものがない。机もあるけど、それは展示用じゃなくて本当に使ってもいいタイプのものだし。

気に入ったらゆっくり勉強していけば？　って言われてるみたい。

（鈴木さん、いい人だったんだろうな）

そのままぶらぶらと順路をたどると、また薄暗い廊下から、庭に出た。綺麗な水とつくばいがあって、それを廊下に置かれたベンチから眺めることができる。

（いいな）

いつの間にか、静かなことに怯えなくなっていた。だってここは静かだけど、静かであることを強制していない気がしたから。

座ろうかとベンチに近づいたところで、順路の標示に『水鏡の庭』という文字を見つけた。そちらがメインのようだったから、進んでみることにする。

ガラスの扉を開けて外に出ると、いきなり大きな水面が目の前に広がった。

（わあ――）

風がないせいか、本当に水が鏡のように見える。曇天の空を映して、上と下が一体化しているみたい。水際の通路を進むと、小さな四角い建物に行き着く。水が見られるように三方の扉が開け放たれた部屋には『思索空間』という名前がついていた。中に入ると、そこには縁台のようなベンチが置いてあるだけ。

（座りなさい、って言ってるよね）

正面の席に座って、バッグからお茶のペットボトルを出した。もうぬるくなっていたけれど、それでもなんとなく人心地つく。

扉の先にはすぐ水面があって、雲の形が見えている。

（――なんだかなあ）

私は、何をやってるんだろう。ため息が出た。

巻き柿というお菓子を食べたかったのは本当だけど、柏木さんの家族と揉めるつもりなんてなかった。第一、向こうにしてみたら私は初めて店に来た観光客。そんな相手が言葉尻をとらえて不機嫌になるなんて、災難としかいいようがない。

（でも……）

それでもやっぱり、私は柏木さんの味方をしてあげたかった。立場は違っても、同じような悩みを抱えている彼を。いつでも足もとが不安で、気持ちがぐらぐらしてしまうつらさは、本当によくわかるから。

ぽちゃん。

突然の水音にはっと顔を上げた。水の方を見ると、水面に綺麗な波紋が広がっている。何かが投げ込まれたのだろうか。けれど周囲に人影はない。じゃあ木の実が落ちたとか、鳥が水を飲んでいったとか？

それにしても、綺麗な波紋だ。均等に輪が広がって、まるでコンパスで描いた図形みたい。

（高いところから、まっすぐに落とさないとこうはならない気がするんだけど――）

そう思って上を見ても、鳥の姿はない。木はあるけれど、波紋の位置まで枝を伸ばしている木はない。不思議に思って見つめていると、いつの間にかまた考えの中に沈んでいく。

柏木さんに同情してしまうのは、彼のせいではない部分で彼が怒られるからだ。愛想がよくて人に愛されるキャラクターを「取り入るのがうまい」と言われ、和菓子屋さんの家に生まれたから修業先があることを立花さんに皮肉られた。

(「考えが浅いというか、甘いんでしょうね」――か)

そう考えたところで、ふと思う。甘いって、そんなに悪いこと？

甘口のお醬油を「うまくち」と言いかえるように、「甘すぎない」がお菓子だけじゃなくファッションの売り文句になるように。

(甘くたって、いいじゃない)

実際、おいしいからお醬油を甘くしているんだし、甘いお菓子も甘い雰囲気のガーリーなお洋服もちゃんと需要がある。柏木さんだって優しい人当たりが評価されて、採用されているんだと思う。

(考えが浅いのは、裏を返せば深く考える前に動ける自由さがあるってことじゃない？)

ぽちゃん。水音で、視線が再び外に引き戻される。目に映る空と水面。

(同じだ)

ねえ、もしかして。もしかしてだけど。

(弱点は、強みなのかもしれない)

それはきっと同じこと。空が水鏡の池に映るように、レアンドロのプールの下から空を見上げるように、弱点は見る角度を変えれば、強みに変わる。

ふらふらと足もとが定まらないのは、よく考えて決めかねていて、でも自由だから。気持ちがぐらぐらするのは、人のことばかり見てしまうのは、誰かのことを見つめる心のゆとりがあるから。

(だとしたら、強いと思っていた人の強みも——)

違うのかもしれない。

立花さんや柏木さんのご家族みたいに道を決めた人は強いと思ったけど、裏を返せば実はもうどこにも行けない、逃げ出せない苦しさもあるんじゃないだろうか。

(一度決めたことをひっくり返すのは、すごくつらいし勇気のいることだから——)

もしそうだとしたら、選んだ道に後悔はなくても、ふらふらふわふわしている人を見たら苛つくかもしれない。

(同じことなのかもしれない)

弱い人の強さと、強い人の弱さ。

ぽちゃん。

波紋が広がるように、静かに理解が広がる。

(わかった)

綺麗すぎて、さっきとほとんど変わらない図形。たぶん数分間隔の水音。これは、人工的なものだ。

考えている人にヒントを出し、突き当たりで悩んでいる人には気分転換をうながす。そんな思索の手助けとして、この水音はある。そこまで考えたところで、私はぽつりとつぶやく。

「――寒っ！」

＊

『柿一』に戻ると、あの店員さんが待っていた。私はぺこりと頭を下げると、お菓子の『柿一』を受け取る。お代は、その分量に比例して三分の一だった。

「ありがとうございます」

私が頭を下げると、店員さんは慌てたように「いえ。こちらこそご足労をおかけしまして」と頭を下げてくれた。

「あの……鈴木大拙館、すごくよかったです」

「そうですか、それはよかった」

「本当に静かで、でもそれが寂《さび》しいとか嫌な感じじゃなくて――」

なんて言ったらいいんだろう。あの、ぽかんと抜けてすっとした感じ。

「あ。物が少なくてよかったです」

言った瞬間、軽く後悔した。なにそれ。これじゃまるで、小学生みたい。

けれど店員さんは笑わず、深くうなずいてくれた。

「物が少ないのは、わざとそうしているらしいですよ」

「え？　そうなんですか」

「はい。見ようとしていなくても目から勝手に入る情報は多いので、来館者がより考えを深められるよう、そうしているのだと聞いたことがあります」

あ。今なんか、ちょっとわかった気がする。

「――禅のイメージが究極のシンプルみたいなのって、そういうことなんでしょうか」

物が少なければ、入ってくる情報も少ない。それってつまり、大切なことを考える前に、余計なことで頭を一杯にしないようにしてるんじゃないだろうか。

「そうですね。おそらくそういうことだと思います。なので私も、店内はできるだけシンプルに、しつらえも素朴なものを選ぶようにしています」

「あの、しつらえ、ってなんですか？」

「おもてなしのため整えた場所――当店で言うならそこの掛け軸とお花があるスペースのことですが、ひいては飾り方そのものを指す言葉です。茶道などでよく使う言葉なのですが」

ああ、まただ。私は本当に物を知らないというか、雅な方面への知識が欠けている。

「金沢は千利休《せんのりきゅう》の影響を受けた藩主がいたので、茶の湯が盛んな土地なんです。そしてお茶があるからこそ、お菓子も発展してきた」

茶道茶具奉行《ちゃどうちゃぐ》なんて役職もあったらしいですよ。店員さんの言葉に、私は思わずくすりと笑った。お茶を取り仕切るお奉行さまって、どんなだったんだろう。お菓子の味見とかしたのかな。

そして気づく。最初の個人店にこの『柿一』。しつらえを大切にしているということは、お茶席を意識してお菓子を作っているということ。

(確かお茶席に出すお菓子は食べる時間から逆算して、その時間においしく食べられるよう作る、って椿店長が言ってた――)

うまく言えないけど、本気なんだな、と思った。おいしいものを作りたいという単純な気持ちだけじゃなく、この土地の文化の一部であり、それをつないでいくんだという雰囲気がここにはある。

そう感じたら、「甘くて何が悪いの」と言いたい気持ちがしゅんと小さくなった。だってこの人はこの人で、すごく真面目にお菓子に取り組んでいる。色々な角度からお菓子のことを考えて、そんな人からみたら、やっぱりふらふらした人は「甘く」見えるだろう。

「長々と話し込んでしまってごめんなさい」

そろそろ失礼します。私がぺこりと頭を下げると、店員さんも頭を下げてくれた。

「あの」

自動ドアの前に立ったとき、再び声をかけられる。

「はい?」

「あの、失礼ですがもしかしてお客さまは弟――東京にいる柏木をご存知なのでしょうか」

やっぱりバレた。でもあんな風に喋ったら「知り合い?」って思うよね。だから私はこくりとうなずく。

「私はただの顔見知りですけど、柏木さん、いい人だと思います」

それを聞いた店員さんは、怒ってるのか悲しんでるのかわからないような、くしゃりとした表情を浮かべながら、頭を下げた。

「……ありがとうございます」

ありがとうございました、ではないのは柏木さんのことを思いやってのことだと信じたい。私はガラス戸の外からもう一度お辞儀をすると、お店を後にした。

＊

カレーの上に、カツが載っている。

「ねえ、『金沢カレー』って、カツカレーのことなの？」

よりちゃんの疑問に、サチがスマホで検索をする。

「金沢カレーは――ルーが濃くてどろっとしてて、カツの上にソースがかかってて、キャベツが添えてあるのがポイントっぽいよ」

「うーん。なんかわかるようなわからないような」

それぞれのパーツが日常的すぎて、私たちには「金沢」が感じられない。でもまあ、揚げたてのカツはサクサクの熱々だし、おいしいからそれ以上理由は問わないことにする。

「ところでよりちゃんは何にお金使ったわけ？　杏子の和菓子と違って、温泉がそんなにお金がかかるとは思えないんだけど」

サチの突っ込みに、よりちゃんはへへへと笑う。

「実はねえ、これ、買っちゃったんだ」

言いながら、リュックから縦長の箱を取り出す。箱には『新酒』の文字が。

「よりちゃん、お酒飲むんだっけ？」

「ううん、ほとんど飲まない。でもね、こないだ成人式やったしって思って試飲してみたの。そしたらすっごくおいしくて」

「そうなんだ」

「新酒だからフレッシュ、くらいは想像してたけど、本当に果物の香りがしたんだよ。お米以外、なんにも入ってないのに」

それですごく感動したから、つい。そう言ってよりちゃんは、今度はパンフレットを取り出す。なんでも、温泉の近くにこのお酒を造った酒蔵があるのだと言う。

「家族経営みたいでね。これ見たら、もう絶対に買わなきゃと思って」

古っぽいイメージのパンフレットは三つ折りで、その一番最後のページに酒蔵で働く人々の集合写真が載っていた。大人に交じって、最前列に子供とか犬が「えっへん」という表情で並んでいるのが可愛らしい。

「作ってる人の顔が見えるのって、いいよね」

実は私も、こういうのに弱い。「この人が作ってくれたんだなあ」と思うと、普通のお野菜もなんだかおいしく感じるし。でもよりちゃんは、さらにその先を行っていた。

「私はこれに、すっごいきゅーんときちゃったんだよね」

「え、なにそれ」

サチがおかしなものを見るような目でよりちゃんを見る。するとよりちゃんはいきなり「ここで問題です」と私たちに言った。

「こういう古いパンフレットを使っている理由って、なんでしょう?」

ヒントはお酒のパッケージだよ。そう微笑まれて、サチと私は顔を見合わせる。

「古いパンフレットを使ってる理由――? まず、パソコン使える人が少ないかいないない、じゃない?」

高齢化的な。サチの答えを聞いて、私も一つ答えを出す。

「あと、お金だよね。そこにお金をかける余裕がないとか」

私たちの答えを聞いて、よりちゃんはふるふると首を横に振る。

「違う違う。ほら、パッケージとかお酒のラベルもちゃんと見て」

そう言って箱をこちらに差し出す。私とサチはそのお酒の瓶を見て、同じことを思う。すっごくお洒落。

「――パッケージにお金を使ってるってことは、宣伝費はあるってこと?」

サチの答えに、よりちゃんはうんうんうなずく。

「お金があるってことは、パソコンだって外の会社に頼めるし、今は印刷代も安いよね」

私の答えにも、ぶんぶんうなずく。

「え。じゃあ、なんで?」

ハモった私たちを見て、よりちゃんは集合写真を指さす。

「答えは、これ。この写真」

「え?」

「この写真、結構昔の感じがするでしょ。実は私に試飲を勧めてくれた人もこの中にいるんだけど、若くてわからなかったの」

そう言って、中の一人を指さす。

「でもその人がね、言ったの。この写真には、今は他の場所で働いていていないけど、このお酒の味を決めた杜氏《とうじ》さんと、今はいない酒蔵のアイドルの犬が写ってるんです、って」

「ああ――……」

動物ネタに弱いサチが、瞬時に「きゅーん」となるのがわかった。

「その当時のメンバーだからこそできたお酒だから、変えたくないって聞いたら、もう、ねえ!」

買っちゃうでしょ。お財布無理しちゃうでしょ。よりちゃんの言葉に、私たちはぶんぶんうなずく。

そして私は、ふと自分のバッグの中のパンフレットを思い出す。

「あ、そういえば私も貰ったんだよ」

『柿一』も、パッケージは今風なのにパンフレットは古い感じのお店だ。二人に見せると、よりちゃんが「あ、やっぱりあった」と指をさす。そこには、『従業員一同』という写真が。

「犬や子供はいないけど、今は違うお店の人とかいるのかな」

サチの言葉に、よりちゃんがうなずく。

「まさかおじいちゃんとかが、もう」

「やめてよ。悲しい方に持ってくの」

「ごめんごめん」

二人のかけ合いを聞きながら、私は写真を見つめていた。

そこには、今より少しだけ若い柏木さんが、照れくさそうな笑みを浮かべて立っていた。

＊

柏木さんのお兄さんがそういう理由でパンフレットをそのままにしているかどうかはわからない。でも、少なくとも新しいものにできる状態なのに、あえて変えていないことは事実だ。

なら、良い方に考えたい。

（いつか戻ってきてほしい、と思ってるのかな）

それとも、ただ思い出として大切にしているのか。そしてこのことを、柏木さんは知っているのか。

そこで私は夜に東京に着いた後、そのまま東京デパートの地下食品フロアへと向かった。

みつ屋には立花さんと桜井さんがいた。二人に今朝作ってもらった朝生《あさなま》のお菓子を渡して、椿店長にはその中でも比較的乾きにくいものを残すことにする。夕方の混雑が過ぎて、閉店を待っている時間。私はお客さんがいなくなるのを見計らって『K』にいた柏木さんに声をかける。

「あの、柏木さん。行ってきましたよ、『柿一』」

「ありがとうございます。もしかして今、お帰りの途中ですか」

「はい。立花さんたちに生菓子を届けついでに寄りました。ところでこれ――」

私はパンフレットを取り出し、裏面の写真を見せる。すると柏木さんはお兄さんと同じような、悲しいのか怒っているのかわからないような表情を浮かべた。

「……新しいパンフレットのフォーマットは、パッケージデザインと一緒に作って、置いてきたのですが」

そうか。あのお店のデザインは柏木さんが担当していたのか。だとすると『うぐいす』が可愛いことにも納得がいく。だって金沢フェアのときのお菓子は、柏木さんが作ったものだとお兄さんが言っていたから。

「パッケージは、現代的で素敵なものになってましたよ」

分けてもらった巻き柿の『柿一』を見せると、柏木さんは「そうですか」とつぶやく。

使われなかったデザイン。その本当の意味がわかるのは、お兄さんと柏木さんだけだ。

「――あのとき、兄は追加の商品を届けに来ていたんですよ」

「あのときって、最初にお会いしたフェアのことですか?」

「はい。梅本さんには恥ずかしいところをお見せしてしまいましたが、兄は私を叱りにだけ来ていたわけではないんです」

「そうなんですか」

「そもそも、フェアを私に任せることに父親は反対していました。お菓子は平凡な味しか作れないし、さりとて売るのがうまいわけでもない。なら、定番のお菓子と売り子の人を連れて行けと」

柏木さんは下を向いたままつぶやく。

「でも兄は、期待してくれたんです。やらせてみたらどうだと。地元じゃなくてまったくの新天地なら、周りの目も気にならないだろうと」

地元の目。それは「有名な『柿一』の息子」であり、「ちょっと今ひとつな方の息子」という無言の声。それのない場所なら、売り子としてはうまくいくのではと思われた。

「なのに私は、期待に応えられませんでした。フェアの前半が過ぎたところで売り上げが悪くて、百貨店の担当者からてこ入れを持ちかけられました。それで兄は、『柿一』や日持ちのする商品を直接デパートに持ってきてくれたんです」

梅本さんが見たのは、商品を届けた兄の帰り際です。そう言って柏木さんは弱々しく微笑む。

「うまくいかないことが心苦しくて、さらに接客はひどいものになりました。それを見た兄が、苛立つのも当然でした」

期待してもらったのに。うまくやるつもりだったのに。

「私は本当に、甘かった。見通しも、ものを作ったり売ったりすることに対する姿勢も。すべてが甘くて、発破《はっぱ》をかけてくれた言葉すらもわからず、ただ叱られているとしか思っていなかったんです――」

「そんな……」

柏木さんの前で動けないでいると、やがて閉店の音楽が流れはじめた。慌てて帰ろうとすると、目の前にすっと手が差し出される。立花さんだった。

「申し訳ありませんが、お話が少し聞こえてしまいました。よろしければ、これを」

その手のひらに載っていたのは、短期アルバイト用の予備の入館バッジ。これをつけていれば、従業員出口から出ることができる。

「ありがとうございます!」

「いいえ。お礼は桜井さんに」

「え?」

みつ屋の方を見ると、桜井さんが笑顔で腕っ節自慢みたいなポーズをとっていた。えーと、これはもしかして「行ってこんかーい!」的なことがあったとか?

そんな桜井さんを横目で見ながら、立花さんは抑えた声で続けた。

「――これは、ごく個人的な意見と思っていただきたいのですが」

「はい」

「甘いことは、悪いことではないと思います」

あ。

「見通しが甘いのは楽観的とも表現できますし、結果が出なかったとしても前向きな姿勢は評価されるべきです。それは、商売に対する姿勢も同じです」

立花さんの言葉とともに、水鏡の庭の池が浮かび上がる。空を映す、透明な鏡。

同じことを思ってくれていたんだ。それがすごく嬉しくて、私は手の中のバッジをぎゅっと握りしめる。

「特に接客ですが、手際が良くても冷たい印象をお客さまに与えるより、拙《つたな》くても笑顔の方がずっといい」

一瞬、自分のことを言われているのかと思った。でも今は柏木さんのことを言っているはず。

その証拠に、柏木さんが立花さんを見つめて泣きそうな顔で微笑んだ。

「ありがとうございます」

まっすぐに立花さんを見つめる柏木さん。照れくさそうに「いいえ」と目をそらす立花さん。

(仲良くなれて、よかったな)

私はあたたかな気分で、小さくうなずいた。

あまいは、うまいんだから。

透明不透明

Anne to Aijo

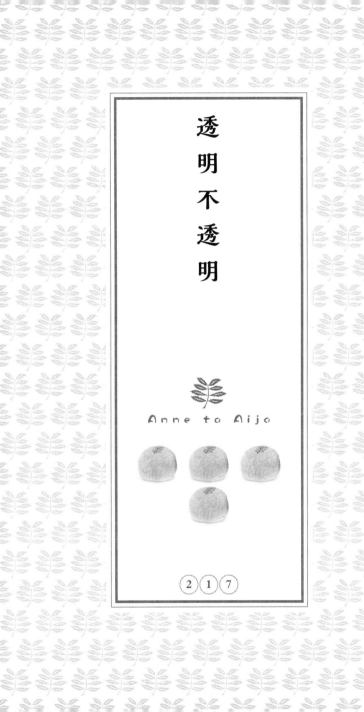

五月のゴールデンウィークが終わり、六月に入ると急に暑くなる気がする。

「年々季節が前倒しになってる気がするわねえ」

お母さんがこぽこぽと麦茶を注ぐ。

「おかずもいたみやすくなってきたし、気をつけなきゃ」

「そういえば、豚肉がちょっと嫌な臭いしてたもんね」

「ずぼらな私には、つらい季節の到来よ」

私はうなずきながら、麦茶を口に含んだ。香ばしい麦の香り。これを飲むと、夏が来るんだって気がする。

「これだって、昔は七月になってから出してたんだから」

そう言ってお母さんは麦茶の入れ物を指さす。私が子供の頃からずっと使ってる、謎の花模様がついたガラスのポット。おそうめんのときには麺《めん》つゆが入っていたりして、よくお兄ちゃんが文句を言ってたっけ。

「――お兄ちゃん、元気にしてるかな」

私がつぶやくと、お母さんは「大丈夫でしょ」と笑う。

いつもより、ちょっとだけ小さな声で。

＊

「転勤？」

「いえ。なんかずっと行ってるわけじゃないみたいなんですけど。とりあえず一ヶ月はウィークリーマンションに住むみたいです」

「出向、ってことなのかな」

バックヤードの鏡の前で振り向いた桜井さんに、私はうなずく。

「仕事の内容はよく知らないんですけど、兄は『応援に呼ばれた』って言ってました」

「応援かあ。なんか、うちらの仕事と似てる感じがするね」

「ですよね」

ちょっと見てくれる？　と言われて私は桜井さんの顔を見る。三角巾《さんかくきん》はきちんとピンで留められ、髪の毛は出ていない。

「オッケーです」

「ありがと。あ、そういえば私もしばらくいないんだよ。『応援』でさ」

「え？」

「だよね。私も自分に来るとは思ってなかったから、昨日椿店長から聞いてびっくりしたよ」

以前から、みつ屋が都内に新店舗を構えるという話は聞いていた。リニューアル中の駅ビルに新規参入することが決まり、それに伴い初期スタッフとしてベテラン販売員の募集がかけられていたことも。

「なんかバイトの応募が少なかったらしくてさ。とりあえず、通勤時間があんまり変わらない店舗から応援出して下さいって言われたんだって」

確かに新店舗がある駅は、ここと同じ路線上にあった。

「まあね。いつもみたく電車乗って、数駅乗り過ごせば着くわけだし」

断る理由もなかったって感じかな。そう言われて、私はうなずく。

「というわけで明日からしばらくいないけど、なんか嫌なことあったらすぐにＬＩＮＥかメールしなよ」

すぐに助けにくるから！　桜井さんはにやりと笑いながら、こぶしを握ってみせた。

ええと、大丈夫です。たぶん。きっと。

＊

誰かがいないのは寂しい。でも、いないはずのものがいるとなると、これはもう違う問題だ。

桜井さんが新店舗の応援に行った初日。お昼休憩に社員食堂に行くと、麺類の列で顔見知りの販売員さんと隣り合った。同じフロアの天然酵母系のパン屋さんにいる女性だ。ここのパンはおいしいので、たまに買いに行っている。

「ねえ、聞いた？　昨日、出たらしいね」

「え？」

「あー、みつ屋さんも知らないかあ。ていうかまだ、朝礼の話題にもなってなかったもんね」

トレーを滑らせながら、パン屋さんの女性はため息をつく。

「あの……何が出たんですか」

万引きとか泥棒とか、じゃなきゃ痴漢とか？　私の質問に女性はぷっと噴き出した。

「違う違う。確かにそっち方面もあるけど、昨日のは人じゃないの」

人じゃ、ない？

「出たのは閉店後。共用部の照明が落とされて、それでも仕事が残ってたお惣菜屋さんが目撃したんだって」

「——何を、ですか」

なんだか嫌な予感がした。自慢じゃないけど、そっち方面は苦手なのだ。

「何って、あれに決まってるじゃない」

女性は、声をふっと低くする。

「……薄暗くなった廊下の隅《すみ》の方だったって。

その販売員さんが、売れ残りのお惣菜を冷蔵庫に入れてたとき、小さい音がして。なんだろうって顔を上げたら、すっと白っぽい影が横切って――」

いやあああ。私は心の中で悲鳴を上げた。だめだめ。想像したら遅番が怖くなっちゃう。確かに地下三階にある従業員専用の通路とか、コンクリートが剝《む》き出しで前からちょっと怖かったし。

「このデパート、そこそこ歴史あるでしょ。てことは表向きリフォームされてても、建物自体は古いっていうか」

だから、出るわけよ。女性はあんかけ焼きそばを受け取ると、お酢をさっと回しかけた。

「ま。夏も近いしね」

それじゃお先。そう言って、彼女は列を後にする。トレーを抱えたまま呆然とする私に、カウンターの向こうから声がかかる。

「ちょっと、そこの人！　ワンタン麵できてるけど！」


いやあああ。さらに翌日の朝、同じような悲鳴がフロアのあちこちに響き渡った。そしてもちろん、私の隣でも。

「……信じられない。いや、信じる信じないではなくて、あってはいけないというか。でも以前にもありましたが。そもそも存在を否定してはいけないのですが、このフロア、というか私たちのそばにいてほしくないわけで」

立花さんが、真っ白い顔でぶつぶつとつぶやいている。バックヤードだったら「いやあああ」のひと言で済んだはずだろうが、ここは朝礼の場なので必死にこらえている。

「えー、本日はお知らせがあります」

フロア長のそのひと言で始まったホラーな話は、こう続いた。

「先日、久しぶりにネズミの目撃情報がありました」

えっ、ネズミ？　私がぽかんとしていると、あちこちで小さな悲鳴が上がる。

「時間は閉店後。特定の店舗ではなく、お惣菜売り場の奥の廊下の隅だそうです。お客さまのいない時間だったのは、不幸中の幸いでした」

あ。白っぽい影の「あれ」って、そういうことか――。

「百貨店としてあってはならないことではありますが、人が集まり、食べ物が集まる場所としてはしようがない一面もあります。定期的な駆除のおかげで、ここ数年は駆除の日以外、目にすることはなかったのですが――」

そういえば、話には聞いていた。二〜三ヶ月に一度、ネズミ駆除の業者さんが入っていると。でもそれは私たち従業員が帰ってから行われるので、現場を見る人はほとんどいない。しかも私は駆除の日の遅番に当たったことがないから、なおさらよくわからない。

「早急な対処のため、本日の業務終了後に駆除業者を入れます」

フロア長のこの言葉に、フロアがざわっと揺れた。「ネズミ」と聞いたときよりもざわつきが大きいように思うのは、気のせいだろうか。

「つきましては地下食品フロア、すべての店舗は閉店後に店の整理整頓、薬剤からの商品の保護をお願いいたします。わからないことがあったら、内線でも直接でも結構ですから私に聞いて下さい。あと、床には物がないようにしておいて下さい」

「床には物がないように」のところで、今度は違うトーンで声が上がった。

「今日中⁉」

「無理だって」

「お中元の入荷で、しまうとこないんですけど！」

ざわめきの大きくなったところで、フロア長は「お静かに」と声をかける。

「皆さん、通常業務に加えて大変なのはわかります。けれどこれは、可及的速《かきゅうてきすみ》やかに行わなければいけません。駆除を一日先延ばしにしたら、その日数分の食材を廃棄することになるかもしれないので」

閉店後は私がチェックに回りますので、責任者の方はよろしく。フロア長の締めの言葉を聞いて、フロアの全員ががくりと肩を落とした。


みつ屋に戻り、私はショーケースを磨きながら立花さんにたずねる。

「立花さんはネズミ、苦手ですか」

すると立花さんは、その単語だけでぶるりと身体を震わせる。

「ええ。生き物の差別はよくないと思ってはいるのですが、清潔ではない場所に出る生き物は、ちょっと」

「じゃあ、ゴキブリも」

「言わないで下さい」

あ、こっちもNGワード。そう思ったけれど、立花さんの答えは意外なものだった。

「今はまだ開店前で、お客さまがいらっしゃいません。けれど普段から『ゴキブリ』と口にしていると、思わぬときに出てしまうことがあります。なので梅本さん、東京百貨店にいる間は、それのことは『茶太郎《ちゃたろう》さん』でお願いします」

「はい。わかりました」

そういえば、一番最初のときに習ったんだった。お手洗いを「遠方」というような、言い換えの言葉。でも幸いなことに、これまでみつ屋に出ることがなかったので忘れかけていた。

「『茶太郎さん』は覚えてます。でもネズミは——なんでしたっけ」

「『灰太郎《はいたろう》さん』です」

言い換えるのは、お客さまにとって耳ざわりの悪い言葉。でなければ防犯。統一されたものじゃないから、デパートや商業施設によって呼び方はそれぞれ違うらしい。私は東京デパートしか知らないから、他はどんなだろうと思ったりもする。

「『灰太郎さん』に出ていってもらうために、みつ屋はどこを片づけたらいいんでしょうか」

「そうですね。うちは現在、床に物はないのですが、バックヤードには下の方に物がありますね。あと、ショーケースの中を整理して、閉店後に掃除がしやすいようにしておきましょう」

それを午前中の空いている時間に片づけましょうか。立花さんの言葉に、私はうなずいた。

＊

「下の段の箱は、寒天やゼリーなどの水物で重いです。なので、梅本さんは接客と、今日届いたキャンペーン用のポスターやのぼりの設置をお願いします」

では、何かあったら呼んで下さい。そう言って、立花さんはバックヤードに消えた。

午前十一時。お昼前のゆったりとした時間。私はこの時間に接客するのが好き。だって、お客さまの話をゆっくり聞けるから。

(杉山《すぎやま》さま、いらっしゃらないかなあ)

和菓子が好きで、笑顔が素敵な年輩の女性。そういう人に、今月のお菓子を説明するのが特に好き。「あらおいしそう」なんて言ってもらえると、なんだか自分が褒めてもらえたようで嬉しくなるから。

そんなことを考えつつ、届いた箱を開ける。中には丸まったポスターと、カウンターの上に立てるミニサイズののぼりが数本、それにパンフレットやシールなどこまごまとした物が入っている。さっそくのぼりを取り出して立ててみると、すごく可愛い。横に、ミニチュアの峠の茶屋とか置きたい感じ。

ポスターは、奥の壁とレジのある柱のあたりにそれぞれ貼ってみた。最後にチラシをカウンターの端とレジのところに半分ずつ置き、シールを包材と一緒に置いておしまい。

けれど、よく見たら箱の中にまだ何か残っている。取り出して見ると、小さいうちわだった。たぶん、おいくら以上お買い上げの方に、というサービス品だろう。

「あのー」

箱を覗き込んでいるところに、声をかけられた。

「はい。いらっしゃいませ」

ぱっと顔を上げた瞬間、私は固まる。

目の前に立っていたのは、若い男性。たるんとしてるけどきれい目なTシャツを重ね着して、さらにネックレスまでつけているお洒落さん。たぶん同年代だけど、和菓子屋さんどころか、デパ地下でほとんど見かけないタイプのお客さまだ。

(いや、でも人を見かけで判断しちゃいけない)

ここに来たってことは、少なくともお菓子を買うつもりがあるんだろうし。そう思って、いつもと同じ接客を心がけた。

「何かお探しですか」

そう微笑むと、男性はいきなりカウンターに肘《ひじ》をついてぐっと身を乗り出してくる。

「えっと、お姉さん？　和菓子の人っすよね」

私は思わず身を引いて、かちんと固まった。なにこの距離感。そしてものすごく苦手な「っすよね」の喋り。そして「お姉さん？」のあたりに漂う「あんた同世代だよな」の雰囲気。

(苦手。本当に苦手)

私はこれまで、こういうタイプの男性にからかわれ続けてきた。わかりやすいいじめはせず、軽く言って「なに本気になってんの?」と笑うタイプに。

いじめっ子や暴力的なタイプなら、前もって避けることができる。でも見た目に「気をつけろよ」のステッカーがないタイプは、本当に面倒なのだ。ごく普通の顔をして、突然斬りつけてくる。そしてこっちが傷つくと「そんなつもりじゃなかったんだけどなー」みたいな顔をする。

通りすがりにも、よく遭遇した。「見た今の?」とか「なしでしょ」とか「丸すぎ」とか。単語自体はそこまでひどくないのに、なぜかひどい言葉よりも後に残る。なまくらな包丁で、指を切ったみたいに。

(だめだめ。この人がそうと決まったわけじゃないんだし)

良くない想像のループを、必死に振り払う。

にしても、「和菓子の人」って、何?

「あの。私は和菓子の——販売員ですが」

「だから和菓子の人でしょ。そしたら教えてほしいんだけど、わらび餅って売ってる?」

「ああ、はい。こちらにございます」

よかった。ちゃんと買う気持ちで来てくれたお客さまだ。

ほっとした私は、落ち着いてショーケースの中の「今月のお菓子」を示す。六月はねりきりで出来た『青梅《あおうめ》』と、薄水色の外郎《ういろう》地がぱたりと畳《たた》まれた『夏衣《なつぎぬ》』、それにぷるんと可愛い『わらび餅』だ。ちなみに今年の『わらび餅』は、なかにさらさらのこし餡が入っていて、見た目は水まんじゅうに近い。でも上に青大豆のきな粉がかかっているのが、わらび餅的なポイントだろうか。

「えっとさ、これ、『わらび餅でーす』って持ってっていいやつ？」

「え？」

質問の意味がわからなくて、つい聞き返してしまった。

「だからさあ、これは和菓子が好きなやつに、『わらび餅だぞ』って渡していいやつなのかって聞いてんの」

ええと、二回聞いても意味がよくわからない。なので確認してみることにする。

「わらび餅はわらび餅なので、問題はないと思います。ただ、これは中に餡が入っているので、餡なしをイメージされていた方には、少し違うかもしれません」

「あ、そうなの？」

そこで私は、よくある「わらび餅」のイメージはおまんじゅうっぽい丸形ではなく、ひと口サイズのぷるぷるがいくつか入っていること、そして上には青大豆ではなく普通のきな粉と黒蜜をかけて食べることなどを説明した。すると男性は「あっ」と声を上げる。

「あー、だからあれ、怒られたのか！」

「はい？」

「言われてみればそうだよなあ。きな粉と黒蜜だよ。なんでわかんなかったかなあ？　焼肉屋で出てくるアイスの味じゃん」

男性は大げさな素振りで、額に手を当てる。

「こないださ、コンビニで『わらび餅』って書いてあるやつ買ったんだよ。透明できれいだったし。でもそれについてたの、きな粉じゃなかったんだよね」

「何がついていたんでしょうか」

不思議に思ってたずねると、男性はあっけらかんとした表情で答えた。

「ジュースの粉」

ああ、そういう系のやつかー！　頭の中の私が、激しく納得する。

最近、和菓子の人気復活とともに「ネオ和菓子」みたいなものが増えた。昔はイチゴ大福や抹茶スイーツみたいなものがそういう位置にいたんだろうけど、今はもう古典というか、あって当たり前の世界。そしてそれに代わって、イチゴミルクだんごとか、カフェオレ最中《もなか》みたいな新勢力がでてきたのだ。

私も怖いもの見たさ、というよりは興味本位でときどき買うのだけど、当たり外れが激しいなとは思う。

「『クリームソーダわらび餅』ってやつ。味はまあまあうまかったんだけど、怒られたんだよね」

きっと相手の方は、普通のわらび餅を期待していたんだろう。

「いっつも寒天がどうとか言ってるから、透明な和菓子が好きなんだと思ったのに。言われたんだよね。『二重三重に間違ってる』って」

「二重三重……」

なんだか、目の前の人がちょっとかわいそうに思えてきた。だって相手の人のことを考えて、お菓子を選んでいったわけでしょう?

「相手の方は、年輩の方でしょうか」

「いや、タメ。高校から一緒で、大学も一緒。前から、いいなって思ってたんだけど、最近ようやく友達になれたやつ」

それはもしかして、彼女というか彼女未満というか。なんにせよ、甘酸《あまず》っぱい系の話だ。

(そういうことなら、力になってあげたい)

見た目で敬遠して、申し訳ありませんでした。そんな気持ちも込めて、私はしゃきりと背筋を伸ばす。

「だからさ、和菓子の人に聞きたくて。間違ってないわらび餅を買うために」

「でしたら、当店のものは不向きかもしれませんね」

それよりも、ベーシックな形のものを買っていった方がいいかもしれません。私の言葉に、男性はうなずく。

「そっか。でもそういうの、ここで売ってる?」

私はちょっと考えて、右の方を示した。

「あちらのお店では、扱ってますよ」

ここはデパートなので、和菓子屋さんは何軒か入っている。乾きもの主体とかどら焼きメインなどの差はあるものの、わらび餅は数軒が出している。それだけ人気があって、メジャーな夏のお菓子だということだろう。

「ありがと。やっぱ頼りになるね」

やっぱ？　私、この人と以前に会ったことがあっただろうか。

(ない。絶対にない)

このインパクトに賭けて誓う。初対面だ。

私が首を傾げていると、男性はカウンターの上ののぼりを指で軽くつつく。

「『和菓子の日』とか決めてるくらいだし、元締めっていうか本部っぽいと思ったんだよね。この店」

「えっ⁉」

違う。これは全国和菓子協会が決めたものであって、みつ屋だけが掲《かか》げているものじゃない。ていうか、同じポスターがあっちの和菓子屋さんにも配られてて、でもまだあちらは出してないだけ――。

という説明をする間もなく、お客さまは右の方へ歩いていってしまった。

*

「なんだか、悪の結社みたいね」

遅番で来た椿店長が、くすりと笑う。

「元締めとか、本部って。ねえ？」

「言われてみれば……」

私もつい笑ってしまった。

「でも、まだまだ一般には知られていないものなのね」

椿店長は『和菓子の日』ののぼりを見て、ため息をつく。


和菓子の日は、毎年六月十六日。それを定めたのは全国和菓子協会で、パンフレットによると西暦八四八年（承和《じょうわ》十五年・嘉祥《かしょう》元年）に仁明《にんみょう》天皇という天皇さまが、神様のお告げに基づいて六月十六日に十六の数にちなんだお菓子や餅をお供《そな》えし、疫病除けと健康招福の祈りを捧げて改元を祝ったのがもとらしい。

（承和とか嘉祥なんて元号、初めて見た気がする……）

もともと日本史は得意じゃなかったけど、字ですら見覚えがない。その頃って、どんな格好をしてた時代なんだろう。ていうかどんなお菓子を食べてたの？　イメージとしてはたぶん、平安時代あたりのような気もするけど。

さらにそのイベントにちなんで後の時代の人が、同じ日に「嘉祥の祝」として十六をキーワードにしたお祝いをしたり、「嘉祥喰い」といってお菓子を食べたりしたのだという。

（嘉祥って、おめでたいって意味があるんだ）

確かに「喜ぶ」って字に似てるけど。でも、なんで十六だったんだろう?

「うーん、そこまでは書いてないわね」

そこはお告げだから、理由はなかったのかも。椿店長は苦笑しながら、パンフレットを畳んだ。

「そういえば、灰太郎さんのことなんですけど」

私は小声でたずねる。

「ええ。立花くんから申し送りで聞いたわ。今日の閉店後ね。うちは二人が片づけてくれたから、あまりすることがなくて楽だけど」

「薬とか、撒《ま》くんでしょうか」

ネズミ退治に対して私は、アニメに出てくるようなネズミ捕《と》り器のイメージしかない。ていうかそもそも、野生のネズミを見たことがないのだ。だから怖いとか気持ち悪いとか、あまりそういう気分にならない。

(ハムスターとか白いハツカネズミはすごく可愛いと思うんだけど)

ジャンルが同じだったら、このあたりに住むネズミだって可愛いんじゃないだろうか。そんなのんきなことを考えていたら、椿店長が聞こえないほどの小さな声で言った。

「——薬も使うけど、基本は粘着シートね」

「え。それってくっつく」

「茶太郎さんのホイホイと同じ原理ね。ただしこちらはサイズが大きいから、床にシートを敷き詰めるのだけど」

私は思わず、ハムスターが粘着シートに貼り付いている姿を想像してしまった。なんだか、ちょっとかわいそうかも。私がしゅんとしていると、椿店長は何やらメモを書いて渡してくれた。

「灰太郎さんはね、食べ物を食べてしまうだけじゃないのよ」

見るとそこには『食中毒・感染症・寄生虫』とあった。

(そうだった……)

汚いとか怖いよりもずっと深刻な被害があるのを、忘れていた。

＊

見るんじゃなかった。

私はバックヤードで顔をしかめる。

(無理ーーっ!!)

だって一応、知っておいた方がいいのかと思ったのだ。ネズミによる被害の詳細とか、どんなネズミがその対象なのかとか。

地下に出るのは、ドブネズミとクマネズミ。ドブネズミは湿った暗い場所が好きで、クマネズミは乾燥したビルが好き。デパ地下は、その両方に当てはまる。そして問題は、そのサイズ。

(ドブネズミは、最大二十八センチ……!)

もう、可愛いとか言ってられるサイズじゃなかった。私はがっくりと肩を落とす。ちなみに写真も、顔は可愛いけど色がまさに灰色で「灰太郎」そのもの。あと性格が「荒い・獰猛《どうもう》」ってもう。

（……せめてハツカネズミだったら）

予想外だったのが、ペットとしても売られているハツカネズミも駆除の対象だったこと。私は真っ白なものしか知らなかったけれど、野生のものは黒っぽい焦げ茶色。

（確か実験に使われてるのは、白いハツカネズミだった気がする）

むしろ実験用に白い種類を作ったんだろうか。それはそれでちょっと怖い方向を考えてしまいそうなので、想像に蓋《ふた》をする。

ちなみにハツカネズミは九センチ以下で、おだやかな性格。サイズ的にも顔的にも性格的にも可愛い。穀物《こくもつ》を食べるので、出る場所が田畑や倉庫、それに自然に近い場所なのだそうだ。

（うん。私のイメージしてたネズミって、これだった……）

お米をちょこちょこ食べちゃう、可愛い困り者。それはずばりハツカネズミだった。

（――クマネズミはまだいいような）

サイズは最大二十四センチだけど、性格は臆病。雑食だけど好むのは穀物や木の実、それに昆虫だ。と、そこまで読んである項目に目が止まる。「近年都会で大増殖している」。そして「殺鼠《さっそ》剤《ざい》に強いネズミ（スーパーラット）がいる」。

（それ、ゴキブリで聞いたことあるかも）

でも、だとしたらどうやって出ていってもらうんだろう。外に違う餌《えさ》を置くとか？　これはこれですごく困る。

とどめはドブネズミ。性格が荒い上に、魚介や肉類を好む。しかもじめじめした、いかにも菌の多そうな場所が好き。さらに。

「――『人を噛む』」

ああ、無理。すっごく無理。立花さんの言いたいことが、ちょっとわかったかもしれない。同じ命だし、差別しちゃいけないとは思う。でもこれはなんていうか、あまりにも「ああ〜!」な感じだ。

そして私は、よせばいいのに検索結果の「画像」をクリックしてしまう。だってだって、少しでも可愛く思える写真があるかと思ったのだ。けれど。

(いやあああ!!)

そこには、灰太郎さんが粘着シートに貼り付いた画像がたくさん並んでいた。


「知ろうとしたのは偉いと思うんだけど……」

休憩からどんよりとした表情で戻った私に、椿店長は苦笑する。

「なんにせよ、画像検索は気をつけるべきね」

私は昔、自分の肌荒れが気になって、しちゃったのよね。こそこそと囁かれて、私はうなずく。

「やってしまいますよね……」

ネットあるあるといえばそれまでだけど、「見なきゃよかった」ものを引き当ててしまうことは多い。

「ただね、そのときは『あー!』ってなったけど、よく考えたら私も失礼かなって後で思ったわ」

「失礼?」

「だって患部の写真があるということは、その病気になった人が写真を撮らせてくれたということでもあるでしょ。たとえ医学書からの転載だとしても、後学のために許可してくれた人のことを考えると、ね」

これはちょっと、目からウロコだった。確かにそうだ。どんなにおそろしげな患部の写真だって、そこを撮影させてくれた人がいる。だからこそ、それを「ただ気持ち悪いもの」として受け取るのは間違っている。

「本当ですね」

ネズミだって業者さんの駆除例として載っていたし、悪意のある画像ではなかった。

「ともあれ、蒸し暑くなってきたから、灰太郎さん以外にも注意することは多いわね」

注意することの一番は食中毒。これを出してしまうと営業停止になってしまうので、食品を扱う人はとにかく食中毒に気をつける。みつ屋でもショーケースを開ける前には手に消毒用アルコールを吹きかけ、生菓子は手で触らずトングで取るようにしている。

ただ、それでもどうしようもないのが、買われた後のこと。たとえば上生菓子は、基本的に常温で一日持つことになっている。でも異常気象で猛暑の日に、屋外を数時間持ち歩いたらどうなるか。あるいは冷房が効きすぎた室内に素《す》のまま放置されたら、どれだけ乾燥するか。

「当日お買い上げなのに、夜にカビが生えていたという事例もあったわね」

できればそうならないでほしいのだけど。椿店長はふうっと息を吐いた。

＊

翌日。別の意味での苦情が寄せられた。

「あのさあ、まだ間違ってるって言われたんだけど」

昨日、わらび餅を探しにこられた若い男性。彼は開店早々にみつ屋に来て、昨日と同じように
ぐっと身を乗り出してきた。

どうしよう。不必要なアドバイスをしてしまったんだろうか。ていうか怖い。私は思わず、バックヤードの方をちらりと見る。今日は椿店長が早番で、奥で事務作業をしている。

(でも、まず理由を聞かなくちゃ)

「申し訳ございません」

そう思って深々と頭を下げると、彼は少し身を引く。

「いやまあ、ぜんぶお姉さんのせいってわけじゃないんだけどさ」

よかった。すごく怒っているわけじゃないみたい。ちなみに今日は色の濃いTシャツに、柄物のシャツを合わせていてやっぱりお洒落。

「あの、もしよろしければ教えていただけますか。昨日のわらび餅は、何が間違っていたんでしょう」

「あ、聞いてくれる？」

男性の顔がぱっと明るくなった。

「昨日さ、ここに来たの午前中だったっしょ。あの後、河原《かわら》でバーベキューやったわけ。そこに持ってったんだけどさ」

河原でバーベキュー。その単語だけでくらくらする。ていうかイメージ通りすぎる。

「学部とかクラブとか関係ない、知り合い適当に呼んだ会にしたわけ。その方があいつも来やすいかなって思って」

おお、また青春っぽくなってきた。

「で、デザートのときにあのわらび餅出したらさ、女子はすっげ喜んでくれたんだわ。あと、意外に野郎にもウケたよ。バーベキューってなんだかんだで濃い味が多いから。あと、お姉さんが教えてくれた小さいかけらのおかげで、全員で食べられたのは良かったよ」

そこはマジ感謝。ありがとね。そう言われて、私は少し嬉しくなった。

「あいつもさ、食べるには食べたわけ。でも俺が『どーだ！』って言ったら、『おいしかったけど、まだ二重に間違ってる』って言われたんだよ」

意味わかんなくない？　と男性は大げさに頭を抱える。

「たぶんですけど――普通のわらび餅にしたことで、一つは合ってたってことですよね」

「うん。それは俺もそう思ったよ。でもあと二つがわかんなくて」

教えてよ、和菓子の人！　そう言われて、私は背後をちらりと振り返る。どうしよう。もう声をかけるべきかな。

二重三重に間違ってる。からの二重に間違ってる。

（古典的なわらび餅、というところは合ってたとして――）

考えてみても、ヒントが少なすぎてわからない。そこで私は椿店長が出てきたところで声をかけた。

「もしよろしければ、もう一度最初からお話をうかがってもよろしいでしょうか？」

椿店長はそう言って、お客さまからことの経緯を聞く。そしてしばらく考えた後に、私にたずねた。

「梅本さん、あなたがご案内したのは、そこの『香味堂《こうみどう》』さんよね？」

「はい」

『香味堂』さんは東京で昔からやっている和菓子屋さんで、古典的なお菓子を多く扱っている。『みつ屋』は今風の部分を取り入れているから、そういう部分でデパート内の棲《す》み分けができている感じ。

「ちょっと、そのわらび餅を見てきてくれるかしら」

「え？」

一応、パンフレットでは見ていた。タケノコの皮っぽいパッケージに包まれた、複数で半透明のぷるぷる。『香味堂』のわらび餅は、そんなものだったはずだけど。

(でも、広告とは違っていたとか?)

デパートではあまりないことだけど、近所のスーパーとかではたまにある。パッケージが違うものになっていたり、二枚入りのはずが大きめの一枚になったりだとか。

そこで私はカウンターから出て、さりげなく『香味堂』さんの前を通り——。

(って、ええーっ⁉)

なぜか私の後を、お客さまがついてきている。

(いやそれ、おかしいでしょ!)

ものすごく不自然。しかも男性は「ふーん」みたいな感じで、『香味堂』さんのショーケースを覗き込んでるし。私は慌てて、男性を置き去りにするようにして通路を先に進む。

幸い『香味堂』の店員さんに気づかれることはなかったけど、わらび餅をきちんと見ることはできなかった。ただ、パッケージも複数であることも、違わなかったような。

私がそう報告すると、椿店長は「半透明のものが、複数ね」とうなずいた。そしてそのまま、「一重——つまり一つは解決できたかもしれません」と続ける。

「え⁉」

私とお客さまは、驚いて同時に声を上げた。

「おそらくですが。お客さまのお知り合いの方は正統派、というか正しいものがお好きなのではないでしょうか」

「あー、はい。そうかもです。条件とか正確なのにこだわるし。でもなんでわかるんっすか?」

「クリームソーダのわらび餅が違っていて、『香味堂』さんのわらび餅が少し合っている。これは、その方が正統派のわらび餅をイメージしていたことになりますよね」

うん、そこまでは私もわかる。

「そして今、お客さまにも見ていただいたわらび餅は半透明のものが複数とのこと。私はこれが、もう一つの間違いではないかと思いました」

どきりとした。私のご案内が間違っていたんだろうか。

「え? でもさっきのお店のわらび餅って、正統派なんじゃないんですか?」

だってほら、このお姉さんも言ってたし。お客さまが首を傾げる。

すると椿店長も首をかしげて、困ったような表情を浮かべた。

「うーん、それはそうなんです。だから彼女も間違っていたわけではありません。でも、『正しいもの』が好きな方からすると、間違いというような感じなんですよ」

間違ってないのに、間違い? 一体どういうことだろう。

「というのも、わらび餅は本来その文字の通り、わらびから採れるわらび粉で作るものなんです」

「わらび——それって山菜の?」

お客さまの言葉で、頭の中に、薄緑のくるんとした形が思い浮かぶ。あれ?　「くるん」はコゴミだっけ?

「ええ。でも山菜として食べるのは新芽の部分で、わらび粉はわらびの根から採れるんです」

「わらびの、根……」

お客さまは、つかの間ぽかんとした表情を浮かべる。わらびの形を思い出すだけでも難しいのに、その根っこなんてイメージできなくても当然だ。

「わらびの根というのは、葛《くず》と同じででんぷん質を含んでいるんです。それを抽出《ちゅうしゅつ》して精製したものが本わらび粉なのですが、今では生産者も少ないし、そもそも量が採れないのでとても珍しいものになりつつあるものなんです」

「へーえ」

お客さまは興味を引かれたようで、ふんふんとうなずきながら聞いている。

「そして、今回の件における問題は色です」

「え?　色?」

そもそもわらび餅に色はない気がするんだけど。お客さまは首を傾げる。

「ええ、色です。先ほどお客さまにも見ていただいたように、今、多く売られているわらび餅のほとんどが透明、あるいは乳白色の半透明ですよね。でも本わらび粉というのは灰褐色の粉で、それでわらび餅を作ると透明感はあっても濃い茶色や、黒に近いものになるんですよ」

「茶色や、黒ですか」

私が思わず声を上げると、椿店長が苦笑する。

「夏っぽくて涼しげ、とはちょっとイメージが違うかもしれないわね」

「あ、もしかして二重のもう一つの答えって、これじゃないでしょうか」

一つめが本わらび粉でないことだとすれば、二つめは色の違い。私の言葉に、椿店長とお客さまはうなずく。

「お姉さん、すごいっすね。でも茶色や黒のわらび餅なんて、俺、正直見たことないな」

コンビニでクリームソーダ味を買ってた人に言われるのも微妙だけど、そこは私も一緒だ。

「それはさっきもお話ししたように、本わらび粉の希少性が上がって、お菓子の値段も上がってしまうからあまり使われない、という理由が大きいですね」

正直に本わらび粉百パーセントで作ったら、わらび餅一皿が千円を超えてしまうかもしれないんですよ。椿店長の言葉に、お客さまと私は驚いた。

「いやそれ、無理でしょ。高級すぎて買えないっす」

「そうですね。なので作り手もぷるぷるして涼しげで味もそこまで損なわないのなら、という理由でさつまいもをはじめとする色々な種類のでんぷんや、粘り気のあるものを使ってわらび餅を作っているんです。

ただ、よく探すと本わらび粉を何パーセント使用、という形でごく薄い茶色のものは見かけますよ」

「そうなんですね……」

半透明で黒蜜ときな粉がかかっていればわらび餅。これまでそう信じて生きてきた。でも、名は体を表すとはこのことだ。わらび餅は、まさにわらびでできたお餅だったのか。

（わらび餅、かなり好きだったのに不勉強でした――！）

私は心の中で頭を抱えた。

「ちなみにただの『わらび粉』だと製菓材料としての名前でもあるので、原材料の違うでんぷん入りのものも流通しています。なので、わらび百パーセントのものは『本わらび粉』と明記するようですね」

すらすらと流れるような椿店長の説明は、もはや驚くしかない。和菓子の知識がすごいのはわかっていたけど、粉とか材料の時点まで溯《さかのぼ》って詳しいなんて。

「ですから混じりけのない本物のわらび餅をお求めになりたい場合は、『本わらび粉百パーセント使用』と書いてあるものが良いと思います」

「はー、すげえ。そんなん初めて知りました」

お客さまは、椿店長を見て目をしばたたかせる。

「すごくないですよ。実は私も、お客さまにたずねられるまでは知らなかったんです。『これ、わらび餅って書いてあるけどわらび使ってないの？』って」

それから調べて、覚えただけなんです。

「でも、そうなるとお相手の方に持って行くわらび餅って、すごく高価で、しかも売っているところが少なそうですね」

「そうね。確かに」

私たちの会話を聞いていたお客さまは、感心したように深くうなずいた。

「うん、さすが。俺の見込んだ通り」

「え？」

「さすが、和菓子の元締め。ボスはさらにすごいっすね」

「ボス……！」

椿店長は苦笑すると、お客さまに『和菓子の日』について説明をはじめた。

＊

「それで、そのお客さまはどうされたんですか」

翌日。遅番で来た立花さんに私は続きを話す。

「本わらび粉のわらび餅は高価だし、そもそもこのフロアには売っていませんでした。それに、お相手の方は高価なお菓子を望まれているわけではなさそうだったので、違うものをおすすめすることになったんです」

あらためてうかがったところ、お客さまは相手の方が「いつも寒天のことを気にしてるっぽい」とおっしゃった。「水蒸気がどうとか、水滴がどうとか」、「蓋をずらし忘れる」とも。

「――寒天のお料理を、作られている？」

さすが立花さん。鋭い。実は椿店長も、同じように考えたのだ。

寒天は、甘いものだけに使うわけではないと。

「寒天はカロリーも味もほぼないし、ダイエットとか食物繊維が目的とかで食事に取り入れている方もいるみたいです。それでバックヤードのパソコンで調べてみたら、寒天製品って色々出ていて。糸寒天なんて、酢の物やサラダにもおすすめって書いてあって驚きました」

「もともと海藻ですからね」

その言葉に、私はうなずく。

「なのでお相手の方は、何かの理由で日々寒天のお料理を作られているのではないかと、椿店長がおっしゃったんです」

「そうですね。日本料理でも寒天で何かを固める調理法はありますし」

「あ、それって野菜とかをコンソメのゼリーで固めるみたいなものですよね？」

すごくお洒落できらきらした感じのお料理だけど、意外にもこれはお母さんがたまに作ってくれる。なんでも、「カレーに入れられない残り野菜が、いい感じに片づく」のだそう。ちなみにゆで卵が入ると、一気にごちそう寄りになるのもポイントだ。

「私、和風のものは食べたことがないんですけど。どんなものを固めるんですか？」

「何かを寄せて固めるもののことを『流しもの』と呼ぶのですが、『寄せもの』という言い方もあります。よく使われる名前だと『寒天寄せ』がありますね。

素材は前菜に使うような贅沢なものだと、カニとオクラ、エビとヤングコーンなど魚介と野菜を彩りよくとりあわせたものが多いです」

なにそれ。すっごくおいしそう。

「固めるだけなら、『〇〇豆腐』というパターンもありますね」

「あ、卵豆腐とかですね」

「はい。卵豆腐はタンパク質の凝固《ぎょうこ》作用で固まりますが、ごま豆腐なら葛粉を使います。要するに、固まる性質を利用した料理なわけですが、元々は煮こごりからはじまったものではないでしょうか」

「煮こごり！」

思わず声を上げてしまい、立花さんに視線でたしなめられる。

「すみません。煮こごりってあの、手羽先煮た後とかにてろんってなってるあれですよね？」

「そうです。日本料理的には煮魚の残り汁が凝固したものが元でしょうね。魚でも肉でも、骨や皮のついたものを煮るとゼラチン質が溶け出しますから」

「え？　あれってゼラチンなんですか？」

だってあれでフルーツゼリーができるとか、生臭《なまぐさ》そうで想像もつかない。でも、ていうことは料理の歴史的には甘いゼリーよりもしょっぱい煮こごりが先だったってこと？

「ほら、有名な話があるじゃないですか。羊羹《ようかん》はもともと中国の料理、羊の羹《あつもの》――つまり羊を煮たもので、それが煮こごったのが羊羹だと」

「ええっ⁉」

有名なの？　少なくとも私は初めて聞いた。

「その煮こごり料理が日本に来るにあたって、肉から精進風の小豆に置きかえられたと言われています」

いやでも、と私は思う。羊と小豆って、これっぽっちも似てなくない？　置きかえるにしても、せめて野菜とかキノコとか、もっと何かあったような。

ぐるぐる考えこむ私の隣で、立花さんがさらに斜め上の話をはじめる。

「ああ……食品よりは膠《にかわ》が先だったのかも」

「にかわ……？」

って何ですか。煮た、皮のこと？

「膠は今説明したものと同じで、獣の皮や骨から抽出したものの名前です。これは精製するとゼラチンになります。ただ、日本では獣食がほとんどなかったので、この技術も中国に留学していた僧が持ち帰ったとされていますね」

「お坊さんが――」

また出たか！　そう思ってしまうのは、日本文化の歴史をたどると「中国に渡ったお坊さん」が「持ち帰ったもの」がしょっちゅう登場するからだ。

（……とろとろコラーゲンみたいなとんこつスープって、膠に近かったりするのかな？）

あ、ラーメン食べたい。気持ちが横に逸《そ》れそうになって、私は軽く頭を振った。

「ちなみに膠は食用ではなく、主に糊《のり》のような接着剤であるとか、日本画の絵の具を伸ばすものとして使われていたようですよ」

「食べ物じゃないんですか？」

「昔は科学的に合成されたボンドなんてありませんからね。ねばり気のあるものは、おしなべて糊として利用されていたんじゃないでしょうか」

ほら、ごはんだって潰せば糊になるでしょう。そう言われて、私は首を傾げる。

「お米も、糊になるんですか？　それってお粥《かゆ》みたいに煮込んでどろどろにして使うってことでしょうか」

それを聞いた立花さんは、最初「ん？」という表情をした。そしてその直後、なぜか真っ赤《か》になる。

「あの……梅本さん」

「はい」

「ごく個人的な話でお恥ずかしいのですが、私は子供の頃、すごくおばあちゃんっ子で――その、祖母がたまにやっていたんですよ。ごはんの糊を」

それはごく普通に炊いたお米を、指先で潰すだけの糊だったらしい。

「手紙に封をしようとして、近くに糊がなかったときなんかにやってましたね。茶碗に残った数粒を紙の上にてん、と置いてそのまま潰して」

店頭に立つ立花さんにしてはめずらしく、ぼそぼそとした喋り。そしてふっと横に離れて紙袋を整理しはじめる。でも「恥ずかしい」って、何が恥ずかしいんだろう？　おばあちゃんっ子は微笑ましいし、相変わらず知識が豊富で羨《うらや》ましいくらいなのに。

でも、ちょっと。ちょっとなんだかドキッとした。

いつもの乙女なリアクションと違って、今は大人の男性っぽい恥ずかしがり方だったから。

(可愛い、と思っちゃうのは失礼――?)

もちろん、乙女のときは可愛い。でも今の可愛さはなんて言うか――なんだろう? うまく言葉にできない感じ。

真っ赤になった立花さんを見つめるのも悪い気がして、私はつとめて違うことを考える。

(そうだ。ごはん糊、今度やってみよう)

確かにごはんは粘り気があるし、匂いもない。それに残りごはんを使うあたり、エコっぽくもあっていい。

(ということは、もしかして他の主食っぽいものも糊になるのかな)

小麦粉は――多分なる。だって餃子包むときとか、食用だけど糊っぽく使うし。お芋は、すり下ろしたら使えるかな? 確かでんぷんがとれるんだよね。

「あー、でんぷん!」

小さく声を上げると、紙袋を整えていた立花さんが顔を上げた。

「でんぷん?」

「そう。でんぷんも糊になりますよね? 私、小さい頃に『舌切り雀《すずめ》』のお話を聞いていて不思議だったんですよ。なんで雀は糊なんて食べたんだろう? って」

「ああ、あの昔話の」

「そしたらお母さんが教えてくれたんです。あれはたぶん、でんぷんでできた糊だから食べられたんでしょ、って」

お話の中で、おばあさんは障子の張り替えをしていた。だからあれはきっと、でんぷんで出来た糊のはず。お母さんは自信満々にそう言った。

「梅本さんのお母様は、民話にお詳しいんですね」

「あ、いえ。そういう方向じゃなくって——。実はうちの母、近所のクリーニング屋さんでアルバイトをしていて」

クリーニング？　と立花さんが首を傾げる。

「はい。そこで洗濯のりについて教わった中に、その話もあったみたいで」

「なるほど、洗濯のりですか」

立花さんが納得したようにうなずく。

「洗濯のりも、昔はでんぷんや片栗粉がそのまま使われていたらしいんです。でもそのままだと虫や細菌の餌になっちゃうから、今では精製したり加工したりされて使われてるんだそうです」

人間が食べるものは当然虫も食べるし、カビも生える。それは当たり前のことなんだけど。

「その中で、障子の張り替えのときののりは、昔と同じでんぷんの糊なんだよって話を聞いたらしくて」

「確かに張り替え用の糊は、透明でとろっとしていて片栗粉で作ったくず湯っぽいですね」

なるほどとつぶやく立花さんを見て、今さらだけどまた驚く。私は、障子の張り替え用の糊なんて見たことがない。だってそもそも、うちに障子がないんだから。

(襖《ふすま》はあるんだけど、自分で張り替えるものじゃないし――)

でも和菓子屋さん、中でも師匠のお店のような場所だったら、障子があるのは当然だろう。

(でもでも、インテリアとしてそこにあるのと、自分で張り替えるかどうかは別問題じゃない⁉)

和のものに関する知識がすごい上に、実践もともなってるなんて。私はまたしても頭《こうべ》を垂れるしかない。

説明がそれまくったのだけど、結局昨日のお客さまには椿店長が葛餅をおすすめした。

「なるほど。本葛の葛餅なら『香味堂』さんで扱っていますね」

「はい。透明のぷるぷるしたところは似ていますし」

さらに今回のポイント的には、葛餅もまた葛粉を使わない商品も多いということだった。そう伝えると、立花さんはうなずいた。

「確かに葛粉も、わらび粉ほどではないにせよ、それなりの値段はしますからね。大量に流通させたい商品には別の素材が使われがちでしょう」

「はい。片栗粉を使ったものも多いと聞きました」

「満足していただけるといいですね」

軽く微笑む立花さんを見て、私はまたちょっとどきりとする。なんなんだろう、ホントに。

あ。いつものクールな感じじゃないからかな？

＊

夜。家族全員のスマホが一斉に音を立てた。

「何？　災害？」

戸惑うような表情のお母さんに、お父さんが「ＬＩＮＥの音だよ」と声をかける。

スマホを見ると、確かに私にもＬＩＮＥの通知が来ている。お兄ちゃんだ。

「なんなの、もう」

しばらく家を離れるからと作ったＬＩＮＥの家族グループ。作ったはいいものの、今日まではぼ未使用だった。なのに突然、どうしたんだろう。

『カゼひいた』

ああ、そう。としか言いようがない。

「お母さん、お兄ちゃん風邪だって」

「あら、そうなの。熱はあるのかしら」

返信すると『38℃。ひどくないけどだるくてつらい。暇』と返ってきた。電話じゃないってことは緊急性は低そう。ついでに『暇』って言えるくらい余裕がある感じで安心した。

それはお母さんも同じだったみたいで、「杏子、葛根湯《かっこんとう》持たせたはずだから、お兄ちゃんに飲みなさいって言って」と台所に向かう。

かっこんとう、と打ち込んでいてふと気づく。葛根湯って、葛の根っこだ。

(あ、くず湯って確かに身体に良かったかも)

小さい頃、風邪をひくとお母さんがたまに作ってくれた。あったかくてとろっとして、どこかぼんやりとした甘さのくず湯。でもそのぼうっとした感じが、風邪で鈍《にぶ》った舌にはおいしかった。

「でも葛根湯って粉じゃないのか。あいつ、粉は苦手だったろう」

「大丈夫よ。錠剤買ったから」

大きなお鍋にざばざばと水を入れながら、お母さんが答える。今夜はそうめんらしい。

「え。お兄ちゃんって粉薬飲めないの?」

初めて聞いた。思わずつぶやくと、お父さんはにやりと笑う。

「あいつ、杏子が生まれるまでは超のつく甘えん坊だったからな。お薬苦いのは嫌、オブラートにくるんでも角がひっかかるから嫌、って」

結局俺が空のカプセルお医者さんから貰って、ちまちま中に詰めたんだぞ。そう言いながらお父さんは、『頑張れ〜!』とパンダが踊るスタンプをお兄ちゃんに送っていた。

「オブラートって何だっけ――」

「ほら、ボンタン飴とかみすず飴についてる透明の溶けるぺらぺらのやつ」

「ああ……」

あれ、舌でぺろぺろになるのが不思議だったんだよね。味もないし。

（って、ちょっと待って）

透明で舌の上で溶けるって、もしかしてこれもぷるぷるの仲間なんじゃない？

スマホで検索をかけると、オブラートはやはりでんぷんで出来ていた。しかも寒天も混ざっている。そして溶けると言えば、薬のカプセルだって胃で溶ける。ならばと調べると、こっちはゼラチン。

さらに検索結果の下の方に出てきたのは、医療用のでんぷんや寒天の製品だった。もっと見ると工業用のものもあるらしい。これはやはり接着剤なんだろうか。

（でんぷんと寒天とゼラチンって、実はものすごくお世話になってる素材だったんだ――）

ただのお菓子の材料と思っていたのに、これは驚いた。だってでんぷんが傷の保護剤になったり、寒天が歯医者さんで歯の型取りに使われてるなんて。

（見えないところで関わってることって、たくさんあるんだろうな）

私はお兄ちゃんに『お大事に』と花束のスタンプを送った。

＊

そして三たび、彼は現れた。

「ちょっとマジ意味わかんないんすけど」

ねーお姉さん、聞いてくれる？　葛餅を買って行かれた男性は、みつ屋のカウンターにのしかかるようにしてこちらに身を乗り出す。私はちょっと身を引きながら、笑顔を浮かべた。

「いらっしゃいませ。あの――もしかして、葛餅でも駄目だったんでしょうか」

「そうなんすよ。いや、正しくはちょっと当たってたっぽいんだけど」

お客さまはうーんと言いながら、自分のほっぺたに両手を当ててぐにぐにと揉む。

「いいとこまで来た、って言われたんすよ。でもその次に、これで関東風だったらある意味当たりだって」

「関東風――」

ということは、お買い上げいただいた葛餅は関西風だったということなんだろうか。そこで私は自分が食べてきた葛餅を思い出してみる。最近は透明なものを食べていた気がしたけど、でも――あれ？　そういえば黒蜜ときな粉のかかったぷるぷるで、白っぽいものがあったような。

「あの、少しお時間をいただけますか？」

私はそう告げると、今日も遅番の立花さんに声をかけた。

「すみません立花さん、ちょっと関東風の葛餅についてうかがいたいんですけど」

お客さまの言葉を伝えると、立花さんは首を傾げる。

「はい。でも関東風は透明のぷるぷるではありませんが、それでもよろしいのでしょうか」

「ですよね」

私が小さい頃食べた記憶にあるものは、白っぽくてもっちりしてて三角に切ってあった。そして味が――なんだか酸味があったような気がする。

「あの、関東風は何でできているんでしょうか」

「小麦粉ですね」

さらりと言われて軽くうなずく。でも次の瞬間「ん？」と疑問が頭をもたげた。

だって小麦粉で、あんなつるんもちんとしたものができるの？　水餃子みたいにあったかいならともかく、冷やしたら硬くなりそうだし。うどんは冷やしてもいいけど、あんなお餅みたいな食感はないし。不思議に思ってさらにたずねると、立花さんはしばらく考え込んだ後に、こう言った。

「確かあれは、発酵させていたような」

「え？」

発酵って、お酒とかヨーグルトとかのあれ？　あ、だから酸味があったのかも。

「私も詳しくは知らないので、よければ裏のパソコンで調べてきて下さい」

「わかりました」

私はお客さまに一声かけると、バックヤードに入った。そして『葛餅　関東風』と検索をかけてみる。するとやはり原材料は小麦粉で、そのことから関西風に『葛』の字を使うことを避けて、『くず餅』や『くずもち』と書かれることがわかった。

そしてその字を見た瞬間、私は心の中で叫んだ。

（これだ――！）

この『くずもち』という字、小さい頃駅の近くでよく目にしたのだ。通りがかる場所にあった小さな屋台。渋目の暖簾に『名代　くずもち』と書かれていた。お餅は好きだったから食べてみたいとお兄ちゃんと二人で駄々《だだ》をこねて、でも買ってもらったらちょっと酸っぱくて、黒蜜ときな粉だけ舐めて怒られたっけ。

ちなみに作り方としては、小麦粉から精製したでんぷんを乳酸菌で発酵させたものと書いてある。

（乳酸菌！）

本当にヨーグルトと一緒で、びっくりした。

（やっぱりでんぷんは、菌がつきやすいのかなあ）

昔話の時代の洗濯のりがカビやすいというのが、実感できる。

（ん？　菌……？）

何かが、頭の隅をかすったような気がする。

（あ、灰太郎さん——）

菌を媒介する、ドブネズミ。怖いのは食中毒。感染症。そして寒天のことをいつも気にしている知り合いの方。

その方が好きなのは透明なぷるぷるだと思ってたけど、関東風のくずもちはそうじゃない。つまり、意味があるのは「透明でぷるぷるであること」ではない。そして生活の色々な場面で役に立っているゼラチンや寒天などの固まる素材。薬にもなる葛。のりになるでんぷん。

（んんん……？）

私はそのまま、検索バーに『寒天』と打ち込んでみた。すると出てきた項目に、目が惹《ひ》きつけられる。

（もしかして、これじゃない……!?）

慌ててバックヤードを出ると、お客さまのお相手をしてくれていた立花さんが振り返る。

「梅本さん、どうかされましたか」

「あの、ちょっとわかったかもしれません」

「え、なんか新しいことわかったんすか？」

「はい。あの、想像なので違っていたら申し訳ないんですけど、お客さまのお知り合いの方は、同じように大学生なんですよね？」

「あ、そうっすよ」

「その方、何か研究をされていませんか？　たとえば薬とか動物とか微生物とか」

私がそう言うと、お客さまが「えっ」と声を上げた。

「なんでそんなんわかったんすか。すげえな、和菓子の人」

「あの、寒天というのは細菌の培養なんかに使われるみたいなんです。寒天培地というんだそうですけど、それを作るとき、水蒸気で水滴がつくと失敗しがちなので冷ますのには気を使うそうです。そして実験なら、条件と正確さが必要ですし」

「あ、それで水蒸気と水滴」

「はい。お料理の可能性もありましたが、先ほどの『東京風の方が近かった』という言葉を合わせると、そうなのかなと」

私が東京風のくずもちは乳酸菌による発酵食品だと説明すると、お客さまは「おおー」と何度もうなずいてくれた。

「いや、すげーわ和菓子の人！　確かにあいつ、生物工学を勉強してるし」

そっか、研究で寒天ねえ。盲点だったわ。お客さまはつぶやく。

「生物工学って、何を研究するものなんでしょうか」

聞いたこともない学問のジャンルだったので、うかがってみた。するとお客さまはすらすらと答える。

「わかりやすく言うと、遺伝子に関する研究とか、細菌の働きを調べるとかっすね。お姉さんもバイオテクノロジーって聞いたことあるでしょ」

「ああ、はい。それなら」

「あいつは多分医療系だけど、生物工学は食品系も一大ジャンルだもんな。酒も味噌も醤油も細菌がいないと成り立たないし」

ちなみに俺は防災学勉強してんだけど。お客さまは笑う。

「だから河原でのバーベキューとか、フィールドワークとか言いがちで」

防災学。それもある意味、灰太郎さんに通じるものがありそう。なのでより一層この答えが「当たり」な気がしてきた。

「相手の方がそういう研究をなさっているなら、ただ透明であることより菌を使った発酵というキーワードがあった方が、当たりに近いということなんじゃないでしょうか」

私は喋りながら、でも、相手の女性もちょっと意地悪だなと思う。だって「研究で毎日寒天を使ってるから」ってひと言伝えればすむ話なのに、何回もこのお客さまを試すようなことを言って。これじゃ舌切り雀じゃなくて、かぐや姫の無理難題だ。

(それとも、わかってほしかったとか?)

以前聞いた「謎を考えている間は、自分のことを考えてくれている時間」という考え方。それなんだろうか。

(だとしたら、両思いなのかも)

そうだったらいいな、と思う。だってこのお客さまは喋り口調こそ軽いけど、何度もここに足を運んで、彼女のために色々考えているんだから。

「なるほど。お話はわかりました」

それまで黙っていた立花さんが、不意に口を開く。

「ならば、次に持っていかれるお菓子でお客さまもお返しをしてみてはいかがでしょうか」

「え? なんすかそれ」

「二重三重に間違っていないものは、おそらく寒天そのままのお菓子——たとえば豆かんやところてん、あるいは菌によって発酵したお菓子——こちらは先ほどの関東風くずもちや甘酒などが該当すると思われます。けれどそこにひとつ、『謎は解けたぞ』という意味を上乗せしてみたら面白いのではと」

聞いているうちに、立花さんもこの方を応援したくなったらしい。隣で私がうなずくと「梅本さん」と声をかけられた。

「さきほど調べた寒天の情報ですが、そこからもう少し何かヒントは得られないでしょうか」

「え？　でも私なんかが調べても」

知識の豊富な立花さんと、大学生のお客さま。ここにいるメンバーで、学力が一番低いのは私のはず。なのに立花さんはきゅっと表情を引き締めて私を見る。

「梅本さんは、寒天の謎を解きました。あなたが適任です」

「そうっすよ。俺もお姉さんにお願いしたいっす」

なぜかお客さままで一緒になってうなずく。しようがないので、私はまたバックヤードに戻ってパソコンの画面を開いた。

寒天から寒天培地。もう少し詳しく調べようと、用語の解説をちゃんと読んでみる。するとまたしても意外な情報がぞろぞろと出てきた。

（寒天を細菌用の培地に使う前は、ジャガイモやゼラチンが使われていた――？）

でもジャガイモでは細菌を取り分けにくく、ゼラチンはべたつくし体温くらいの温度で溶けてしまうため、寒天が採用されたのだとか。

（そういえば寒天は暑くても溶けないから、お弁当向きってお母さんが言ってたな）

そしてその寒天を実験に勧めたのは、なんとその研究をしていた医師の奥さん。奥さんはお母さんからフルーツゼリーのレシピを教わったんだけど、そこに寒天が使われていたらしい。ゼラチンでなかった理由は、彼女のお母さんの友達が以前インドネシアにいたことがあるから。インドネシアでは寒天の原材料であるテングサがよく採れるため、料理によく使われていたんだって。

研究者の奥さん。の作ったお菓子。からの感染症研究の発展。

読んでいると、何度も「へえ」と思うことが出てくる。なのでつい読み込んでしまいそうになるけど、お店に二人を待たせている。私はここまでの情報から、何かお土産になるヒントはないかと脳みそを絞りまくって考える。

(ストレートに行くならフルーツゼリー。でも何かもう少し……)

ひねったお返しを考えてあげたい。だってお客さまは、彼女に「こっちを向かせたい」んだから。

(インドネシアのフルーツとか?)

有名なのはドリアン、マンゴー、ランブータン、マンゴスチン、パパイヤ。南国感はあるけど、お菓子で買うことができるのはマンゴーくらいかも。そういえば南国のフルーツって、ゼリー向きじゃないって聞いたことがある。なんだっけ。お母さんがゼリー寄せ作るときだったかな。

気になってこちらも調べてみると、面白いことがわかった。

(もしかするとこれ、ヒントになるかも)

私はバックヤードを出ると、カウンターに向かった。

お待たせしました、と二人に向かって頭を下げる。

「あの、お土産にされるお菓子なんですけど、私としてはフルーツゼリーをお勧めしたいと思います」

「フルーツゼリー？」

不思議そうな顔をする二人に、私は寒天培地がフルーツゼリーのヒントから生まれたという話をした。

「うわ、すげえ。今鳥肌立ったかも」

お客さまは笑いながら両手で腕をさする。

「でも、その先があるんです。できればそのフルーツゼリーですが、マンゴー、パイナップル、メロン、キウイのどれかを使っていると理想的なんです」

私の言葉を聞いた立花さんは、唇の端で微笑んだ。

「梅本さん。それはどれもゼラチンが固まりにくいフルーツですね」

「なんすか、それ。ゼラチンって、なんでも固められるんじゃないんすか」

「あの、ゼラチンというのはもともと動物の皮や骨から取った成分で、つまりはタンパク質なんです。でも今挙げた南国系のフルーツには、蛋白質分解酵素が含まれていて、生のままではゼリーが固まらないんだそうです」

ただ、煮てしまえば酵素がはたらかなくなるので、コンポート状態にしたり、缶詰めのフルーツを使えばゼラチンでも固めることはできる。

「パイナップルが肉を柔らかくする、というのは有名かもしれません」

面白いっすね。お客さまは軽く身を乗り出してくる。

「なのでご提案その1としては、南国系のフルーツを使ったゼリーをお土産にして、寒天培地のお話をされるのはいかがでしょう。そしてこれはちょっと難しいかもしれませんが、ご提案その2があります」

「続きがあるんすか」

「そのフルーツゼリーの材料に『アガー』というものが含まれていると、なおいいと思うんです」

アガーとは、インドネシア語で寒天を指す。そして昔からテングサが採れていたインドネシアは、今でも寒天の輸出元として大きなシェアを占めるらしい。なので私たちが寒天だと思わずに食べているゼリーなどの中に、案外アガーが使われているらしい。

「アガーは寒天なので、元は海藻です。だから蛋白質分解酵素を持つフルーツでも固めることができるんです」

つまり、それこそが奥さんの作ったフルーツゼリー。なのでよりお土産にふさわしいわけなんだけど。

「でも今、このフロアのゼリーを売っているお店で、アガーを使っているかどうかまで調べるのは――」

難しい。そう言おうとした瞬間、立花さんが先に口を開いた。

「大丈夫です。こういうときこそ、フロア長に相談すればいい」

そして今度こそ、にっこりと微笑む。

＊

内線でフロア長に電話をかけ、南国系フルーツの入ったゼリー、できればアガーの入ったものを、と伝えて探してもらった。すると洋菓子のお店で、お中元商品の中に該当するものがあったと連絡が来た。

立花さんは他のお客さまの接客をしていたので、私がそのことをお客さまに伝える。

「お待たせしてしまって申し訳ありません。バラ売りもあるそうなので、ご安心下さい」

「申し訳ないとか言わなくていいよ。こっちのが全然迷惑かけてるっしょ」

ありがとね。と言いながらお客さまはカウンターの中のわらび餅を指差す。

「これ二つ」

「でもこれは、お求めのものとは違いますよ」

「いいんだって。俺は、あいつに『すげえ親切な和菓子の人』の話もしたいんだからさ」

私は束《つか》の間、ぽかんとした顔をしてしまう。でもすぐに、喜びが込み上げてきた。

すごく、すごく嬉しかった。最初は苦手だと思っていたお客さまの力になれた上に、こんな風に言っていただいて。

「お話が弾《はず》むといいですね」

そう返すと、お客さまはにやりと笑った。

「そこは俺の頑張りどころっしょ。でもきっとうまく行くよ。あいつと最初に会ったのも、学食でもの食ってるときだったし。そんときあいつ、確か羊羹丸ごと齧《かじ》ってたんだよな。それが面白くってさあ」

それはまたずいぶんと、ワイルドな女の人だ。私は心の中でびっくりしながら、上生菓子のケースを小箱に詰めた。するとお客さまが聞き捨てならない情報を付け加える。

「なんだそれ、って笑ったらあいつ言うんだよ。『俺は脳に純粋な糖分を送りたくて食ってるんだ』って。意味不明すぎんだろって」

純粋な糖分なら砂糖そのまま舐めてろって話っしょ？　と笑うお客さま。ていうか今、『俺』って言ったよね？

「あの……つかぬことをうかがいますが、お相手の方って、男性の方なのでしょうか」

「あれ、言わなかったっけ？　同期の野郎だよ。学食で会って、なんか気になって、学部も趣味も全然違うんだけど、話すと面白いからさ」

「そうなんですね」

だったらこれは、恋愛的な片思いではない？

（いや、でもそうじゃないって否定するのも違う気が）

ただ、友達になりたいだけにしては熱を感じるような。

「あっちは理系でさ、なーんかツンとしてるとこあるんだよ。でもこっちになぞなぞみたいなこと言ってくるし、俺のこと試してんのかな？　みたいに思ったときもあって。でもさ、楽しそうなんだよ。『間違ってる』って言う顔が」

私が差し出した箱を、お客さまは満面の笑みで受け取った。

「ねえ、明日俺が来なかったら、このミッションは成功したと思っていいよ」

そんじゃまたね。マジでありがと。お客さまはそう言うと、アガーの入ったゼリーを買いに次のお店へと向かった。

(別に型にはめる必要はないもんね)

私は勝手に女性だと思ってたから驚いたけど、男でも女でも気になる人はいる。たとえばすごく尊敬する先輩に認められたいとか、気になるクラスメートとか、ものすごく仕事のできる職場の人とか。

友達というには片思いっぽくて、でも恋人になりたいわけじゃなくて。振り向いてくれたらきっとすごく嬉しくて、いつか朝までずっと語り明かしてみたいとか。そういう、言葉にならない関係。言葉にならない気持ち。

好きは好きだけど、どれとも違う『好き』。わかりやすそうでいて、わかりにくい。透明で不透明な、形のない想い。

そういう気持ちを、私も誰かといつか分け合うんだろうか。

いや、たぶんないと思う。

＊

　接客の終わった立花さんに、私は最後の会話を伝えた。

「お相手の方は、男性だったんですか」

　私と同じように立花さんも驚く。

「はい。でもなんだか、いい感じでした。恋愛とかじゃなくて、仲良くなりたいって気持ちが伝わってきて」

　すると立花さんは、すっと背筋を伸ばす。

「そうですか。あえて否定する必要も感じませんが」

「え？」

「別に恋愛の可能性も、あるでしょう。性別は恋愛を否定するポイントではないと思います」

　私もうっすら同じようなことを思っていた。でも都合の良い説明のために、すごく決めつけた言い方をしてしまったことに気づく。

「……ごめんなさい」

「謝る必要はありませんよ」

　背筋を伸ばしたまま、立花さんは続ける。

「謝るならむしろ――」

「はい？」

「いえ。これはごく私的なことなので、閉店後にお話しさせて下さい」

私、また何かやらかしちゃったんだろうか。そう思って縮《ちぢ》こまっていると、立花さんは慌てたように言った。

「大丈夫です。梅本さんがミスをしたとか、そういう話ではないのでお気になさらず」

じゃあ、一体何？


閉店後。シャッターが降り切ったところで立花さんが頭を上げる。

「責任を取っていただきたいのは、わらび餅に関してです」

「ええ？」

ものすごく悔しそうな顔。

「——ここのところ、本わらび粉百パーセントのわらび餅を食べていないなと気づいてしまったんですよ」

何それ。私はがっくりと肩を落とす。さっきまでの緊張を返してほしい。

「本わらび粉のわらび餅は、作ってから時間が経つと味が落ちやすいので、流通に向かないんですよ。だからおいしいものを食べるにはイートインのあるお店に入らないといけないんですが、ここのところずっと遅番続きで——」

立花さんが、そう言ってため息をつく。確かに桜井さんが留守の間は、早番を店長、遅番を立花さんで分け合っていた。理由は、短いスパンで遅番の後に早番を続けると身体がもたないからだそう。

つまり遅番担当の立花さんは、普通のお店が開く時間に出勤し、お店の閉店後の時間に退勤していたということだ。そして和菓子店のイートインは、閉まるのがきっと早い。

「そんな僕の前で、おいしそうなぷるぷるの話をずーっとするから!」

立花さんは、カウンターの中にしゃがみ込むと乙女を爆発させた。

「すっごい食べたかったのにー!!」

「それは……すみませんでした」

遅番続きのストレスか、立花さんはしゃがみ込んだまま「おいしいぷるぷる食べたい～」とつぶやいている。

「ちなみに、この近くで食べられるところとか、ご存知だったりします――?」

私は隣にしゃがみ込んで、こそりとたずねてみた。すると立花さんが、軽くうなずく。

「……駅の反対側から少し歩いたところにある和菓子店のカフェ」

さすが乙女。和菓子データベースが完璧すぎる。

「やっぱり――本わらび粉のわらび餅っておいしいんですよね?」

おそるおそる聞いてみると、立花さんは深く深くうなずく。

「とろみ、粘り気、ほのかな木や土の香り。それがきな粉と黒蜜と合わさると、深い森の奥に入ったかのような感覚に陥《おちい》るの。あれは、他の何ものにも代《か》え難《がた》い――」

ああ、聞いてるだけでよだれが出てくる。そんなにおいしいなら、一度くらい食べてみたい。

（これは、つらいよね……）

立花さんの気持ちが、ようやくわかった。なんか急に食べたくなるってこと、あるもん。夜中にパフェ食べたくなったり、仕事中の昼休みにマクドナルドのポテトが食べたくなったり、そういうこと、あるよね。

しかもそういうのに限って、替えがきかない。

家に買い置きのアイスじゃパフェ欲は満たされないし、マクドナルドじゃないお店のポテトじゃなんか違う。

で、今回の場合は本わらび粉百パーセントのわらび餅。

「わかりました。桜井さんが戻ってこられたら、そのお店にご一緒しましょう。それまで、私も我慢します」

「え～？　それは嬉しいけど、今回ばかりは我慢できない～！」

子供のように駄々をこねる立花さんを横目で見て、私はため息をつく。なんだかなあ。

＊

前言撤回。

私は白木のテーブルに両手をついて、深く頭を下げる。

「立花さん、ごめんなさい。私、全然わかってませんでした！」

正面に座る立花さんは、鼻先でふふんと笑う。

「百聞《ひやくぶん》は一見《いつけん》にしかず。じゃなくてひと匙《さじ》にしかず、ね」

そう言って、ガラスの器に入った透明感のある黒い物体をスプーンで示した。

注文を受けてから練り上げるという、本わらび粉百パーセントのわらび餅。きな粉と黒蜜もそえてあるけど、もとからほのかに甘みがつけてある。だから最初は本わらび粉の味が知りたくて、そのまま食べてみた。

そしたらもう、でゅるんでゅるん。

口の中を、つるつるぷりぷりした液体のようなものがぶりんぶりんと跳ね回る。かといって嚙みきれないわけでもなく、何度か嚙むとぷりんと分かれる。

（これは――すごい）

食べ心地というより飲み心地？　なんにせよ、口の中が撫で回されるような快感がある。これは、初めての感触だ。

それを捕まえるように嚙んでいると、立花さんの言った通り森の香りが立ち上ってくる。雨上がりの湿った土の匂い。遠くにごく微《かす》かだけど、カビやキノコに通じるフレーバーも感じる。

（山なんだ）

深い山に生えるワラビ。その根っこの匂い。それはどこか昔話を思わせる、なつかしい香り。

「おいしい、ですね――!!」

私がため息をもらすと、立花さんはにこにこと笑う。
ああ、いいな。好きだな。
ふと思って、自分でびっくりする。「好き」って⁉
(こういう時間が好き、だよね?)
でなきゃ、乙女といるのって楽しくて好き、に違いない。
好きには、いろいろな形があるんだから。
私は形の定まらないぷるぷるをつつきながら、一人で赤くなっていた。

かたくなな

Anne to Aijo

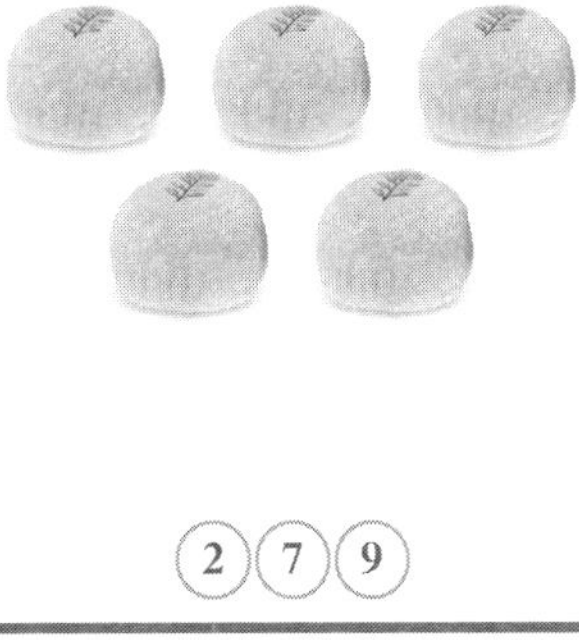

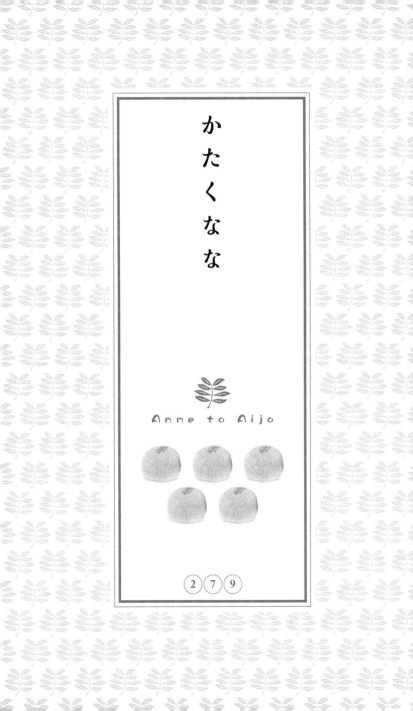

桜井さんが戻ってきた。

「ただいま、って感じがするね」

バックヤードで三角巾を直してから、桜井さんは私に向き直る。

「でもって、これが恋しかったよ〜！」

ほっぺたを両手で挟まれ、ふにふにされる。

「あーこれ。この感触。究極の癒やし」

「わらしもうれひいでふ」

私も嬉しいです。それが通じたのか、桜井さんはにっこりと笑いながら手を離した。

「でもさ、面白かった。おんなじみつ屋でも、店長によって雰囲気って全然変わるんだよ」

「どんな風だったんですか？」

「私が行ったとこは、若い男の人が店長さんだった。乙女よりは男性的だけど、でも硬い感じでもなくて。キビキビしてるけど、いい笑顔してた」

「そうなんですね」

「全体的に活気があったよ。無理やりに売り上げを出そうとするんじゃなくて、店の全員で『頑張ろう！』みたいな感じ」

なるほど。それはそれでいい感じのお店なのだろう。でも。

「――でも私は、東京デパートのまったりした感じに馴染んでるからなあ」

思っていたことを、桜井さんが言ってくれた。それがまた嬉しくて、私はにこにこしてしまう。

「なにもう。梅本さん、今日めっちゃ可愛くない⁉」

ああもう！　そう言いながら桜井さんは再度私のほっぺたをむにむにしまくる。

うん、そうそう。私もこの感じが大好き。元気な桜井さんと乙女な立花さん、そして冷静で目の行き届いた椿店長。このバランスが、とてつもなく好き。そしてお客さまのお菓子選びの相談に乗ったり、お菓子についてお話しするのも、本当に好き。だから。

ずっとこのままでいたいなあ、なんて思ってしまうわけで。

＊

九月の初め。夏ギフトの八月から一息ついて、お菓子屋さん的にはゼリーや水羊羹などの水物商品を下げる頃。

「正直、半端なのよねえ」

顔なじみのお客さまが、上生菓子を見ながらため息をつく。

「暦《こよみ》の上では秋じゃない？　でも実際にはまだ猛暑日があるし、あんこ系が重く感じるのよ。だからお客さまがいらしたとき、何を出すか悩んじゃって」

「確かにそうですね」

電車もデパート内もまだクーラーが思いっきりきいていて、服だって夏物を着ている。正直、これのどこが秋という感じだ。でも洋服屋さんには長袖の服が並んでいるし、私たちは『すすき』や『満月』みたいなお菓子を売っている。

「別にお抹茶を出すわけじゃないんだけど、だからってスーパーで売ってるお菓子を出すのも気分が出ないっていうか」

この方は、月に二回程度お友達とお茶会を開いている。ご本人いわく「近所のおばちゃんの集まりってだけ」だそうだけど、どうせならおいしいお菓子をとみつ屋に買いに来てくれている。

（こういうのが、いいんだよねえ）

普段の集まりに、ちょっとおいしいお菓子。その季節ならではのデザインを話題にしたり、前回と味の比較をしたりして。

「なんか、ちょっと軽い感じのってないかしらね」

そう言われて、私は店内を見回す。上生菓子はねりきりとお饅頭とそぼろ系なので、それ以外で何か。

「あ。おせんべいはいかがですか？」

「おせんべい？」

おいしいのはわかってるけど、お茶会っぽくはないわよねえ。困り顔のお客さまに向かって、私は慌てて商品を差し出す。

「違うんです。醤油味の大きいものじゃなくて、こちらの」

甘くてちっちゃい方です。それを見てお客さまは「ああ」と微笑む。

「それ、いつもあるわよね」

カウンターの上に置いている袋入りのおせんべい。『季節のおせんべい』と書かれた袋の中には、砂糖で描かれた絵入りのおせんべいが入っている。一口サイズだから、絵も小さくてゆるくて可愛い。

「これ、いつもあるんですけど、実は季節ごとに絵柄を変えているんです」

そう言いながら、私は袋の中を示した。

「あらホント。ススキにウサギにきのこ——可愛いわね」

「味は瓦《かわら》せんべいというか、玉子せんべいの仲間なのであっさりした甘さです」

「確かにこれなら、暑苦しい感じはしないかも」

うなずくお客さまに、私はとっておきの情報を披露する。

「紅茶やコーヒーにも合いますし、それにこのおせんべい——実はアイスクリームにすごく合うんですよ」

「アイスクリーム？」

「はい。玉子せんべいの味って、ワッフルタイプのアイスクリームコーンに似てる気がしませんかか？」

「あー！　ホントね。てことは」

「アイスクリームを器に盛り付けて、これを添えると」

すっごく可愛い！　お客さまと私がハモった。


こういうのって、正式にはなんて言うんだろう。

「玉子せんべいでいいんじゃないかしら」

砂糖せんべいとも呼ぶらしいけれど、それだとざらめや粉砂糖をまぶしたおせんべいみたいにも聞こえるから。椿店長はレジ点検をし終えると、私の隣に立った。

「ざらめせんべいって、醤油味のおせんべいの系統ですよね」

「そうそう。お米でできていて、中は甘くないの」

「玉子せんべいは小麦粉だし、生地そのものが甘いですもんね」

そこでふと思い出す。友達のサチは甘いおせんべいが苦手だったっけ。

何かのときに配られた、おかきの小袋。それを開けた瞬間、サチが「あー、やっぱいるー」と声を上げた。

「なになに」

よりちゃんと私が覗き込むと、サチがざらめのかかった小さなおせんべいをつまむ。

「誰か、これとしょっぱいやつトレードしてくれない？」

「苦手？」

「うん。もうね、存在意義がわからない。だっておせんべいってしょっぱいもんでしょ」

その言葉に、よりちゃんは首をかしげた。

「でも瓦せんべいとか、甘いやつもあるよね」

「あれはいいの！　全体が甘いし、そもそも『甘いジャンル』として買うものなんだから。でもこれはさ、ざらめの下は普通の醬油せんべいじゃん？　なんで砂糖つけるかなあーっ!?　って思うわけよ。

しかもさ、こういう小袋にしれっと入っててさ。瓦せんべいは立場がわかってるからいないじゃん？　なのにざらめはそのジャンル、望んでないのにいるからさあ」

サチの文句が続く中、今度はよりちゃんが「あ」とつぶやく。

「よりちゃんまで、なに」

「私もいたわ。好きじゃないやつ……」

そう言って、ピンクのえびせんをつまみ上げた。

「油っぽい、海老《えび》の殻《から》の味がするやつ。お米じゃないし、これこそおせんべいじゃなくない？」

海老は好きだけど、この殻の味っぽいのは苦手なんだよね。そんなよりちゃんに、サチが嬉々《きき》としてざらめせんべいを差し出す。

「はい、米のやつ」

「ありがと。じゃあしょっぱいのでお返しね」

サチはよりちゃんからえびせんを受け取ると、嬉しそうに口に放り込んだ。

「でも、そもそもこれっておせんべいなの？　おかきって書いてあるけど——」

私の質問に、二人は口を動かしながら答える。

「おかきって、小さいおせんべいのことじゃないの？」とよりちゃん。

「え、待って待って。じゃあさ、あられって？」とサチ。

「あられは……おかきの小さいのじゃないのかな」と私。

よくわからなくなってきたところで、サチが「ん？」と首をかしげる。

「ひなあられは、甘いよね。米一粒のやつとかあるけど、あれってそんなに嫌じゃない」

「ポン菓子みたいだからじゃない？」

私の言葉に、よりちゃんがさらに首をかしげる。

「え、じゃあポン菓子ってあられなの？」

もう、何が何だかよくわかんないけど、おいしいからいいや。その時はそんな結論だった気がする。おせんべいワールドは、謎が多い。

え？　私はどうかって？　もちろん、甘くてもしょっぱくても、甘じょっぱくても差別せず全部おいしくいただけますとも。

＊

甘いとわかっているならいい。でも、突然出てくるから困る。そういう話は、おせんべいじゃなくても聞く。たとえばポテトサラダに入ったリンゴやミカン、でなければ酢豚のパイナップル。あ、ドライカレーのレーズンなんてのも。


「アンちゃん、見た?」

休憩の終わりかけにバックヤードで休んでいたら、遅番で出勤してきた立花さんに声をかけられる。

「見たって、何をですか?」

まさか、また灰太郎さん的なもの? それとも今度こそ幽霊?

「椿店長のことだよ」

「へ?」

私の表情を見て、立花さんはため息をつく。

「やっぱり気づいてないんだね」

「だから、なんなんですか」

「最近、椿店長の私服がおかしいんだよ」

「え? だって椿店長の私服って」

もともとおかしくないですか。私はその言葉をかろうじて飲み込む。

「うん、それはわかってる。でもね、最近はさらにその上をいってるんだよ」

「その上……」

「僕だって毎日会えるわけじゃないから、ずっとそうかはわからない。でも桜井さんも見てて、やっぱりおかしいって言ってたんだ。だからね」

百聞は一見にしかずだから、今日の帰りにでも見てみて。そう言い残すと、立花さんはせわしなく売り場に出て行った。

確かに今日は私も早番で、椿店長と一緒の時間に退勤なわけだけど。

(でも、まったく同じ時間に着替えに入れるとは限らないし)

なんて思っていたら、入れてしまった。

(どうしよう)

古くて広いロッカールームには、ざわめきが満ちている。色々な年代の女の人が、着替えたりメイクを直したりお喋りをしたり、たまにおやつをつまんだりもしている。私は人前で着替えるのが苦手な方だけど、この雑多なお風呂屋さんみたいな空間は嫌いじゃない。

私のロッカーは、椿店長から十個ほど離れたところ。お店ごとにまとまっているところもあるけれど、人の出入りが多いからよほど古いお店以外はバラバラな感じ。

なので、様子をうかがうにはちょうどいい。横目でちらりと見ると、ちょうど椿店長は制服を脱ぎはじめるところだった。

(あ、いけない)

下着姿を見るのは失礼だ。そう思って、しばらく目を逸らす。そして再び目をやると、椿店長は白いブラウスを着ていた。そして下には、紺のシンプルなパンツ。

（なんだ、普通じゃない）

と思った瞬間、私はぷるぷると頭を振る。違う、普通じゃない。

だって椿店長は、コーディネートされていない福袋の中身をそのまま身に着けるような人だ。あるときは紫の唐草《からくさ》模様のスカーフを首に巻き、あるときは魚柄のシャツをタイトスカートに合わせて着ていた。私にファッションをどうこういう資格はないけど、かなり変わったセンスの持ち主であることは事実だと思う。

その椿店長が。

（あれはいわゆる――キレイめファッション？）

雑誌の表紙に載っていそうな、きちんとした大人の女性っぽい服装。もともと美人でスタイルの良い椿店長が着ると、モデルさんっぽくもある。

（こんな服、持ってたんだ――）

わけもなく、感動してしまった。でも確かにおかしい。急にここまで服の趣味が変わったりするものなんだろうか。

（いやいや、社会人だし。こういう服も持ってるはずだ）

私服の趣味が変わっていたとしても、たとえばみつ屋の本社に行く時とかの服は違うはず。

（じゃあ今日は、会社的なお出かけの日ってことだ）

おかしな服を目撃できなくて残念。なんてちょっと思う。でも素敵な椿店長を見ることができて、嬉しかった。

翌日、開店前のお店でそれを伝えると立花さんは「やっぱり」とつぶやく。

「私が見たのも、そういう姿なんです。白いブラウスとタイトスカートにパンプス。椿店長でなければ、ごく普通の組み合わせなのですが」

「え？」

「桜井さんは、黒のサマースーツを見たと言っています」

「じゃあ、椿店長はずっとそういう服で？」

立花さんがうなずく。でもここで、新たな疑問が生まれた。

「趣味が変わった――にしては急ですね」

私が他に椿店長の私服を見たのは、二週間ほど前。夏の盛りのことだ。そのとき店長は「夏っぽいでしょ」と言いながら出目金《でめきん》の絵がついたTシャツと、もんぺのようなインド綿のズボンを穿《は》いていた。店長的にはいつも通りと言ってもいい。

「会社に行く用事が増えたんでしょうか」

「そう思うのが自然ですよね」

レジにお金を入れながら、立花さんはふっと息をつく。

「ただ、それだったら私たちに告げて行くのではないかと思うんです」

「あ、そうですよね。いつもそうしてましたもんね」

だとしたら、行き先はみつ屋ではない。でも会社的なところ。そう考えた瞬間、ぽかんと浮かぶ言葉があった。

「――違う会社とか?」

「その可能性を、私も考えていました。桜井さんは違うお菓子屋さんの視察かもしれないと言っていましたが、私が思うに椿店長はその場合、いつもの服装で行かれるような気がするんです」

「自分が目立つとは、思ってない感じですもんね……」

「それに最近、なぜか色々教えて下さるんです。お店のやり方というか、東京デパートでの立ち回り方とか、本社とのやりとりとか」

「え? それってまさか」

まるで、自分が去る用意をしているみたい。その考えを肯定するように、立花さんがうなずく。

「何らかの形で、この店舗から去るのかもしれません。もし一週間程度なら、それこそ申し送りで済むわけですし」

ショーケースにかけてあった布を丁寧に畳みながら、立花さんは続けた。

「長期の不在――。でも人事異動なら、やはり言ってくれるはずです。それがないということは」

退社する可能性も、あるのでは。その言葉が、胸の奥にどしんと落ちた。

(――嘘)

椿店長がみつ屋を辞《や》める? そんなこと、考えたこともなかった。でもちゃんと考えれば、当たり前のことだ。椿店長は大人だし、仕事を変えるのは自由だ。実際そばにいて思うのは、椿店長はお菓子に詳しいけど、お菓子好きというよりは人が、販売が好きなんだなということ。

(だとしたら、ここじゃなくてもできる)

そして椿店長は、とても優秀だ。極力ロスを出さず、部下の指導も上手。デパートの人や同じデパ地下の他のお店の人ともいい関係を築き、もちろんお客さまにはとても喜んでいただいている。そんな人材を求める会社は多いだろう。

「ヘッドハンティングとか、ありそうですね……」

「そうですね。新しい和菓子ブランドや、あるいは老舗の新形態の店舗など、椿店長が求められる場所は多いと思います」

アルバイトを探してうろうろしていた私に、声をかけてくれた椿店長。優しく仕事を教えてくれて、注意はしても決して責めはしなかった椿店長。美人でスタイルが良くて、なのに服装のセンスが変わってる椿店長。そして趣味は——。

「まさか、新しい会社って」

株？　私のつぶやきに、立花さんがはっと顔を上げた。

「考えすぎですよね」

「いえ。可能性としては充分にあります。みつ屋の本社なら、店舗勤務の社員にスーツまで要求しないでしょう。しかも頻繁《ひんぱん》に行くなら、せめて私くらいには連絡があってしかるべきです。でも他業種、それも株系の会社ならきちんとした服装でないと」

「そんな」

私たちの勝手な想像でしょう。そう笑いたかった。でも立花さんの表情は真剣で、私はそれ以上何も言えなくなる。口に出したら、予感が確信に変わりそうだったから。

＊

もし椿店長がいなくなったら。

そのことを考えるだけで気分が沈む。立花さんと桜井さんがいるのは心強いけど、みつ屋の本社からは「はい新しい人です」って違う人が送り込まれるだけなんだろうな。それだけ。

それだけで、椿店長と私の関係は終わる。

わかってる。私はただのアルバイトで、椿店長の友達じゃない。

(でも――)

たくさんのことを教わった。それはお菓子に関してだけじゃなく、働くこと全体についても。

だから、たまらなく寂しい。

(でも、だからこそ!)

うつむいていてはいけない。そう思って、顔を上げる。もしそれが本当だとしたら、椿店長はきっと、きちんと言ってくれるはずだから。

そんなとき、おなじみさんの姿が見えた。

「いらっしゃいませ」

「やあ、こんにちは。また寄らせてもらったよ」

スーツ姿の男性。お父さんよりはちょっと若いくらいの。この方は月に一～二度の東京出張のたびに、みつ屋を利用して下さっている。理由は、みつ屋の甘さが口に合うのと、お店が東京にしかないこと。

「有名店のお菓子って、今はどこのデパートでも買えるからね。なかなか『ここだけ』っていうのを見つけるのが難しいんだよ。しかも僕の場合、仕事帰りに新幹線に乗る前に、ぱっと買いたいからさ」

でも、適当なのを買っておいしくないって言われるのも嫌だしさ。お客さまの言葉に、私はうなずく。

「おたくのはデザインもいいし、味もなかなかいい。地元の取引先の人にも好評でね」

「ありがとうございます」

「やっぱり和菓子はいいよね。日本の心。和の心がある。四季があって、それを愛《め》でてなんていうのは日本人ならではだしね」

男性は、お店にいらして下さるたび、こうして話をしていく。特に問題があるわけではないけど、いつも「ちょっと長いな」くらいには喋る。

「でもさ、最近は日本人でもそういうことを忘れるやつも多いんだよね。こないだなんて、僕が『そろそろ、青々とした田んぼも終わる季節だね』って言ったら相手がなんて言ったと思う？

『青？　田んぼって緑色ですよね』だって」

もう嫌になっちゃうよ。お客さまは大げさなポーズで嘆《なげ》く。

「そのくせ、ネットの知識だけは豊富だから話が嚙み合わないこと。僕の地元は畑と田んぼだらけなのに、そっちの知識をきちんとしろって思うよ」

おそらく、会話のお相手は若い人なんだろう。デパートにいると、こういう話はよく年配のお客さまから聞かされる。「子供がネットで保険や銀行の取引をしているけど心配」とか、「孫がスマホばかり見ている」とか。お約束の「今の若い者は」という話になりがちだけど、中には本当にただ心配されている方もいるから、ひとまとめにはしない方がいい。

「ネットも必要なのはわかるけどさ、まずは日本語を覚えてほしいよね。せっかく世界でも珍しい、美しい言葉なんだからさ」

「日本語って、珍しいんですか？」

「そりゃそうだよ。こういうさ、お菓子に古典の知識がいるとか風流で優雅で、日本独自のことも多いし」

文化だよ、文化。そう言ってお客さまは笑った。

「しかし東京は、まだ暑いねえ。地元はもう暦どおりの温度だよ。お姉さんも毎日、暑くて大変でしょ」

「いえ、そんな」

「大変って言えばさ、最近はどっち見ても外国人が目に入るから、そっち方面も大変なんじゃやないかな」

「あ、それは――」

　確かに英語でちょっと困ることはある。けど、アテンダントさんもいるし、最近はタブレット端末も各店舗に支給されたのでなんとかなりつつある。それを説明しようとしたところで、お客さまが携帯の画面を見て声を上げた。

「時間だ。そろそろ買って行かないと」

　なにかおすすめはある？　そう聞かれて、私は『季節のおせんべい』を示した。軽くて持ち運びに便利だし、絵に物語性があってこのお客さまにはぴったりだと思ったから。

　しかし、『季節のおせんべい』を見たお客さまはいきなり渋い表情になった。

「あのさあ、これって甘いやつじゃないの」

「あ、はい。甘い玉子せんべいです」

「ていうか、間違ってるよね」

「はい？」

「せんべいは、甘くないでしょ。なのに堂々と書いちゃって、どうなの、これ」

　ここのお店は、そういうのしっかりしてると思ったんだけど。そう言われて、私は慌てた。

「あの、甘いおせんべいというのも、あるんです」

「はあ？　おせんべいっていったらしょっぱいものでしょ!?　しかもこれ、ざらめですらなくて、クッキーみたいな『洋風せんべい』ってやつじゃないの？　全然『和菓子』じゃないよね」

いい加減なこと言わないでほしいな。お客さまはそう言うと、くるりと背中を向けた。

「あの――」

思わず声をかけると、不機嫌そうな表情で振り返る。

「今回はやめとくよ。でも今月中にもう一回来るから、次に来る時までに勉強しといて」

「はい。あの、お待ちしております！」

私は思いっきり頭を下げた。突然怒られて、謝る暇もなかった。そして確かに、おせんべいについて何も知らなかった。正直みつ屋では、生菓子がメインというか、おせんべいは日持ちのするサブ扱いだと思っていたから。

（でも、売っている以上は知っておくべきだった――！）

勉強不足。これじゃ椿店長に顔向けできない。


それでも、報告はしなければいけない。私はおせんべいに関する一件を、椿店長に伝えた。すると椿店長は、あっけらかんと言う。

「わかりました。でも梅本さん、間違ってないわよ」

「え？」

「甘い小麦粉のおせんべいは、和菓子に存在するもの。というよりも、おせんべいの歴史的には甘い方が先だったはずよ」

「えええ？」

「だってほら、お正月の『辻占《つじうら》』も甘い小麦粉生地だったでしょ?」

外国ではフォーチュン・クッキーとも呼ばれる、中におみくじを挟み込んだ甘いおせんべい。

「そういえば——」

「あのとき、『辻占』は江戸時代からあるって話だったでしょ。それの元は、中国から渡来したものだったはず。つまり甘い生地は江戸以前にあったのよ」

なるほど。ここでも「基本は中国由来」か。でも中国と言われると、小麦粉の甘いおせんべいはしっくりくる。だってフォーチュン・クッキーが出されていたのは、チャイニーズレストランなわけだし。

「そうだったんですね……」

「対して、米で作る醤油系のおせんべいは、同じ江戸時代でも米作が盛んになってからできたものだと聞いたことがあるわ」

だから安心して。もしそのお客さまがいらっしゃったら、私か立花くんが説明してもいいし。

そう言われて、私は静かに肩を落とす。

(こんなんじゃ、椿店長を送り出すことなんてできない——)

落ち込んだ気持ちのまま遅番を終えて外に出ると、まだ空気が生暖かい。じっとりと滲《にじ》んでくる汗をタオルハンカチで押さえながら、私は道を歩く。すると前方に、どこかのお店から出てきた椿店長の姿が見えた。今日は早番だったはずだけど、お買い物でもしていたんだろうか。

今日は夏っぽい素材のベージュのスーツを着ている。タイトスカートが、すごくよく似合っていて素敵だ。そんな椿店長を追いかけるように、お店から人が出てきた。スーツ姿の男性だ。

(え?)

出てきたお店をよく見ると、カフェらしい。男性は椿店長に声をかけると、何やら話をしている。椿店長はそれに笑いながら答えて、二人はそのまま駅の方に向かって歩いて行ってしまった。

(今のって)

彼氏。なわけはない。そういう相手に、スーツは着ないだろう。だとしたらやっぱり仕事関係。それもカフェで会うっていうのは。

(他の会社の人。でなきゃ転職のコーディネーター)

もう、椿店長がいなくなることは決まったも同然。私はとぼとぼと、湿った夜道を歩いてゆく。

椿店長がいなくなるかもしれない。考えないようにしても、そのことばかり考えてしまう。目の前のことに集中しようと思ってもすぐに手が止まり、ミスはしないまでも動きが遅くなる。

「梅本さん、ちょっと」

椿店長に聞かれて、私はびくりと身構えた。まさか、「大事な話があるの」とか言われたらどうしよう。

「あ、はい——」

「何かあったのかしら」

まで の日々を充実させるべきだし、辞めないならいつも通り気持ちよく働くべきなのに。

「はい？」

「だって梅本さん、元気がないから」

逆に心配されてしまった。私は二重の意味で落ち込む。もし椿店長がここを辞めるなら、それ

までの日々を充実させるべきだし、辞めないならいつも通り気持ちよく働くべきなのに。

暗い空気は伝染するのかもしれない。

家に帰ると、珍しくお父さんがご飯をおかわりしていた。お父さんは、普段は小食なのに怒ったときだけ大食いになる。お酒が苦手だから、これはお父さんなりの「やけ」らしいんだけど、翌日は胃もたれで薬を飲む羽目《はめ》になるから結局飲みすぎと同じような結末を迎えるところが悲しい。

「何かあったの？」

お茶を入れているお母さんにこそりとたずねると、「お兄ちゃん」という答えが返ってきた。

「なんだかね、仕事のこと聞いてもなんにも話してくれないし、アドバイスしたら『そういうの、いいから』って言われたんだって」

「ああ……」

お兄ちゃんは、別に無口な方じゃない。ただ、自分の深い部分のことはあんまり話さない。たぶん、踏み込まれるのが苦手なんだと思う。だからお父さんも普段はそういう話を振らないんだけど。

「ただね。ちょっと気になったみたい。こないだ長い出張があったでしょ？　その後からこっち、仕事で帰りが遅いから」

お兄ちゃんは、建築資材のメーカーに勤めている。私はお兄ちゃんが就職するまで建築資材メーカーというのが何をするところかわからなかったけど、要するに家を建てるときの資材や家の中の設備など『家まわり全般』を扱っているらしい。けど、正直家を建てる会社との区別が今ひとつよくわからない。

「まあ、お父さんはデスクワークだから。話が通じないと思ったのかもしれないわね」

「お兄ちゃんは営業だっけ」

「お母さんもよくは知らないんだけど、確か住宅展示場でお客さんの相手したりとかもあったわよね」

仕事をする場所も違えば、話す相手も違う。だとしたら、トラブルの説明は確かに面倒かもしれない。

「でもね、ちょっとお父さんもかわいそう」

「うん」

私は小さくうなずく。

「ただ、心配してるだけなのよ。だって学校と違って、会社は見に行けないでしょう」

「見に行くって」

小学生じゃないんだから。私が笑うと、お母さんは急須を持ったままふと動きを止めた。

「見に行ったわねえ。何度も」

「え？」

「お兄ちゃんが初めて小学校に行き始めたとき。杏子がいじめっ子に泣かされたってお友達に教えてもらったとき。通学路を後ろからついて行ったり、忘れ物を届けるふりをして教室を覗いたり。それはもう、お父さんと二人で何度も何度も」

「そうだったの？」

うちは、両親ともあんまり学校に来ない方だと思ってた。お兄ちゃんがいるから、大丈夫だって。

「中学も一年生のときは行ったわ。いじめとかあったら、怖いから。でもお兄ちゃんや杏子は嫌がるかと思って、こっそり見たの」

「まさか、高校は」

そこまでしたら過保護なんじゃ？　という気分で私はたずねる。するとお母さんは、小さく舌を出す。

「それは、杏子のときだけ」

「えー!?」

「一回だけね、出待ちしたわ。心配でこっそり」

ということは、友達と帰りながらお菓子を食べたりした姿も目撃されているのだろうか。見られていたとしたらまずいあんなことやこんなことを思い出していると、お母さんはお茶を湯飲みに分けて注ぎながら、小さな声で続けた。

「ごめんね。子供の立場からしたら、親に見られるのは鬱陶《うっとう》しいと思うわ。でも、親になってみるともう心配が勝っちゃって」

そんなに心配しなくても。私が言うと、お母さんは首を横に振る。

「勝手に心配しちゃうの。お兄ちゃんのことも杏子のことも信頼してるけど、それとこれとは別なの。だから今だって、いつだって心配しちゃう」

外に出れば、色々あるでしょう。お母さんはそう言って、ふと私の顔を見た。

「杏子もね。お店で色々あるでしょう」

「別に、そんな――」

「でも何も言わずに頑張ってるの、すごいと思うわよ」

えらいえらい。背中をぽんと叩かれて、ちょっと泣きそうになる。

(ごめん、お母さん)

だって私が今泣きそうなのは、仕事そのものに関してじゃないから。

＊

いつまでも子供じゃいられない。成人式だって終えたのに、心配される側にばかりはいたくない。

（しっかりしなくちゃ）

椿店長がいなくなる不安はあっても、信頼は変わらない。寂しがるのは、後にしよう。

私は自分の部屋に戻ると、パソコンを開いておせんべいについて調べ始める。まず『おせんべい　歴史』と打ち込んでみると、有名なおせんべい屋さんの他に、草加《そうか》市のサイトが出てきた。

（あ。草加せんべい）

醬油系の元祖っぽいイメージがあるので、読んでみる。するとやはりおせんべいの最初は小麦粉であることを書いた上で、お米のおせんべいの誕生について書かれていた。

なんでも草加市が宿場町として栄えた頃、茶店でおせんさんという女性が売れ残りの団子を平たく潰した焼き餅を売っていたらしい。

（おせんさんの発明だから、おせんべいかあ）

なるほどね、と思いながら読んでいたら「しかしこれは、昭和時代に作られた物語です」と書いてある。

（えっ？）

つまり、後付けのストーリーだってこと？　そのまま読み進めると、現実は本当に『現実的』だった。もともと草加市は米どころだったため、農家の人たちが余った米を保存食とするため団子状にして潰して乾かし、焼いて食べていたというもの。この時点で平たくないと乾かないし、乾かないと腐ってしまうのでこの形になったのだと。そして江戸時代になると、それを茶店の店先で売ったらしい。

でも意外だったのは、当初売られていたのが生地に塩を練りこんだものだったということ。

（醬油って、最初は塗られてなかったんだ……）

イメージとして、しょっぱいおせんべいと醬油はペアだと思ってた。むしろ、醬油ありきくらいの。でもどうやら、江戸時代の初めには庶民が醬油を使うことはなかったようだ。なので醬油が道端《みちばた》の茶店でも塗られるようになったのは、生産量が上がって価格が安くなってから。その時期は、江戸中期以降らしい。

（江戸時代って、醬油じゃんじゃん使ってると思ってた！）

だって時代劇とかで、お刺身っぽいもの食べてたりしたから。でもよく考えると、時代劇のヒーローは大抵身分が高い人だ。つまりあれは、庶民の料理じゃない。

（でもでも、農家の人もよく鍋でなんか煮込んでたよね？　あれ、煮物じゃないのかな）

日本昔話的な、囲炉裏《いろり》の上のお鍋。あれは一体、何味だったんだろう。

そこでふと興味をひかれて『醬油が広まった時代』で検索してみると、お醬油を造っている会社のサイトが出てきた。それを見て、私はさらに驚く。

（味噌か――っ!!）

お味噌を造るときに偶然出てきた汁がたまり醬油の元祖で、そこから発展して醬油単体で造られることになったとか。だとしたらあの鍋の中身は、味噌味の汁か煮込み。

（あ。だから『田舎風』だったのか）

うちの近所にあるおそば屋さんでは、冬になると鍋焼きうどんに『田舎風』というバリエーシヨンが現れる。それはつゆが味噌仕立てになったものだったんだけど、あれはそういうことだったのか。つまり、醤油が都会風で味噌は田舎。理由は、醤油の方が新しくて値段が高くて都会的だからってこと？

そういえば、おしるこにも『御膳汁粉』と『田舎汁粉』がある。『御膳』はこしあんで作ったさらさらの汁で、『田舎』は粒あんで作った豆の形が残る汁だ。こっちは「さらっとして都会的」と「形のままで田舎っぽい」なんだろうけど。

（うわー……）

なんかすごいことに気がついちゃった気がする。私はちょっと興奮しながら、サイトの続きを読む。するとやっぱり、醤油も中国や朝鮮半島からもたらされた技術が元になっていたらしい。

一応、それまでの日本にも醤《ひしお》という魚や肉、それに海藻なんかの塩漬けの汁を使った調味料は存在したらしい。でも穀物で造る穀醤《こくびしお》は、外国から来た。

（てことは当然、持ち込まれたのは関西――）

当時の首都。都のあった場所に持ち込まれて、やがて全国に広まっていく。この流れ、和菓子を調べていて一体何度出合ったことか。

そしてさらに、もう見飽きたと言ってもいいのが。

（――遣唐使！）

もう遣唐使、あちこちで仕事しすぎ。色々なもの持ち帰りすぎ。確か和菓子の元になったものも、君たちが持って帰ってきてたよね？

軽くうんざりしながらもう一度おせんべいについて検索をかけると、駄目押しのような言葉が出てきた。

『せんべいの漢字「煎餅」はもともと中国の煎餅（シェンビン／ジェンピン）からきている』

ええええ。ということは、もうおせんべいという単語そのものが中国語だったってこと!?

（なんかもう、日本イコール中国、みたいな気分になってきた）

読み進めるほどに、その気持ちは強くなる。

『中国における「餅」の字の意味は「小麦粉で作ったもの」であり、「煎」は鍋や鉄板で焼くという意味なので、煎餅は「小麦粉を水で溶いて焼いたもの」になる』

そっか。おせんべいの「べい」は「おもち」じゃないんだ。「餅」がもち米だと思ってたから、「甘い＋小麦粉」で二重に驚いたんだ。

『日本的な意味における「餅」が使われているのは餅を薄く切って炙《あぶ》る「欠き餅」が変化した「おかき」であり、「あられ」である』

こちらはもうちょっと歴史が古くて、奈良時代には宮中で出されていたらしい。にしても意外だ。おかきやあられって、てっきりおせんべいの副産物だと思ってた。なのに、こっちが先だなんて。

（にしても、中国由来のもの多すぎ。ていうか、日本オリジナルのものなんてないんじゃ――？）

文化をたどっていくと、結局中国や韓国に行き当たる。中国は当時の先進国で留学先だし、韓国は首都だった京都と地理的に近いし、当たり前といえばそうなんだろうけど。

（でもなんか——）

でもなんか、ちょっと悔しいような。だって全部が全部、どこかから教えてもらったものだなんて。

そう思ってしまうのは、私が小さい人間だからなのかもしれない。

体は大きいのに、ね。

＊

次のお休みの日、私は自分の住んでいる地域の中央図書館に行った。

バスで二十分ほどのところにある、大きな図書館。前は家から一番近い図書館で調べ物をしていたんだけど、本を検索するとほとんどの資料が『中央図書館に在庫あり』と出ることに気づいてからはこっちに来るようになった。

大きな建物に入ると、すっと冷房の風に包まれる。入ってすぐの場所は子どもコーナーで、少し声を出しても大丈夫ですよ、とばかりにクッション広場がある。そこで大きな絵本を抱えてよちよち歩く子供を見て、私はほのぼのとした気分になった。

（昔、あんな感じだったなあ）

私にとって図書館は長い間、絵本を借りられるところだった。本屋さんだったら「一冊だけね」と言われるところが、何冊積み上げても「どうぞ」と言ってもらえる、夢のような場所。

それからずっと、私は自分が楽しむ本だけを借りてきた。面白かったアニメの小説版に、ベストセラーで誰もが面白いと言う小説。でもスマホを持つようになってから、いつの間にか図書館から足が遠のいていた。

そんな私が図書館に戻ってきたのは、みつ屋でアルバイトを始めてからだ。和菓子の知識が足りず、茶道もよくわからない。そしてそれらの背景にある歴史なんて、もっとわからない。ならせめて、最低限のことを調べようとインターネットに頼った。でもネットの中の情報はばらばらで、どれを信じていいのかわからない。そんなとき、サチとよりちゃんが言った。

「ちゃんとした情報を知りたいなら、やっぱり本だよ」

二人が言うには、ネットの情報は誰でも書き込めるけど、本は出版社で何人ものチェックを受けて、書いてあることに確認をとってから世に出ている。

「だからさ、信頼できるサイトを探すのもいいけど、その手間とか考えたら結果的に本の方が手っ取り早いわけ」

サチが言うと、よりちゃんがうなずく。

「それ、私も言われた。検索で知った気になってはいけない。資料の調べ方を学びなさいって」

選んだ学部は違うのに、サチもよりちゃんも同じことを言う。なので私はその言葉に従って図書館を利用するようになったというわけ。

今回はおせんべいの歴史について知りたいから、蔵書検索の機械に『和菓子・せんべい』や

『せんべい・歴史』などそれらしきワードを入れてみる。すると二冊の本がヒットした。でも、和菓子や上生菓子に比べるとおそろしく少ない。ネットの時点でも感じていたけど、おせんべいってわりとノーマークなんじゃないだろうか。

専門書コーナーは地下なので、階段をゆっくり降りていく。子どもの声やざわめきがだんだんと遠ざかる。ここからは、深海魚の世界だ。

広いのに、静か。人がたくさんいるのに、静か。

聞こえるのは、ページをめくる音とペンの音。あとたまに立ち上がったり椅子をひく音。

最初はそのことに緊張して、すぐに上の階に戻ってしまった。だってここにいる人たちは皆、とても頭が良さそうに見えたから。私なんかがいるべきじゃないように、思えたから。

でもよく見れば居眠りしてる人もいるし、イヤホンをつけてスマホの動画を見ている人もいる。それがわかってからは、少し気楽に来られるようになった。とはいえ、動きががちゃがちゃしがちなのでそこは気をつけて。

検索結果をプリントアウトした紙を見ながら、棚を探す。一冊めは『民俗学』で、二冊めは『産業』の棚だった。

(これもあるあるだ。民俗学!)

中国、韓国、遣唐使ときて、さらにこの言葉も追加。和菓子を調べていると、かなりの確率で民俗学というジャンルの本に行き当たる。

私はこれまで、民俗学という言葉すら知らなかった。でも調べ物をしに図書館へ来るようになると、ものすごく色々な種類の「〜学」があることがわかった。

(国数理社英、で終わってるもんね)

でもよく考えてみれば国語は現代文と古文に分かれてるし、社会は歴史と地理と公民に分かれてる。さらにその中でも歴史は日本史と世界史。

(ちゃんと学ぼうと思ったら、細かく分かれていくんだろうな)

日本史だって、その時代ごとの研究があるみたいだし。

(あ、だとしたら)

ひらめき。じゃなくて理解？　上から何かが降ってきたみたいに、くす玉が割れたみたいに、ぱかんとわかった。

もしかしたら高校の勉強って、ざっくりと全体を教えてくれていたんじゃないだろうか。それで気になる勉強が見つかった人は、大学で細かく分野を選んで研究するように、とか。

ずっと、大学ってなんで行くんだろうって思ってた。勉強は好きじゃないし、みんなだって好きじゃないって人が多かったのに、なんでだろうって。将来就職するのに役立つのはわかるけど、そのために四年って長くない？　って。楽しいよって言われても、そのためにかかるお金を考えたら、別にいいかな？　って。

(——今頃、気づいた)

よりちゃんとサチが教えてくれた資料の探し方。ネットの使い方。そういうのまで含めてが、きっと勉強なんだ。高校までとは違う、与えられた教科書をぼんやり眺めるのとは違う、自分で決める、勉強。

私は声を出さずに、ちょっとだけ笑う。馬鹿だったなあ。

大学はきっと、こういう「ぱかん」をたくさん見つけに行くところなんだ。なら、楽しいに決まってる。だって「わかる」って、すごく楽しいもん。


探していた本を棚に見つけた。

『産業』の棚にあったのは、お菓子業界全体の販売と流通に関しての本だった。壊れやすいケーキの輸送とかクール便とか、そういう注意すべき品物の中に、おせんべいが載っていた。おかきは小さいから割れるリスクが低いけど、一枚が大きい醬油せんべいは包装の時点でプラスチックのトレーを入れるようになったとか、そういう話。求めていたものと違ったので、次に『民俗学』の棚へと向かう。

ちなみに民俗学っていうのは、衣食住に代表される人々の暮らしを、歴史書だけではわからないような部分から研究する学問らしい。その中には年中行事やお祭り、それに料理なんかも含まれるから、私にもわかりやすいような気がする。

（食べ物の研究なら、やってみたかったかも）

椿店長や立花さんに教えてもらった歴史の話を思い出しながら、私は辞典タイプの和菓子の本を手に取った。索引から「せんべい／醬油せんべい」をひいてみる。

（え？）

これだけ？　思わず声が出そうになった。しょっぱいおせんべいに関する文は、ほんの数行しかない。あとはインターネットで知ったのと同じことや、茶人の千利休がお茶の席で出したふのやきという甘いおせんべい的なお菓子の話が書いてあるだけだ。他にないかとページをめくっても、みつからない。

（せっかく来たのに……）

がっくりとうなだれた私は、諦《あきら》めきれずに棚を見つめる。『民俗学』の中にはさらに『食』という分類があって、ここは私にも読めそうな本が多い。『チョコレートの文化誌』とか『紅茶の起源』とか、中には『ドーナッツとアメリカ』なんて本もある。料理の本と似ているけど、どうしてその料理が生まれたのだとか、どんな人たちが作って食べていたのかとかが書いてあって、面白そう。

せっかくだから、何か借りて帰ろうかな。そう思っていると、一番下の段に全集が並んでいることに気がついた。『世界の衣装』とか『年中行事大辞典』とか。その中には食関係のものもたくさんあって、中でも気になったのは『聞き書』と書いてあるシリーズ。料理も『すし』『混ぜご飯』とおいしそうだったけど、気になったのはそのタイトルだった。

（聞き書——？）

それって、誰かに話を聞いて書いたってことなんだろうか。そう思って一冊を取り出して、ぱらりと中を見てみる。すると、目次の前にこんな言葉があった。

『本書は、文字の記録に残る可能性の少ない地域料理および家庭料理を全国各地点に記者を派遣し、各家庭で料理を担当している人の言葉を聞き取って文字に起こした記録である』

記録に残る可能性の少ない。その言葉が、何かに引っかかった。

『時代的に話者の多くは主婦やおばあちゃんであり、地域料理は口伝《くでん》なことが多い。「先代に習った」「これくらいの量」を記録することに意義があると本書は考える』

そういえば、お母さんもよく「これくらいの量」って言うなあ。しかもその料理って、いわゆるレシピに残ってるものじゃない。ちょっとだけ残った白菜漬けとタラを煮た汁なんかは、この本と同じように「おばあちゃんが作ってたから」って言ってた気がするし。

(これ、どれか借りていこう)

全集のラインナップの中の、『まんじゅう　おやき　おはぎ』がおいしそうで目が留まる。でも、それとは別にふと思う。

(おやき、って焼いたものだよね)

長野名物だっけ。中に野菜を炒めたようなものが詰まってて、小麦粉の皮で包んであるやつ。あれ、おいしかったなあ。

そこで『焼きおやつ』という項目を開いてみた私は、目を疑った。

『うす焼き、せんべい』という料理が、載っている。

席に座って詳しく読んでみたら、『せんべい』は小麦粉でできたクレープみたいなものだった。でも逆に、その前後に載っている『でっちかて』とか『こねつけ焼きもち』という料理がすごくお米のおせんべいに近い。残ったご飯を小麦粉でまとめあげて、味噌で味をつけたりして平たくして焼く。

長野県の料理だったけど、きっとしょっぱいおせんべいもこんな感じで生まれたんだろうな、と思えた。

（……でもこれ、誰かが聞きに行かなきゃ本に載らなかったんだよね）

そう考えて、ようやく引っかかりの理由がわかった。

以前私は上生菓子を食べて「昔の人と同じものが食べられる」と感動したけど、それは半分当たりで半分間違いだった。正しくは「歴史に残ったものだけを食べられる」だ。

偉い人に指名されて外国留学をした遣唐使やお坊さん。文に残せるほど知識のあった人と、それを再現する材料を手に入れることができた偉い人やお金持ちの人たち。上生菓子は、そういう人たちの食べていたものだ。

（だから、しょっぱいおせんべいの情報は少ない――）

すごく、寂しいと思った。

学歴やお金のあるなしで、こんなことが違うなんて。

私は図書館を出て、とぼとぼと歩く。西日が強くて、影が黒い。汗があっという間に滲んでくる。

（私たちは、残らない）

おばあちゃんの味も、お母さんの適当料理も。

歩く。足跡も。

（残らない）

料理は、食べれば消えてしまうから。

残らないんだ。


きっと、こんな気持ちも。

＊

件のお客さまが、いらっしゃった。

「おせんべいについて、勉強しといてくれた？」

幸い機嫌がいいようで、にこにこしている。それになによりもう一度来店していただいたのが嬉しい。

なので、私は張り切った。張り切って、おせんべいの歴史を説明した。

「甘い小麦粉せんべいが、先――？　しかも京都だって⁉」

「はい。やはり当時の都会、日本の中心は関西なので」

「まあ、それはそうだろうな」

「そこに当時先進国だった中国から、最新のお菓子として持ち込まれたんだそうです」

「――ふうん」

男性は、軽く腕組みをする。

「お米のおせんべいは、関東ではお米が安定して収穫できるようにならないと、一般に出てこなかったみたいなんです。しかも最初は、醬油も手の届かない品だから味付けは塩だけで」

「塩――!?」

男性は、驚いた表情で私を見つめる。そんな男性と私を、椿店長が見ている。大丈夫です。見ていて下さい。もう一人でも全然平気です。そんな気持ちで私は続けた。

「はい。砂糖が高価だったのでお菓子としての小麦粉せんべいは上等な品として出回ったんですが、逆に醬油も使えない農民が作った、塩味の米せんべいは食事の一部と思われて、下級品とされていました」

「下級品――?」

男性は、言葉を失うほど驚いていた。ですよね。私もびっくりしました。

「あ、醬油より以前に味噌はあったので、味噌味のうすやきのようなものはありましたよ」

「そうか。味噌に米。まさに日本の味だ」

ほっとしたように男性が笑みを浮かべる。

「でもその味噌も、中国と韓国から伝わったらしいんです」

「はあ!?」

そこで私は醬と穀醬の話をお伝えする。

「なので、私たちが知っているような醬油せんべいが出回ったのは、江戸時代の中期から後期らしいんです」

意外と歴史の浅いものだったんですね。私が微笑むと、男性は「へえ」と小さく答えた。

(まだ、ご納得いただけてないのかな)

説明が足りなかったのかと思い、私は続ける。

「だから安心なさって下さい。甘いおせんべいはむしろ元祖で、お土産には最適だと思います」

しかし男性は、「ああそう」とつぶやいただけだった。

「あの」

声をかけると、男性は不機嫌そうな顔で返す。

「なんかさ、さっきから中国やら韓国やらばっかり言ってるよね」

「あ、はい。それはやっぱり、日本の文化の元になっているので――」

そこまで喋ったところで、男性が少し大きな声で「違うでしょ」と遮った。

その声に、椿店長がちらりとこっちを見る。けれどちょうど他のお客さまがいらっしゃったので、そのまま接客に入る。

「違うよ、全然なってない。日本の文化は日本独自のものだよ。中国や韓国なんて関係ない」

「え」

でも、どの本にもそう書いてあったんです。そう言おうとしたところで、男性が再び遮る。

「あんなさあ、デリカシーのない国と一緒にしてほしくないよ」

（ええ⁉）

そんな言い方って。

「四千年の歴史だかなんだか知らないけど、雑で乱暴なんだよ。日本の細《こま》やかさなんてみじんもない。声はでかいし、微妙な指示なんて理解しないし、時間になったら全部ほったらかして帰るし。握り飯のうまさもわからない恩知らずで味音痴なやつらだ」

なんか、ひどい。でも、すごく残念だけど、こういう人は最近結構見かける。同じアジアの国なのに、とりわけ中国や韓国を嫌う人たち。

（なんでなんだろう）

日本は人種差別がない国だと思って生きてきた。ネットや本屋さんの店先でそんな感じのタイトルを見かけたことはあるけど、売るためにわざと意地悪に書いているだけで、本当にそう思ってる人なんていないと思ってた。

でもこういう声を聞くと、やっぱりあるんじゃない？　って思う。

（確かに中国の団体さんは声が大きめだけど）

でも、それを言ったら欧米の人だって同じだ。英語じゃない、たぶんイタリアとかスペインの団体さんはかなりの声量を響かせているし、わがまま度合いも似たレベルに感じる。だからデパ地下にいる私としては、自己主張をするお国柄なんだろうなって思うだけ。

（それに、わがままな人は国を問わずいるし）

すごく嫌な気分だった。きっと、こういう人のせいで世界はいがみ合うんだろう。

（韓国の若い人はすごく洗練されてるし、あなたの方がデリカシーないと思います！）

それに焼肉とキムチ、おいしいですよね。中華料理まったく食べてないはずないですよね。そう言いたかったけど、ぐっとこらえる。

とにかく、お客さまを不快にさせてしまったことだけは事実だから。

「あの……」

申し訳ありません。私が頭を下げると、男性ははっと我に返ったように私を見た。

「いや。悪かったね。ちょっと――嫌なことがあって」

「そんな、こちらこそ」

「でもさ、本当にもっと勉強してよ。僕はさ、中国韓国がどうしたって話を聞きに来てるわけじゃないんだから」

和だよ、和。言いながら男性はちらりと腕時計を見る。

「ああもう、行かないと」

私は慌てて頭を下げた。下げながら、思わず言ってしまった。

「またのご来店、お待ちしております」

（やだ）

何言ってんだろう。もう来てくれないかもしれないのに。むしろ来てくれなくていいとすら思ってるのに。私は下を向いたまま真っ赤になる。

すると男性はぽかんとした表情で私を見た。ですよね。

「あー……。うん。まあいいや。また来るよ」

「はい？」

「今月は結構来る予定があるからさ」

それじゃ、次はもっとちゃんと勉強しといてよ。男性は前回と同じ言葉を残すと、足早に通路を去っていった。

「梅本さん」

椿店長に声をかけられて、はっとする。

どうしよう。しっかりしたところを見せようとして、逆にお客さまを怒らせてしまった。

「申し訳ありません！」

頭を下げると、椿店長は軽く腕組みをする。

「そうね。対応が良くありませんでした」

「はい――」

「でも知識は素晴らしかったわ。よく勉強してきたのね」

頑張って本を読んだのが報《むく》われた。そこは素直に嬉しい。でも。

「ただ、それだけ」

「え？」

「知識があっただけ。それをお客さまに披露しただけ。もし梅本さんがお客さまだったら、どう感じるかしら？」

披露しただけ。そう言われて、私は初めて自分の間違いに気がついた。

(私――)

私は、あの人のことなんて何も考えていなかった。今日、お土産に何がふさわしいのか。どんな商品を求めていたのか。ただ、「勉強」することだけ考えて、相手のことを忘れていた。

(いつも買って下さっていたのに)

嫌な人だと思った。もう来なくてもいいと思った。

(でも)

そう思うより先に、取るべき態度があったんじゃない？　私はうつむいて唇を噛みしめる。恥ずかしくて、泣いてしまいそうだ。

「梅本さん」

椿店長が静かな声で言った。

「お願いがあるの」

真剣な声。聞き慣れた、頼れる声。この声に背中を押してもらって、色々なことに挑戦してきた。

「店員に知識があるのは素晴らしいことだけど、知識で上から押さえつけてはいけないわ」

「――はい」

「以前の梅本さんは、その知識の無さをお客さまに寄り添うことでカバーしていました。それを、忘れないでほしいの」

「――はい」

「それを忘れなければ、大丈夫だから」

人気《ひとけ》の少ない時間帯。椿店長はカウンターに立ってまっすぐ通路を見渡す。

「私が、いなくなっても」

*

やっぱり。

覚悟は充分にしていたはずなのに、衝撃がこれっぽっちもやわらがない。

「これを話すのは、梅本さんが最初になるわ」

「あの――」

「昨日、会社から決定が出たの。本当は全員揃ったときに伝えるのが理想だったのだけど、難しいから」

「……会社を、辞められるんですか」

思い切って聞いてみると、椿店長はきょとんとした顔をする。

「辞めないわ。ただ、このお店からいなくなるだけで」

「え？」

「今度、みつ屋が銀座に旗艦店を出すことになったのね。それで、そのお店の店長になることになって」

「――そうなんですか」

肩から、どっと力が抜けた。新店の店長。それならいい。寂しいけど、私はちゃんと送り出せる。

(なのに、もう！)

また失敗をしてしまった。頑張らないと。

「じゃあ、あれはみつ屋の社員さんだったんですね」

「どういうこと？」

「ここのところ、私たちもちょっと気づいていたんです。椿店長の様子がおかしいねって」

「あら」

やあね。内示が出るまで秘密厳守って言われてたのに。椿店長は苦笑する。

「それを聞いた後、偶然店長とスーツ姿の男性をお見かけして」

「え？」

「先日、遅番だった日です」

私の言葉に、なぜか椿店長はもう一度「え？」と聞き返す。そして「やだ」とつぶやいた。

「それはその――梅本さん」

「はい」

「それはええと、立花くんも桜井さんも知っているのかしら？」

「いえ。ただ、他の会社や転職エージェントの方と会っているのでは、とお話ししていましたけど」

「その人は——みつ屋の関係者じゃないわ」

「はい?」

椿店長は、なぜかあたりをきょろきょろと見回す。そして私にこそりと耳打ちした。

「おつきあいしてるの」

「え?」

「だから、その——彼氏? っていうか」

「ええ⁉」

思わず声を上げた私に、椿店長が「しっ!」と唇の前に指を立てる。

「あとで! 後で話します! だから梅本さん、もう言わないで!」

「椿店長……の彼氏」

慌てる店長を前に、私は呆然と立ち尽くしていた。


その男性は、老舗和菓子店の三代目だという。和菓子フェアで出会い、何回か顔を合わせるうちに話をするようになり、つい最近おつきあいが始まったのだという。

「あー! それで、デートに着ていく服がわからなかったんですね」

遅番の桜井さんが、笑いながらうなずいた。今日は話をする予定だったらしく、立花さんも来ている。立花さんがお店に立っていてくれる間、バックヤードはガールズトークの雰囲気だ。

「お恥ずかしい話だけど、本当に何を着ていけばいいのかわからなくって――」

「でも栄転の話でよかったです。心配してたんですよ。梅本さんなんか、特に」

そう言われて、私は「いえ、そんな」とつぶやく。

そう、よかったのだ。椿店長は変わらずみつ屋にいるし、お店は都内だから近いし、会いに行こうと思えばすぐに会える。

(でも)

でも、心のどこかがもやっとしている。椿店長のステップアップを祝う気持ちはあるのに、なぜか素直に笑えない。

(――なんでだろう)

寂しいとか、不安とか、そういうのじゃない。もっとなんだか、嫌な気持ち。

「ていうか椿店長、服がわからないって、つきあうの久しぶりなんですか?」

桜井さんの言葉に、どきりとする。そしてわかった。

(久しぶり、の前は――)

前におつきあいしていた人。その人は、椿店長がお盆に会いたいと言っていた人。菓子木型の職人で、シルクロードに出かけたまま還《かえ》らぬ人となった、あの人。それは。

(椿の花の菓子木型を作った、人――)

私が初めて椿店長に会ったとき、たぶんまだその人は椿店長の中にいた。でも今は、その影はない。あるのかもしれないけど、見えない。

「え。そうね、つきあうのは――」

口ごもる店長。

「とても、久しぶりかも」

恥ずかしげで、でも幸せそうな表情。私はそんな店長を直視できない。

だって私は、失われた恋人を胸に秘め、凜《りん》と立つ姿がとても好きだったのだ。なのに。

「で？　で？　相手、どんな人なんですか」

「どんなって、さっきも話した通り、和菓子屋さんよ」

「んもー、そういうんじゃなくて！　スペックじゃなくて、どこが好きとか、素敵とか、どういう風に告白されたとか、そういうのが聞きたいんすよ！　マジで！」

こちとら、最近甘酸っぱいのが不足してるんで！　そう叫ぶ桜井さんの前で、椿店長は顔を赤くしてポソポソと話す。

見たくない。そんな店長は、見たくない。

「……優しい、かな」

「それと!?」

「あと、年齢的に無理を強《し》いないというか……」

「うんうん、いいっすね！」

もう、口調が完璧に友達のそれになっている。

「あとは——距離感」

「距離感？」

「ええ。ほどよい距離を保ってくれるというか、その距離を尊重してくれるようなところが」

距離を尊重。それって、どういう感じなんだろう。急に近づきすぎないってことだろうか。

でも、聞けば聞くほどもやもやが止まらない。和菓子屋さんって。三代目って。

忘れてしまったんですか。『型風』の銘《めい》を。

その菓子木型を見るときの、悲しくて愛おしいような表情を。

＊

まるで、和菓子そのもののような人だと思っていた。磨き抜いた和三盆糖《わさんぼんとう》のような、甘さの中にも芯があるような、そんな人だと。

こんな大人の女性に、なりたいと思った。

なのに。

(浮かれちゃって)

黒い気持ちが、胸の中にむくむくと湧き上がってくる。それが態度にも出ていたのか、店長が出て行ったバックヤードで桜井さんが首をかしげる。

「どうした？　梅本さんなら、誰よりも喜ぶと思ってたのに」

「あ、はい。喜んでます」

「そうは見えないけど」

理由を口にしようとして、はっとする。桜井さんは、菓子木型の彼を知らない。

（そうだ）

あのとき、私は青空骨董市《こっとういち》で『型風』の銘が彫ってある菓子木型の片方を買ってきた。そしてその対《つい》である下司板《げすいた》を椿店長が持ってきたことから、彼の存在が浮き上がった。さらに立花さんが知り合いの木型職人さんに話を聞き、『型風』さんが若くして亡くなったことを知ったのだ。

「黙って、いようね」

立花さんと私は、二人でぐすぐす泣きながらスフレを食べた。つまり、私が彼の存在を知っているということは、桜井さんどころか椿店長すらも知らないことなのだ。

（今さら言うことでもないし、言える立場でもないよね）

でも、だからこそもやもやする。しかも相手が職人さんではなく、経営者っぽいのもなんか嫌だ。

（せめて、手を動かす人であってほしい）

なのに。スーツを着た人なんて。

「ねえホントさ。今日、空気っていうか、雰囲気悪いよ？　気づいてる？」

「え？」

「私が来たときさ、梅本さん、椿店長の方見ないで返事してたよ。気のせいかなって思ってたけど、さっきはバックヤードだからって嫌そうな顔を隠しもしないで」

ケンカでもした？　そうたずねられて首を横に振る。

「椿店長は照れてたから気がつかなかったみたいだけどさ。なんかあったなら聞くよ？」

言えるわけがない。なので、口をつぐんだ。

「……なんでもないです」


言えない。桜井さんにも、家族にも。じゃあ、友達は？

「店長の恋愛？」

「いや、関係なさすぎない？」

そう言われるのはわかってる。そう、頭ではわかってるんだ。

でもどうしても、上手に消化できない。

「これお願いね」

そう言って差し出された伝票を受け取るとき、ふと下を向いてしまう。唇の色が、少し前と違うことに気がついてしまう。

だって椿店長は私にとって、特別な人だった。高卒でぼんやりしていた私に、社会を見せてくれて、世界の端っこに居場所を与えてくれた。

(恩人、って言うのかな)

尊敬しているし、感謝している。へんてこな服を着るところも面白くて好きだし、株の上がり下がりでおたけびを上げるところだって嫌いじゃない。いや、むしろ好き。そして何より、亡くなった恋人を心に留めつつ、お客さまの気持ちに寄り添っているところが大好きだった。

華やかなのに静かで熱くて、本当に椿の花のような人だと思う。

(ずっと、そばにいたい)

なんなら、椿店長と一緒に異動したい。もし別の会社に移るなら、ついていきたい。新しい店を立ち上げるなら、そこでバイトしたい。無理な願いだとわかっていても、そう思っていたのに。


「あのさ」

翌日。休憩あがりの桜井さんの声に、はっと顔を上げる。

「あたし、先輩だからって偉ぶる奴、超嫌いなんだけどさ」

「え?」

「でも言っとく。あたしはさ、梅本さんより前からここでバイトしてんじゃん」

(あ)

私は桜井さんの顔を見つめる。

「マジ、長くて幸せなバイトだって思ってんだよ。椿店長のおかげでさ」

「――はい」

「椿店長が、梅本さん採用してくれてもっと楽しくなったしさ」

「はい」

少し、声が潤《うる》んでいた。

「ま、もともと卒業したら終わりってのはわかってたんだけどさ。まさかあたしより先に、椿店長がいなくなるなんて思ってもみなかったよ」

桜井さんは私に背を向けると、ラックに置いてあるミラーで目の周りのメイクを直す。

「だからさ、何があったか知んないけど、それはそれとして最後は楽しく過ごさせてほしいんだわ、マジで」

「……ごめんなさい」

わかったならいいよ。そう言って、桜井さんはお店に出て行った。

(最低だ)

自分ばっかり悲劇のヒロインぶって、自分の寂しさだけが一番深いと思い込んで。

(自分以外の人を、見ようとしてなかった)

桜井さんは私よりももっと長く椿店長と過ごしているし、立花さんはもっと長いかもしれない。

そんな人たちを差し置いて一人だけ落ち込んで、しかもそれが態度に出てしまっているなんて。

(どうして、こんな――)

独《ひと》りよがりになってしまったんだろう？　一生懸命本を読んで、お菓子に詳しくなって、椿店長に「もう大丈夫ね」って思ってもらうはずだったのに。

私は両目にハンカチをぎゅっと押し付ける。

ごめんなさい。ごめんなさい。

でも、謝る資格すらない気がした。

＊

悩んだ私は、立花さんにメールした。椿店長のことを唯一知っている立花さんになら、言える気がしたのだ。

立花さんとお休みが重なる日に外で待ち合わせて、チェーン系のコーヒーショップに入る。せっかく立花さんと会うのに、おいしいもので盛り上がれないのは寂しいけど、そういう気分でもなかった。

「ああ、アンちゃんは『型風』さんのことが引っかかってたんだ」

ごってりとシナモンを振りかけたアイスのカフェラテを前に、立花さんはため息をつく。

「わからなくもないよ。でもまさか、そんな理由でおかしな態度とってるなんて誰も思わないよね」

「……すみません」

「――なんでそんなに嫌だって思ったの」

「うーん……」

うまく言えない。

「尊敬してて、すごく好きで、だから綺麗でいてほしかった、みたいな――」

すると立花さんは、きゅっと表情を引き締めた。

「新しい恋は、綺麗じゃないの?」

「え」

「かつての恋は綺麗で、新しい恋は汚い?」

「そんな、そこまでは――」

口ごもる私に、立花さんは言い放つ。

「子供だね」

「あ……」

「今のアンちゃんは、まるで再婚するお母さんを不快に思う子供みたいだ」

ホントだ。言われた言葉がものすごくすとんと心に落ちる。

「お母さんは恋なんかしないで、お父さんとの思い出を抱えたまま生きなければならない。生々《なまなま》しい恋人なんか作らないで、身持ち固く一人で生きなければならない。そんな感じ」

私は自分の前のアイスカフェラテを見つめる。

「かたくなな、子供みたい」

グラスの水滴と同じ位置に、目から落ちる涙。

「わかってるんです。頭では」

「うん」

立花さんは、まっすぐこっちを見ている。でも私は、その目を見返すことができない。

「個人が頭の中でどう思うかは自由だよ。でも、椿店長の恋愛にアンちゃんはまったく関係がないし、何よりそれを外に出すべきじゃない。仕事の場では、特に」

「はい」

「それができないなら、お店に出ない方がいいね」

「え」

言われた意味が、一瞬わからなかった。

「え。でもシフトが」

「なんとかなるよ。それより、全員を暗い気持ちにさせ続ける方が問題でしょう」

きっぱり言われて、私は言葉を失った。

（こんな簡単に）

すべてを失ってしまうんだ。こんな、浅はかな感情ひとつで。

人前で大泣きしないよう、唇をぐうっと噛みしめる。でも、涙は止まらない。ぼろぼろこぼれるそれを、大判のハンカチで必死に吸い取った。

「梅本さん」

いきなりお店のような口調で言われて、はっと顔を上げる。

「明日は一日暇だって、言ってましたよね」

「——はい」

久しぶりの二連休だった。

「でしたら、お使いに行って来て下さいませんか」

「え？　どこに、ですか」

「河田屋です」

なんで私が師匠のところに？　と言うより早く、立花さんは立ち上がっていた。

「椿店長の好きなお菓子が、出る予定だと聞きました」

「あ、はい」

「梅本さんさえよろしければ、それを僕らみつ屋東京デパート店のメンバーから、椿店長への餞《はなむけ》にさせていただければと」

「はい。そういうことなら、もちろん」

「代金は支払い済みです。高いものではありません。あとで桜井さんと三人で割りましょう。時間は、いつでもいいです。が、もし可能であれば明日中に持って来ていただけると助かります」

上生菓子は、当日中のお召し上がりがおいしいに決まってる。

私がうなずくと、立花さんは静かに言った。

「それまでに、気持ちの整理をつけて下さい」

「はい――」

うつむく私を残して、立花さんはお店を出て行った。

その夜は、眠れなかった。

気持ちの整理をつける。それは、みつ屋を辞めるかどうか決めろということだろうか。

(そうだよね)

おかしな理由でひどい態度をとるバイトなんて、いない方がいいに決まってる。それに立花さんは社員だし、椿店長がいなくなった後、お店を守る義務がある。

(辞めた方がいい、んだろうな)

みつ屋を辞める。そんなことを考えるのは、すごく久しぶりだ。

働き始めた頃は、毎日「使い物にならないから今日で終わり」と言われるんじゃないかと思ってた。でも最近は、そんなことまったく思わない。

(失敗はいまだにあるのに、なんでだろう――?)

たとえば先日の男性のお客さまのとき。以前の私だったら死ぬほど落ち込んでお店に出られなかったと思う。でも今は、落ち込むけどそれはそれとして目の前の作業をこなし、次どうすればいいかを考えることができる。

そうできるようになったのは、長くバイトしているから?

(――違う)

間違えたことを怒らず、対処のヒントをくれ、見守ってくれた上司がいたからだ。

(椿店長――)

優しくて、在庫に厳しくて、背筋がいつでもぴんと伸びてて。

(椿店長)

自分の寂しさだけ大げさに抱えたまま、相手の幸せを願えなかった。

（ごめんなさい。ごめんなさい。ごめんなさい）

大好きです。

（幸せを）

今度こそ、ちゃんと幸せを祝いたい。

私は布団の中で、もう一度少しだけ泣いた。


翌朝。私は目の前に置かれた丼に首をかしげる。

「お母さん、なにこれ」

「何って、うな丼よ。杏子、昨日は具合悪いって晩ご飯食べなかったじゃない。でも今朝は起きてきたから」

だからって、朝からうなぎって。

「お兄ちゃんのお土産なのよ。浜松《はままつ》行ってたらしくて」

「へえ」

「お土産買ってくるなんて、それなりに気を使ったのね」

そう言われて、気づく。お父さんは、うなぎが好きだった。

「そっか」

泣きはらした瞼《まぶた》が重たい。でもこんなときでもお腹は正直で、嫌になる。

うなぎの下にそっとお箸を入れると、身がほろりと崩れた。ご飯ごと口に入れると、甘辛いタレと適度な脂が絡《から》まって、たまらない。

でも次の瞬間、絶滅危惧種という言葉が頭をよぎり、私は心の中で謝る。

(おいしい。けどごめんなさい!)

なんだか、昨日からずっと謝り続けてるなあ。

私は少しだけ笑った。

*

今日は昨日よりだいぶ涼しくなった。もうすぐ、冷房のためじゃないカーディガンが必要な季節になる。

道を歩きながら、考える。みつ屋を、辞めるのかどうか。

昨日までは泣いてばかりだったけど、今は不思議と気持ちが澄《す》んでいる。

(どうするかは、椿店長に謝ってから決めよう)

いや、それより前にするべきことがあった。あの男性のお客さまだ。もし辞めるにしても、あの方の対応だけはしておきたい。それまではいさせてほしい、なんていうのはわがままな話だろうか。

男性の言葉を、頭の中で再生する。確か最初は、若い人への愚痴。言い方が通じないとか、日本語を覚えろとか、ネットばかりだとか。そして次は中国の人への悪口。細かい指示を理解しないとか、うるさいとか。

（――あれ？）

言い方が通じないのと、細かい指示が通らないのは似ているような。

だとしたら、「若い人」は「中国の人」だったりする？

（日本語を勉強しろ、ってそのままの意味か！）

あと、なんて言ってたっけ。そうだ。時間になったらすぐ帰る。そして握り飯のうまさを理解しない。

（これ、全部つなげると――）

中国の若い人は言葉が通じにくくて、ネットばっかりで、時間通りに帰って、おにぎりがあんまり好きじゃない。

（――悪口じゃない、のかも）

だってこれ、あんまりにも具体的すぎる。だとしたらこれは、あの男性がしたことへの反応なのかもしれない。つまりあの男性は中国の若い人に話しかけ、一緒に仕事をし、おにぎりを差し出したのかも。

年齢や出張の雰囲気からすると、彼が雇い主なのかもしれない。するといつも買って帰るお土産は、そんな人たちのためなのかも。

「あ」

いきなり、「ぱかん」が降ってきた。私は道路の端で、足を止める。

(だから、「ここだけ」や「和」にこだわってたんだ)

せっかく日本にいるんだから、そこでしか食べられないものを出してあげたい。日本ってこんなだよって知ってもらいたい。そんな気持ちが、透けて見えた気がした。

(でも、うまく通じてない)

話が合わないのは、言葉もそうだけど年齢もあるかもしれない。お父さんがお兄ちゃんとぶつかったように、世代によるすれ違いがあるんじゃないだろうか。若い人がネットばかり見ているのは、今は当たり前のことだし。なんなら翻訳ソフトとか見てる可能性だってある。

時間通りに帰るのも、当たり前のことだ。でも「あと少し」「きりがいいところまで」やってほしい上司も存在する。

そしておにぎりは——実は、何かの記事で読んだことがあった。中国の人は、冷たいご飯は苦手なのだと。

(田んぼや畑が多い土地、とも言ってた)

おそらく、男性の地元は米どころ。そして日本のお米は、冷めたなりのおいしさがある。それを、わかってもらいたかったんだろう。

(あー!!)

そんなお米大好きな人に、私はなんて言ったっけ?

『おせんべいは小麦粉が元祖』で『米せんべいは下級品』。

(やっちゃった――!!)

それは、不機嫌になるよね。「また来る」と言って下さったのが、奇跡というか。私は道端で頭を抱えこみたくなる。

(でも、これでご提案の方向性は見えたような気がする)

もし次に会えたなら、まずは説明の仕方が悪かったことを謝ろう。そしておすすめするのは、できるだけ日本独自なものを使ったお菓子。

それが、できることなら。


久しぶりに河田屋ののれんをくぐると、師匠が「よお」と片手を上げていた。

「あんこちゃん。おつかいご苦労さん」

「お久しぶりです」

ぺこりと頭を下げると、師匠は笑顔を向けてくれる。

「早《そう》太《た》郎《ろう》に頼まれてた菓子なら、できてるよ」

「あの。それってどんなお菓子なんですか?」

たずねると、師匠は私を手招きした。

「時間あるなら、中に入んな。端切れ、食わしてやるからよ」

「え?」

中って、作業場のことだよね。私なんかが入っていいんだろうか。

「客が来たら音でわかるから、ほら」

そう言われて、カウンターの端から中へとお邪魔する。

「うわあ……」

ここが、和菓子職人さんの作業場。初めて見た。

ステンレスとコンクリート。一見すると、そっけない風景。けれど中心に据えられた広い台の上には、大きな笊《ざる》や蒸し器なんかがきれいに洗って干されていて、お菓子作りの気配を感じさせている。壁際にはあんこを煮るための、深いお鍋と業務用のガスコンロ。そして角の台の上には、『河田屋』と書かれた木製の番重が重なっていた。

上の方にある横長の窓から、午後の日がうっすらと差し込んでいる。

（静かだ）

音が、しないわけじゃない。すぐ脇の道路を通る車の排気音や、遠くで人の声も聞こえてくる。だけどここには、静かで清潔な空気が流れている。

（お寺みたい）

無駄なものがなくて、でも何かが足りない感じもしない。

「綺麗ですね」

思わずつぶやくと、師匠が「そりゃ当たり前だ」と笑った。

「人の口に入るもん作ってるんだからよ」

そう言いながら、台の下からお菓子の箱を出す。

「まず、これが持ってく用」

大きめの紙箱を開けると、そこにはカラフルなお餅のようなものが並んでいる。ピンク、白、緑、黄、薄茶。どれも一口サイズで、とても可愛い。

「それからこっちが、その端切れ」

小さい箱には、同じ色の生地が細切りになって入っていた。

「味見してみな」

「ありがとうございます」

指でつまみ上げると、くにゃんとやわらかい。求肥《ぎゅうひ》かなと思いながら口に入れると、香りがすっと鼻に抜けた。ミントのような、スパイスのような。

(あれ？　これって——)

すごく最近、どこかで口にしたような。

(コーヒーショップのシナモン？　でも、ニッキともまた違う)

目の前で、師匠がお茶を入れながらにやにやと笑っている。なんだっけ。当てたいな。

(最近食べたもの——)

夕ご飯は食べなかった。てことは朝、でもうな丼しかなくない？　って。

「山椒《さんしょう》——！」

声をあげた私の前に、師匠が湯呑《の》みを置いてくれた。

「正解だ。これはな、『切り山椒』って菓子だよ。上新粉に砂糖と山椒の粉を混ぜて蒸して、餅みたいに搗《つ》いたもんだ」

「すっとしておいしいです！」

「もともとはこの端切れと同じように拍子木《ひょうしぎ》に切る菓子なんだけどな。今回は早太郎が少しお洒落にしてくれとか言いやがって」

それでこんな風になったんだ。師匠は大きい箱の中身を指さす。

「こっちは、中になにか入ってるんですか」

「おうよ。ピンクはクリームチーズ餡、白は柚子餡、緑は生の木の芽入りの餡、黄色ははちみつ餡に、茶色はなんとびっくり――」

「びっくり？」

「コーヒークリーム餡だ」

「山椒にコーヒー？」

それって合うんだろうか。

「コーヒーにコショウかけるって飲み方を聞いたことがあったからよ、試してみたらこれが案外よくてね。コーヒーは香辛料と相性がいいんだな」

「そういえば、ココアにピンクのコショウがかかってたりもしますね」

「おう。チョコレートはさらに相性がいいんだよ。唐辛子載ってるのもあったしな」

そういえば、ショコラフェアでそういうものを見た気がする。

「それとな、山椒はミカン科だからちょっと柑橘っぽい爽やかさがあるんだ。だから冒険しやすいんだ」

「ミカン科……」

言われてみれば、すごく遠くにレモンや柚子の皮っぽい風味がある。あのすっとした感じは、柑橘系のものだったのかも。

「しかしまあ、これを言うのは悔しいんだがよ」

「はい？」

「早太郎のおかげで、俺も新しい方向が拓《ひら》けたな」

師匠はぐびりとお茶を飲む。

「山椒が切り山椒で止まったままだった。せっかく日本原産の香辛料なんだから、もっと使い方を研究すべきだったよ」

「日本原産、なんですか」

「おう。海外では山葵《わさび》ばっか有名だけど、山椒だって日本オリジナルだぞ」

「でも、麻婆《マーボー》豆腐とかに使われてませんか？」

「ところがどっこい」

師匠はにやりと笑って、壁際の冷蔵庫から小さなビニール袋を三つ取り出した。一つに木の芽が入っているところを見ると、これらは全部山椒なのだろう。

「中華料理の花椒《ホアジャオ》は、中国原産の華北山椒っていってな。種が違うわけよ。日本のは葉も花も実も食べられるし、枝はすりこぎにもなる」

「そうなんですね」

「葉は、見たまんま木の芽。実はよくちりめん山椒に入ってるあれだ。花や蕾《つぼみ》はあまりスーパーじゃ売ってないが、日本料理の薬味として使われてる。で、切り山椒やうなぎに使うのはこれ」

師匠は、黒くて細かい粒の入った袋を指差す。

「これは、青かった実が熟して弾《はじ》けた後の果皮《かひ》を乾燥させてから細かくしたもんだ」

「果皮、って実の外側の皮ってことですか？」

そんなところまで使うなんて、昔の人ってすごいな。今まで何気なく「山椒かけるー？」なんて言ってたあの小袋の中身が、知恵の結晶に見えてきた。

「そう驚いてくれると、話し甲斐《がい》があるなあ。なら最後に、すごいことを教えてやろう」

「なんですか？」

「じつは、山椒は木の皮まで食える」

「ええ⁉」

めっちゃ硬そう。だって昔、うちにあった山椒のすりこぎ、ものすごく硬かったし。

「俺も食ったことがないんだが、アク抜きをして佃煮《つくだに》にするんだそうだ。まさに、捨てるところのない木だな」

「すごいですね」

「な。ちなみに俺は青い実を塩漬けにするのが好きだよ。あれを豆腐にのっけて食べると、うまいんだ」

うう。それはすごくおいしそう。ぴりっとした塩味と、コクのあるお豆腐はきっとすごく合うよね。

(――あれ?)

またちょっと、なにかが引っかかった。

(あ。「青い」だ)

確かあの男性は「青々とした田んぼ」と言って「緑色ですよね」と返されたと怒っていた。それと「青い実」は、同じ流れの言葉だ。

(あれ? そもそもなんで日本語って緑のこと青って言うの?)

ちょっと考えれば、いくらでも浮かぶ。青信号、青菜、青リンゴ。

「あの、すみません」

私は師匠に、その疑問をたずねてみた。すると師匠は「ああ」とうなずく。

「俺もな、昔不思議に思って誰かに聞いたことがあるよ。そしたらなんだっけな、確か古代の日本では色は赤、青、黒、白の四色に分けられてて、緑は青に含まれてたらしい」

「面白いですね」

「ああ。でも不思議だよな。青い、って言いかけたらブルーっぽいものが浮かぶのに、青い実、って言ったら緑のものが浮かぶ」

本当だ。これって、いつそうなるんだろう。

でも、外国の人からすれば田んぼはグリーンだよね。

「ところでこのお菓子、名前はあるんですか?」

「ああ。『澄《す》む山《やま》』だ。気温としてはぴんとこないだろうが、秋の季語だよ」

「綺麗な名前ですね」

山椒のすっとした香りは、秋の澄んだ空気。ぽこんと膨《ふく》らんだカラフルな求肥餅は、紅葉で色づいた山々に見える。

「一応な、秋が旬ってのも理由の一つだ」

「山椒って、初夏じゃなかったんですか」

なんとなく、ちりめん山椒がわっと売られているのはその頃のイメージがあった。

「それはあれだ、青い実山椒の旬だ。果皮は実が熟成してから後のものだから、実が終わった秋なんだよ」

「ああ。食べるところによって、旬が違うんですね」

それは当たり前のことだけど、なんだか面白い。「◯◯の旬はいつです!」みたいな宣伝文句に慣れているからだろうか。

そうか。

旬は、一度だけとは限らない。

「こっちの箱は、みんなで食べな」

椿店長のための箱とは別に、師匠はもう一つ箱を持たせてくれた。

「ありがとうございます！」

説明を聞いてから、ずっと食べたいと思っていたのですごく嬉しい。

（でも――）

辞めますという話になったら、食べられないかもしれない。

行きたくない。でも、行かなきゃならない。

たぶん今が、私の人生的な何かのひとつだって気がするから。

＊

閉店後の方が全員で食べられる。そう思ったので、本屋さんや雑貨屋さんを見ながら時間を潰した。そして持ってきた東京デパートのバッジを見せて従業員入口から店内へ入り、閉店三十分前にみつ屋の前に着いた。

ショーケースの前にはお客さまがいる。椿店長が応対しているので遠巻きに見ていると、どうやらあの男性らしい。

（もう来てくれたんだ！）

でも、なんだか肩を落として悲しそうな雰囲気。せっかく来て下さったのに、店長の接客でも希望のものが見つからなかったんだろうか。男性はそのままカウンターから離れて、店の外に歩き出そうとする。

一瞬、くじけそうになる。でもこれを逃したら次はないかもしれない。そう思って近づいた。

「あの――先日は、申し訳ありませんでした」

声をかけると、男性は「えっ」と足を止める。

「先日、おせんべいの件で失礼な言い方をしてしまって」

「あれ？　君、さっき休みの日だって店長さんが言ってたけど」

なんだかほっとしたような表情。

「そうなんです。でも届けものがあったので、ちょっとだけ寄りました」

「そっか」

「でも、お会いできてよかったです」

男性は不思議そうに首をかしげる。

「あの、違っていたら申し訳ないんですけど。うかがっておきたかったんです。もしかしてお客さまが普段接しておられる相手は、中国の若い人だったりしませんか」

「えっ⁉　僕、話したっけ」

そこで私は、話の内容から、相手が中国の若い人なのではないか、と思ったのだと説明した。

すると男性は少し恥ずかしそうに笑った。

「いやあ、すごいね。大当たりだよ。うちの会社ね、技術提携とかで今預かってる若い奴らがいるんだ」

「だから、日本的なものを食べさせてあげたかったんですね」

「うん。まあね、食事は好みもあるから押しつけたらいけないと思って、好きにしてもらってるんだけどね。だったらせめて、おやつで日本を感じてもらえないかなって」

そしたら、私が上から「おせんべいもお醤油も和菓子も全部中国がルーツです！」と言ってきたわけだ。

（それは、使えないよね……）

しかも、勝手に差別をしている人のイメージで見ていた。本当に申し訳ない。

「よいご提案ができなくて申し訳ありませんでした」

ぺこりと頭を下げると、男性は慌てたように「いやいや」と声を上げた。

「僕の方こそ、詳しいこと言わずに無理難題を押し付けちゃって申し訳ない。さっきも、店長さんに言ってたんだ。こんな無茶ぶりにつきあってくれるのは君だけだから、ついわがままを言ってしまったたって」

本当に、申し訳ない。そう言われて、今度は私が動揺する。

「そんな、私こそお客さまの気持ちを考えずに、覚えたことだけ並べ立ててしまって」

お客さまと私は、ぺこぺこと謝り合う。そんな姿を、通路の向こうから『K』の柘植さんが不思議そうな表情で見ている。

「あの、それでですね。思いついたんです。山椒の風味のお菓子はいかがでしょう？」

「山椒？」

「はい。調べたら、私たちが普段食べているちりめん山椒やうなぎにかける粉山椒は、日本原産なんです。麻婆豆腐のあの山椒とは、種類も違って」

「へえ、そうなんだ」

そして私は昔からある切り山椒の説明をした。

「日本原産は、いいね」

「はい。ワサビもそうだと聞きましたが、山椒はあまり知られていないみたいで」

お客さまの笑顔を見て、私は心からほっとする。

「で、ですね。これはほんのご提案なのですが」

「ん?」

「今現在、東京デパートで切り山椒を扱っている店舗はありません。調べたところ、浅草には通年取り扱っているお店があるようなのですが」

「そうか。でもわざわざ浅草まで行くのもなあ」

そう。お客さまがみつ屋を気に入って下さっているのは、ここの立地も大きなポイントだ。買ってすぐに帰りの電車に乗れる。そこを考えるべきなのだ。

「なのでこれはちょっとだけ手間がかかってしまうんですが、まずはどこかでお米の醬油せんべいをお買い求めいただきます」

「うん。それで?」

「スーパーで粉山椒を買って、食べる前にふりかける。それだけです」

お客さまは、つかの間きょとんとした表情を浮かべ、その後すぐに声をあげて笑った。

「いや、すごいな。アイデアだな！」

ふりかけか、そうか。笑いながらお客さまは私を見る。ええと、まずかったですか？　なら、駄目押しで。

「あと、これは秘策なのですが――」

「なんだ、まだあるのかい？」

「山椒をふりかける前に、おせんべいに薄くマヨネーズを塗ると――」

「塗ると？」

「すごくおいしいと思います！」

あと、山椒が落ちないようになります。私が言い切ると、今度は違う場所から「ふはっ」という声が聞こえた。

「あら、申し訳ありません！」

口元を押さえた椿店長が、苦しそうに笑いをこらえている。そしてその隣では同じように口元を押さえた桜井さんが、ものすごく怖い顔で「忍」みたいな顔をしていた。

そしてさらにその奥では、立花さんが「何言っちゃってんの？」みたいな表情のまま固まっている。

（なんかすごく――まずい？）

けれどお客さまは笑いながらうんうんとうなずいてくれた。

「いいねそれ。ぜひやってみるよ」

するといち早く我に返った桜井さんが援護射撃をしてくれる。

「あの、これも個人的な意見なんですけど。それ絶対おいしいと思いますし、マヨネーズってどの国の若い人でも好きだと思いますよ」

「確かにそうだね。うん、悪くない。けど、小麦粉のせんべいじゃなくていいのかい?」

歴史的にはさ、とお客さまがいたずらっぽい顔をしてみせた。

「大丈夫です。歴史的には小麦粉せんべいが先ですが、お米の醤油せんべいは日本原産のオリジナルですから!」

「そうなんだね」

「はい。小麦粉のおせんべいは遣唐使や偉いお坊さん経由で入ってきたので先だし歴史に残っていますけど、お米の方は普通の農家の人が生活の中から編み出したものなので、詳しい情報が残っていません。でも、だからこそ『普通の日本人』が作り出したものって、思ったりしたんですけど――」

駄目でしょうか。と心の中でつぶやく。

「そもそも、お米だって中国や南方から伝わったという説もあります。だから完全なオリジナルって、難しいと思うんです。でも、そこにあったものを上手に組み合わせて新しいものを作ったら、それはオリジナルな文化って言えるんじゃないでしょうか」

いつか、立花さんが言っていたことを思い出す。

「これは、私の大切な――友人が言っていたんですけど。日本の文化は、包み込むことなんじゃないかって」

「包み込む？」

「はい。特に和菓子はそうだと思うんですが。違う文化を取り入れて、包み込んで、新しいものを作る。いいと思ったもの、おいしいと思ったものをすぐに取り入れるのが、日本なんじゃないかって」

「なるほどねえ」

「前に、おかあ――私の母も言ってました。昔はツナマヨのおにぎりなんて邪道だって人が多かったけど、今はすっかり普通よねって。そういう感じなんじゃないでしょうか」

「ツナマヨ……。確かに、そうだね。僕も昔は否定していたような気がする」

お客さまはうなずくと、再びカウンターに近づいた。

「醤油せんべいって、ありましたっけ」

椿店長が、にっこりと微笑んで答える。

「もちろん、ご用意してございます」

お客さまが会計を終えたところで、『蛍の光』が流れ始めた。

「ああ、申し訳ない。長居してしまったね」

「電車は大丈夫ですか？」

「うん。今日はね、最終だから」

お客さまは紙袋を受け取ると「ありがとう」と笑った。

「お休みの日にまで、迷惑かけたね。でもとてもいいアドバイスを貰ったよ」

「いえ、そんな」

「また来ても、いいかな」

その言葉に、わっと嬉しさがこみ上げる。

「ぜひ！　お待ちしてます」

すると、立花さんがお客さまに紙を手渡す。

「差し出がましいようですが、来月の生菓子に山椒風味のものがあります。甘いものもお嫌でなければ」

そういえば、山椒の果皮の旬は秋だった。

「ありがとう。ここの店は、名店員ぞろいだね」

お客さまはもう一度うなずくと、通路を小走りで去っていく。

＊

通路先にあるシャッターが、ゆっくりと降りる。その間は、フロア内の全員が軽く頭を下げている。もちろん、私も。

「さてと」

頭を上げた椿店長が私の方を見る。私はあらためて、深く頭を下げた。

「大変申し訳ありませんでした！」

「え？」

「ここのところ、不機嫌で失礼な態度をとってしまって、本当にすみません」

「ああ、そんなの――」

いいわよ。椿店長が優しく微笑む。もう、そういうところが、本当に、人間ができてるっていうか、もう。

「私、椿店長のことが本当に好きで。それで、いつも近くにいたのに、いきなりいなくなるって思ったら、なんか悲しくなってしまって」

「え――？」

「採用してくれたのに、いなくなるなんて、ってちょっと悔しいような気持ちとかもあって。でも大好きだから、幸せを祈らなきゃいけないって思ってて――。でもおつきあいされてる方とか聞いたら、その――」

ここまでだ。この奥の理由は口にしちゃいけない。違う言い方で、言わないと。

「あの、おめでとうございます。旗艦店の店長も、おつきあいされてる方のことも。どうか、幸せになって下さい」

言えた。なんとか言えた。

息を吐きながら顔を上げると、椿店長が笑顔に加えて困ったような表情を浮かべている。

(――うん?)

嫌な予感がして、ショーケースの方に視線をずらす。すると桜井さんがまずい場面を見てしまった人のように目をそらし、立花さんは口をあんぐりと開けてフリーズしている。

(まさか……)

そんな私の背後から、帰り支度を終えた柘植さんが声をかけてくる。

「梅本さんは、本当に椿さんのことがお好きなんですね」

「え?」

「だって、嫉妬するほど好きなんですよね?」

「ええ?」

「気持ちを伝えることができて、良かったですね」

お先に失礼します。そう言って、柘植さんはのんびり歩いてゆく。

それをぼんやりと見送っていた桜井さんが、またもや素早い回復を見せた。

「ちょ。なにあの天然爆弾」

全員で激しくうなずく。

「ていうか梅本さん、マジで?」

「違いますよ! そういう方向の好きじゃないです! 尊敬とか、そっち方面の大好きですから!」

そう言った瞬間、椿店長ががくっと力を抜いた。

「あ、そうなのね」

「そうです！」

本当の理由を伏せたまま気持ちを説明したら、なんか絶妙に微妙な感じになってしまった。それだけです。

「なんか残念なような、ほっとしたような、微妙な気分」

いやいやいや。

「でも、ありがとう。嬉しかったわ」

「いや店長、それ、完全に『正しいお返事』ですよ」

今は、桜井さんのつっこみがしみじみとありがたい。

「あらそう。でもほら、気持ちには応えたいって思うじゃない？　だって梅本さんだし」

「だからほら、もっと正しい方向に進んじゃいますって」

ゲラゲラ笑う桜井さんに向かって、私は再度頭を下げる。

「桜井さんにも、ご迷惑をおかけしました。もう絶対、あんな態度はとりません」

「いいよ。椿店長が大好きなの、よーくわかったから」

最後に、奥で固まってた立花さんに歩み寄った。

「立花さんにも、すごくご迷惑をおかけしました」

「いいえ。私にはそんな」

「気持ちの整理をつけて下さい、って言われて、私、すごく悩んだんです。ここを辞めるべきかどうか。でも私はやっぱり椿店長が好きで、桜井さんも立花さんも好きで、お菓子が好きで、最近はお菓子のことを調べるのも楽しくて、つまり、その——ここでお菓子を売っていたいんです」

一気に言って、ふうっと息を吐く。こっちも言えた。

「このまま、ここにいたいです」

「はい」

見上げると、今度は立花さんが微妙な表情を浮かべている。耳が少し赤くて、でも泣き笑いみたいな。

「でもそれは、私が決めることではありません。決めるのは、梅本さんです」

「はい」

「先ほどのお客さまは、梅本さんのことをとても褒めておられました」

「そうなんですか?」

「いまどき珍しく、自分のようなおじさんの話し相手をしてくれる店員さんで、とても感謝していると。欲しいものを一緒に考えてくれて、とにかく買わせようとするような感じがないところも気に入っているそうです」

嬉しい。嬉しすぎて、目に熱いものがにじんだ。

「私の方こそ、言い方が適切ではなかったと反省しています。申し訳ありませんでした」

また頭を下げられて、私は慌てる。

「そんなことないです。言っていただかなければ、わかりませんでしたから」

あ、それとこれ、お渡しします。私はずっと手に提げたままだった紙袋を示す。すると立花さんは「梅本さんから、お願いします」と微笑んだ。

私はきょとんとする椿店長に、河田屋の袋を差し出す。

「これ、立花さんの提案でみんなからのお餞別《せんべつ》です。あと、上のもう一箱は味見用だからと河田屋の松本《まつもと》さんが持たせて下さいました」

「まあ、嬉しい。何かしら」

レジ横の台の上で、椿店長は箱を開ける。すると香りが立ち上ったらしく、小さな歓声を上げた。

「山椒餅！　そうでしょう？」

「以前、切り山椒がもっと柔らかくなったような山椒のお菓子が食べたいとおっしゃっていたので」

「もう、さすが立花くん！　細やかなんだから！」

しかも松本さんのなんて、おいしいに決まってるじゃない。椿店長はお餅に手を伸ばそうとして、はっと顔を上げる。

「やだ、私ったらがっついちゃって。みんなでいただきましょう。皆さん時間は大丈夫？」

全員がうなずいたので、非番の私が緑茶とほうじ茶を買いに行った。そしてレジ横の台の周りに集まって、師匠のお餅を食べた。

「菓名は『澄む山』だそうです」

「澄む山って、秋のイメージ？」

お餅を片手に桜井さんがたずねる。椿店長は、ひとつめの木の芽餡のお餅に夢中だ。

「はい。さっき立花さんが言ったように、粉山椒の元である果皮の旬が秋なので」

「にしてもこれ、おいしいね。山椒とクリームチーズって、めっちゃ合う！」

「ですよね。え、てことはもしかして、うちにあるクリームチーズに粉山椒かけてもいけますか？」

「アリでしょ。角切りにしてまぶしたら、ワインでも日本酒でもいけそう」

桜井さんと私が盛り上がっていると、立花さんがぽそりと「個人的にはカルボナーラに振るのが好きです」とつぶやいた。なにそれおいしそう。

「ああ、ブラックペッパーと置き換えられるのかあ。そしたら使える幅が広がるね。今までうなぎくらいしか使わなかったから、余ってるんだよね」

「あ、じゃあもしかして普通にお肉とかおいしいんじゃや？」

「だよね！　鶏の照り焼きとか、かけてみよう」

言いながら、私は柚子餡のお餅をぱくり。

（わ。すーっとする）

柔らかな求肥を噛むと、山椒の香りが鼻に抜ける。そして中から柚子の香りと、果汁も使ったのか甘酸っぱい餡が出てくる。香りの二重奏だ。

「これ、なんかすごく合ってますね……！」

思わずつぶやくと、立花さんが「何餡ですか」とたずねてきた。そこで中身を答えると、立花さんは「あっ」と声を漏らす。

「山椒は確か、ミカン科で柑橘の仲間です。だから柑橘系と相性がいいんでしょう」

「あのおっちゃん、さすがだなあ」

桜井さんがふたつめに手を伸ばす隣で、椿店長はみっつめのお餅を頬張っている。さすがに心配になってお茶のペットボトルを手渡すと、椿店長はすごい勢いで半分ほど飲んだ。

「ああ、危なかった。けどおいしい。本当においしいわ。特にコーヒークリーム。好みの秘孔《ひこう》を突かれたって感じ」

「そんなにですか」

「松本さん、おそるべしね」

お客さまがいないせいか、椿店長は口元をワイルドに拭《ぬぐ》う。

「あのー、ちょっといいですか」

どこかのテレビドラマ的台詞《せりふ》で桜井さんが声を上げた。

「私はみんなみたいに歴史とお菓子については詳しくないんだけど、今、ちょっと思ったこと言ってもいいですかね」

「もちろん」

立花さんがどうぞ、と手で示す。

「米の醤油せんべいって、抹茶とはペアになりませんよね。でも小麦粉のおせんべいはお茶席で使われる。そこになんていうか、なんかがある気がするんですけど」

「あ、それはいい視点ね」

だとしたら、醤油せんべいは何とペアなんだろう。そう考えると、お茶の歴史まで調べなければいけない気がしてきた。

(もう、どこまで調べても終わりがない感じ……！)

すると桜井さんが「間違ってるかもだけど」と前置きする。

「前に梅本さんが、甘いおせんべいは遣唐使とかが持ち帰ったもので、偉い人が記録にしたり茶道で使われたりしたから文字で残ってるって言ってたよね」

「はい」

「だとしたら、醤油せんべいが文字に残りにくかった理由は、民間から発生したことに加えて、抹茶じゃなくて煎茶の方が合うってこともあったんじゃないかな。ほら、茶店って抹茶じゃなくて煎茶のイメージだし」

なるほど。確かにしょっぱいおせんべいは煎茶だ。団子も、大福も。がぶがぶ飲んで、ぱくぱく食べる。

「スナックとか軽食、みたいな感じですね」

「あーそうそう！　今のB級グルメみたいな」

そう言うと、桜井さんはペットボトルのお茶をごくりと飲んだ。

「たぶんそれ、合ってると思います」

持っていたボトルのキャップをきゅっと締めて立花さんが言う。

「煎茶の庶民への普及は、抹茶よりずっと後の室町以降ですから。神社仏閣の門前に茶店が増え、街道沿いにも店が出来た頃、自然発生的にお米の醬油せんべいも出てきたのではないでしょうか」

「あ。そしたら煎茶が広まるとおせんべいも種類が増えたりしたのかな」

「可能性はありますね」

面白いなあ。お菓子とお茶は、やっぱり切っても切れない関係なんだ。

「ところでさっきは言いませんでしたが、実は小麦粉せんべいで『山椒せんべい』を作っているおせんべい屋さんもあるんですよ」

「えっ」

ちょっと、それもおいしそう。

「たまり醬油と山椒で甘辛く仕上げてあって、かなりおいしかったです」

そう言うと、立花さんはちょっとだけ乙女モードになって微笑む。

「あれ、バニラアイスに合わせるとあまじょっぱくてスパイシーで超おいしいんです。それこそクリームチーズ塗ったりしたら、もうお茶でもお酒でも」

うう、おいしそうすぎる。立花さん以外の全員が、恨みがましい視線を彼に送った。

「立花さん、ずるい。つかひどくね？　そんなんあるなら、先に梅本さんに教えてあげればよかったじゃん」

「あ、いや。まあ、そう言われればそうなんですけど――」

「あと、さっき気になったんだけど『気持ちの整理をつけて下さい』ってなに？　梅本さんに、辞めるかどうか決断しろって言ったわけ？」

聞き捨てならねえんだけど。すっかりヤンキー言葉に戻った桜井さんに、立花さんは慌てた。

「違いますよ。僕は気持ちをすっきりさせて仕事に戻ってほしいと思っただけで」

「ならそう言えばいいですよね？」

「それはそう、なんだけど……」

「辞めてほしいとか、思ってたわけ？」

そろそろかわいそうだからやめてあげて下さい。そう言おうと思った瞬間、立花さんが声を上げた。

「そんなこと、梅本さんに対して思うわけないじゃないですか！」

「僕だって、大好きなんですから！」

「えっ」

「えっ」

「えっ」

「うそ」
なにそれ。

*

驚き桃の木山椒の木（おどろきもものきさんしょのき）

意味［びっくりした、驚いたという意味　語呂合わせ・言葉遊び］

＊

「だから尊敬とか信頼とか、そういう、梅本さんが椿店長に対して思うのと同じ気持ちですよ！」

他意はありませんから！　立花さんは、そう叫んでバックヤードに駆け込んでいった。

残された私たちは、思わず顔を見合わせる。

「他意の塊《かたまり》じゃん」と桜井さん。

「そうね。少なくとも冷静な好意ではないわね」と椿店長。

「万が一他意でも、友情ですから」と私。

うん。友情。友情に決まってる。

でも、友情だって、両思いになったら嬉しい。

嬉しいし、照れくさい。

乙女が真っ赤な顔でバックヤードから出てくるのを、私たちは生温かい目で見守った。

＊

後日。正式な辞令が下りて椿店長はこのお店を去ることになった。明日からは新しい店長が来るのだという。

「私、てっきり立花さんが店長になるんだと思ってました」

「そうね。でも彼はもともと職人志望だったから、店長という役職に縛られたくないらしいわ」

最後の日も遅番で上がる椿店長に、私たちは小さなブーケを贈った。非番の桜井さんが、盛大に涙をこぼしながら椿店長にそれを差し出す。

「皆さん、今日まで本当にありがとう。でも、新しい場所に移ってもみつ屋にいることには変わりないわ。応援とかで顔を合わせることもあると思うし、これからもよろしくね」

そう言って、椿店長はきっちりと頭を下げた。

「あと、梅本さんには、これ」

小さなカードを手渡される。

「私の携帯のアドレス。なにかあったら、いえ、なにかなくてもメールして?」

「ありがとうございます――!」

ものすごく心強い。まるで強力なお札《ふだ》を手に入れた勇者のような気分だ。

「立花さん、これからもみつ屋東京デパート店を、よろしくね」

「はい。お世話になりました」

「それから桜井さん」

「はいっ」

桜井さんは、泣きながらも気をつけの姿勢になる。そんな彼女を、椿店長は優しい表情で見つめた。

「あなたは、あなたのままでね」

「はい」

「誰かに嫌なことを言われたら、私がぶっ飛ばしに来るから」

「椿店長、それ、私のセリフですって」

なごやかな雰囲気の中、椿店長は最後のタイムカードを打刻する。

「お疲れさん」

その声に振り返ると、お酒売り場の楠田さんとフロア長が立っていた。

「寂しくなるね」

「大丈夫ですよ。私の代わりに、桜井さんと梅本さんが明るくしてくれますから」

店長は微笑みながら、二人にも頭を下げる。

「――みつ屋で何かあったら、東京デパートに転職するといいですよ」

フロア長の言葉に、全員が苦笑した。

「門出なんだから、味噌つけたらいけないよ」

楠田さんにたしなめられて、フロア長は「すみません」と頭を下げる。

「それじゃあ皆さん、お世話になりました」

椿店長は、お客さまのいないデパ地下のフロアをゆっくりと歩いてゆく。その左右から「元気でね」「これ持ってきなよ」「たまに顔出してよ」と声や品物が差し出された。店長はそれをにこやかに受け取りながら、従業員出入口へと進む。

すっきりと伸びた背筋。優しい笑顔。

「ありがとうございました」

最後に、深く頭を下げて出ていった。

やっぱり、大好きな人だと思った。

＊

椿店長が去った翌日。私はお休みだった。朝ごはんにお母さんの作ってくれた『前夜のおかず入り卵焼き』を食べながら、ぼんやりと思う。

ずっと、思い込んでいた。

一つのところに勤めたら、ずっとそこにいなければいけない。お菓子は甘くなくてはいけない。亡くした恋人を思っていなくてはいけない。失敗したら辞めなければならない。

全部、そんなことなかった。

人生にはいろんなパターンがあって、やり方はいく通りもあった。

（私も、自分の足で歩きたい）

そしていつか、あんな風に軽やかに次の場所へ行けたら。

（軽やかに、は無理か）

私は自分のクリームパンみたいな手を見つめる。

（でも、胃袋には自信がある）

だから消えないように、食べ続けようと思う。おせんべいも、この料理も。

いつか、歴史に残るまで。


散歩がてら外に出ると、立花さんからＬＩＮＥのメッセージが入った。道の端に寄って立ち止まる。

『今度、銀座のみつ屋を偵察がてら、沖縄県のアンテナショップに行かない？』

なんで沖縄？　と思ったらさらに着信音が響く。

『沖縄にはちんびん、って名前の甘いクレープみたいなお菓子があるんだけどね』

ふんふん。私はうなずく狸《たぬき》のスタンプを返す。

『なんと、もとの字は煎餅！　中国語のシェンビンがなまって、ちんびんになったみたい』

へええ、すごい。

『あとね、塩せんべいっていう揚げたしょっぱい小麦粉のおせんべいに、バニラアイス挟んだのがあるんだって』

え。それはぜひ食べてみたい。ていうか、揚げものとアイスって絶対おいしいやつ。そしてカロリー的には危険なやつ。

キラキラが飛びまくるスタンプを見て、私は苦笑する。乙女は、今日も変わらない。

変わるものと、変わらないもの。

私はどうなっていくんだろう。

ふとスマホから顔を上げると、すぐ傍《かたわ》らに区の掲示板があった。『和菓子』という文字が目に入る。

『和菓子で読む歳時記～民俗学の視点から～』

よく読むと、この近くの大学の市民講座のようだった。参加料を払えば、誰でも受講できる。

行ってみようかな。

私はポスターを写真に撮って、再び歩き出す。

あとがき

いつの間にか、三冊めです。

当たり前のように時は流れ、でも当たり前ではないことが色々起きて。世界は案外狭いのかなと思った矢先に、自分の食べているお菓子に歴史や文化の広がりを見つけたり。そんな日々の中で、このお話が小さな甘いもののような存在になれていればいいなと思います。

左記の方々に、心からの感謝を捧げます。

アンちゃんと一緒に走り続け、和菓子職人さんとの縁をつないでくれた鈴木一人さん。いつも素敵な装幀で物語を彩って下さる石川絢士さんと、連載中のイラストを担当して下さった佐久間真人さん。プロモーションに協力してくれた書籍コンテンツ事業部の佐藤由布子さんには、甘いもの情報でもお世話になりました。金沢情報と鈴木大拙館を教えていただいた木地雅映子《きじかえこ》さん。おいしい和菓子を作って下さっている職人さんやお店の方々。さらに営業や販売など、この本に関わって下さった全ての方々。私の家族と友人。そして今、このページを読んで下さっているあなたに。

本当に、ありがとうございました。

この後に続く二つのお話は、それぞれイベントなどで書き下ろしとして発表したため、メインのストーリーと少し時間がずれています。

「冬を告げる」は銀座三越における本和菓衆という老舗の若旦那たちの集まりと「和菓子のアン」シリーズのコラボレーションイベントで配布された掌編です。時期的には本作の一話「甘い世界」の少し前にあたります。

「豆大福」は文庫版『アンと青春』の発売に伴い、Twitterでハッシュタグ「#一番好きな和菓子」をつけて投票していただいたキャンペーンのための書き下ろしです。そのときの一位が豆大福だったため、このテーマになりました。時期的には「甘い世界」の少し後になります。個人的に、ちょっと気に入っているお話です。

掌の上のお菓子が、ちょっと可愛く思えたら嬉しいです。

六花亭の和洋折衷菓子を食べつつ　坂木司

冬を告げる

Anne to Aijo

和菓子を知ってよかったなと思うのは、季節の移り変わりに敏感になったこと。それまで私にとっての季節感といえば『春に桜・秋に紅葉』みたいなわかりやすいものだったのだけど、今は咲く前の梅のつぼみや高くなった空にも思いを馳せるようになった。

秋が少しずつ深まってゆく今日この頃。私はひんやりとした空気の中を歩きながらつぶやく。

「次の季節のお菓子は、何だろう――」

デパートが開く一時間前。早番でお店に行くと、館内放送がかかった。今日はフロア全体での朝礼がある日なので、椿店長や立花さんと一緒にフロアに出る。

「今週から十一月。『秋の収穫祭フェア』は一週目で終わり、来週末からは『特集・冬を告げる』が始まります。ハロウィーンとクリスマスの間をつなぐこの時期に売り上げを落とさないよう、みんなで頑張りましょう」

フロア長はそう言って、可愛らしい共通ポップの紙を掲げた。

「各店舗の店長さんはこの用紙を持ち帰り、『冬を告げる◯◯』のところに一押しの商品名を書き込んで下さい」

冬を告げる。それに続く言葉って何だろう？　やっぱり雪とか？　でもそれじゃ食品じゃないし、そもそも『告げる』って漠然としていてテーマとしてはどうなんだろうか。なんてことを考えていたら、鮮魚売り場に『冬を告げる牡蠣！』と書かれていて深く納得した。確かに牡蠣は、冬を告げる。

「みつ屋的には何なんでしょうか」

私がたずねると、椿店長が本社からの資料をパソコンの画面に出してくれた。

「うちは季節の上生菓子の『亥の子餅』『姫椿』『しもばしら』の中から一つね」

「この中だったら『姫椿』がいいかもしれませんね。『しもばしら』は寒くなりすぎている気がします」

確かにそうかも。私がうなずいたところで、店長はポスターに『冬を告げる姫椿』と書き込んだ。


上がりの時間が一緒だったので、立花さんと待ち合わせて外に出た。そこでふと、職人でもある彼にたずねてみる。

「立花さんだったら、『冬を告げる』でどんなお菓子を作りますか？」

「うーんそうだね、たとえば重曹系でふかっとした生地を焼いて、それを裏巻きにしてコートに見立てるとか。あ、あと端っこを折り曲げて襟にしたら、可愛いかもね」

さすが乙女。私が小さく笑うと、立花さんが「あっ」と声を上げる。

「アンちゃん。それ、今年初めて見た」

「え?」

あたりを見回しても、これといって変わったものはない。私が首を傾げていると、立花さんは私の鼻先を指さした。

「今、息、白かった!」

「あ……!」

私は思わず両手で口を覆う。だってなんか、恥ずかしい。でも立花さんは無邪気な表情で同じように両手を口に当て、わざと温めた空気をふうっと上に吹いてみせた。暗い夜空に、ふわりと白いものが舞う。

「ねえ。これってまさに『冬を告げる』じゃない?」

白い息は、冬の前ぶれ。冬を告げるサインの一つ。

「アンちゃんが今、冬を告げてくれたって感じ」

にこにこと微笑む立花さんを見て、ちょっと心苦しくなる。だって私、お昼ににんにくががっつり効いたからあげ弁当を食べて店長に注意されたばかりだったから。その後慌ててミントタブレットを嚙んだりはしたけど、完全に消えたかどうかは自分ではわからない。

「でも、白い息ってどんな風に表現するんですか?」

口を覆ったままたずねると、立花さんは「淡雪《あわゆき》かなあ」とつぶやく。

「白くて淡くて、ゆるめに固めた淡雪。味はミルク風味で、でも何かフレーバーが欲しいな。すっと涼しいような」

「ミント――とか？」

思わずつぶやくと、立花さんがぱっと表情を輝かせた。

「ミルク味に薄荷《はっか》！　冬にその風味は珍しいけど、でもすごくイメージに合ってる！」

やっぱりアンちゃん、お菓子のセンスいい！　そう褒められて、私は白い息を吐きながら苦笑する。そのセンスは、にんにくのおかげなんだけどな。

豆大福

Anne to Aijo

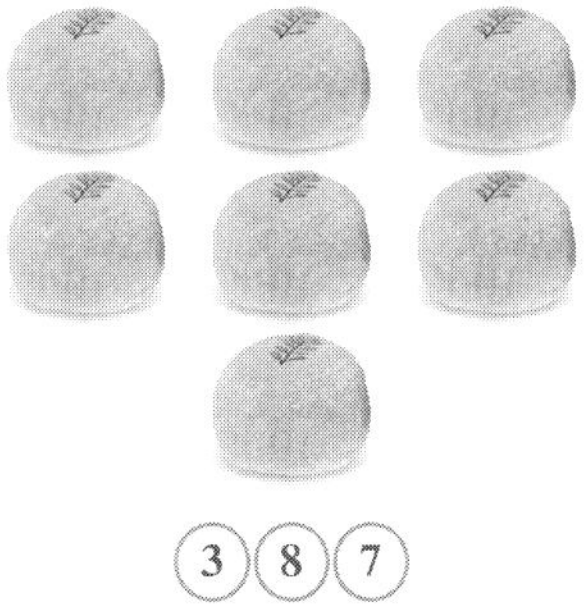

387

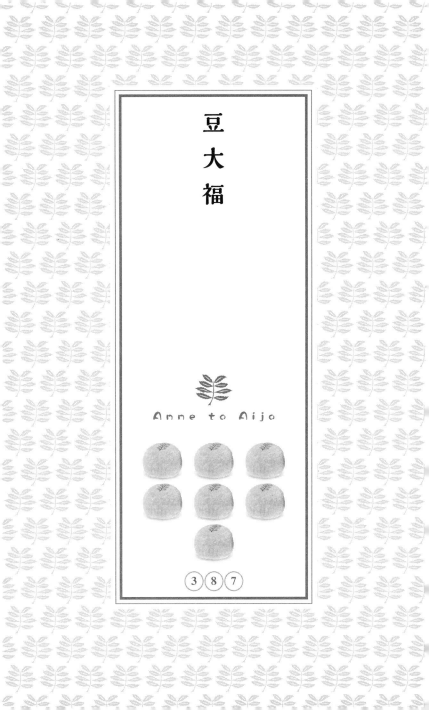

みつ屋でアルバイトをはじめて、もう結構経つ。

職場的にすごく恵まれていて、だからこそ長く続いているのだけど、一つだけずっと謎なことがある。それは桜井さんの『理由』だ。

椿店長と立花さんは、基本的に和菓子が好きで日本の文化にも興味があるタイプ。とはいえ椿店長は店舗そのものに関わるのが好きな感じで、立花さんは職人さんとして作る方が好き。つまり、二人にはすごく大きくてわかりやすい『理由』がある。

ちなみに私はおいしいものが好きで、デパ地下が好き。そして制服的にきつい（物理的な意味でも）ところや、ものすごく忙しそうなところを避けた結果みつ屋にたどり着いた。消去法なあたりが失礼かなって思うけど、これが真実だからしょうがない。

（でも、桜井さんは）

桜井さんは大学生で、今は結婚もしている、本人いわく『元ヤン』だ。でも見た目的には可愛くて、仕事もするするこなして、正直彼女ならどこでも採用されると思う。

そしてみつ屋のアルバイト代は平均的で、安くはないけど高くもない。桜井さんだったら、もっと割りのいい職場が山ほどあったはず。

なのになんで、みつ屋を？


お正月休みも一段落した店内で、そっとたずねてみた。

「んー、まずあれだね。大学への途中にあったから、定期が使えたこと。あと、デパ地下だったらなんか食べ物安く買えそうだったし」

現実的な桜井さんらしい答え。実際、遅番で入ると閉店後のデパ地下は安売り天国だ。開店中は百グラム五百円のお惣菜が、ひとパック百円にまで値下がりする。

「結構さ、後輩と会ったりするんだよね。そういうとき、一キロ入って三百円のから揚げとか持って行くと便利なんだ」

食べ盛りが多いから、秒でなくなるよ。小さく笑う桜井さんを見て、私は『お酒売り場の生き字引』こと楠田さんのことを思い出す。楠田さんは、高齢でグループホームに入ったお母さんと、そこの人たちのために安売りのお弁当を大量に購入していた。

面倒見がよくて、いつも他の人のことを気にかけているひと。私の中で、桜井さんは闘う女神様のような印象がある。

「——でもその中で、なんで和菓子を」

私がぽつりとつぶやくと、桜井さんは急に困ったような表情を浮かべた。

（特に理由はなかったのかな）

ただ、見た目の印象なら桜井さんは圧倒的に洋菓子派だ。同じデパ地下でも高級チョコレートとか、老舗のクッキーとか色々あったはず。さらに普段の彼女を見ていても、和菓子は好きだけど『大好き！』、みたいな印象はない。ただ商品をとても丁寧に扱っているので、職人さんを尊敬しているのかなとは思っているけど。

桜井さんは、ショーケースを軽く覗き込んでからふーっと息を吐く。

「ねえ……笑わない？」

真剣な顔に向かって、私はうなずいた。

「笑いません」

そんな私に向かって、桜井さんはいきなり告白する。

「私さ、子供の頃、犬がすごく飼いたくって」

「――犬？」

「うん。生き物が好きで、犬でも猫でも飼いたかったんだけど、うちが一軒家じゃなかったから飼えなくてね」

犬が、どうやって和菓子に行き着くのか。私は心の中で首をひねる。

「でも小学何年生のときかな。ディズニーのアニメを見たわけ。犬が一杯出てくるやつ。あれ、ものすっごい可愛いでしょ。わらわら出てきて、もふもふしてて、もう最高にハッピーなエンディングで」

可愛いのはわかる。でも和菓子は。

「そしたらもう、いてもたってもいられない気分になって、でも飼えないし、飼いたいし、『もー！』みたいな気分になったわけ」

「それで、どうしたんですか」

「内緒で部屋で小型犬を飼おうかとか、家出して空き地で犬飼って暮らそうかとか、色々考えたよ。でもそれ、隣で一緒にアニメ見てた弟に見透かされたんだよね。『姉ちゃん、どうやってもバレるよ』って」

それを聞いて、私はつい噴き出してしまう。

「ちょっと。笑わないって言ったでしょ」

「ご、ごめんなさい。でも可愛くって」

「でもまあ、弟の言うことがそうだろうなってのはわかってたし、でも自分の気持ちのやり場はないしで、立ち上がったままフリーズしてたわけ。『いーっ』って気分を抱えたまま、どこにも行けずに」

ありありと想像できる。小学生の桜井さんが、仁王立ちでむーんと苛立っている姿が。

「そのときにね、偶然おやつに豆大福が出たわけ」

「え？」

豆大福。突然の和菓子に、頭がついていかない。

「もともと、あんこは嫌いじゃなかったよ。でもそういう気分のときに大福なんて気分がアガらないじゃん。だから『つまんなーい』って横目で見たらさ」

「はあ」

「白地に黒の水玉で、ぽてっとしてて、まんまダルメシアンだ！　って思ったんだよね。しかも寝てる感じがまた可愛くてさ」

そうきたか。私は膝から力が抜けるような感覚に襲われる。

「しかも撫でると皮の下で豆がごりっとして、生き物の骨っぽい感じもしてリアルで。その瞬間、私、これ飼う！　って決めたわけ」

確かに、餅の下の豆の手触りは生き物っぽい。これは普通の大福では得られない触感だ。

「それで、本当に飼ったんですか」

悲劇的な結末しか思い浮かばないのだけど、桜井さんはにやりと笑う。

「飼ったよ。自分の机の引き出しに入れて。砂糖を餌のつもりで供えながら、毎日愛でてた。そしたらついにカビが生えちゃって」

「でしょうね」

「でもそれも『ついに毛が生えた』って喜んじゃった」

もう駄目。私は店内を見回してお客さんがいないことを確認し、カウンターの下にしゃがみこんだ。

「『毛』って！」

必死に声を押し殺しながら、笑いの発作と闘う。

「後でお母さんにバレて、めっちゃ怒られて涙の別れをしたけど」

うんうん。

「でもそれ以来、豆大福だけじゃなくむにっとした和菓子全般が生き物に思えるんだよね、私は」

「和菓子が生き物——」

新しすぎる意見に、私はつかの間言葉を失う。

「そう。上生菓子は柔らかさがハムスターみたいな感じで、白い餅ならウサギ系。胡麻《ごま》のおはぎなんか絶対ジブリのキャラだし、きなこのぽふぽふは柴犬のおなか！」

「なるほどー」

説明されると、なんとなくわかった。あのしっとりとした柔らかさ、手に吸いつくような重みは洋菓子にはない魅力だ。

（だから桜井さんは、お菓子をそっと扱っていたんだ）

丁寧に、優しく。可愛い小動物を愛でるように。

「それ、私もすごくわかるわ」

急に背後から声をかけられて、私と桜井さんは振り返る。するとそこには、深くうなずく椿店長の姿が。

「もちっとしたものは、生き物っぽいわよね。私はアニメじゃなくて小説なんだけど、すあまを可愛がる人が出てくる話を読んだときに、これは確かに一緒に暮らせるかもと思ったの。なんていうか、愛情を注ぐ対象として『あり』だなって感じかしら」

「すあまを可愛がる人……」

さらに斜め上の設定だ。ていうか、お菓子を生き物として捉えるのって、もしかして私が知らないだけでメジャーなことなんだろうか。

（たぶん、珍しいと思うんだけど）

すると今度は桜井さんが首を傾げる。

「ところですあまって、かまぼこみたいなやつですか？　あれ、触感は確かにぷにっとしてますけど、生き物感薄いような気がします」

生き物感って。でも言われてみれば、あれは巻き簾《す》の跡がナルトのようについていて食べ物感の方が強い気がする。

「あ、違うのよ。お話に出てきたのは、半円形とか楕円《だえん》形に整えられた、丸みのあるすあまなの。だからぷよっとしてたるんとして、生き物っぽいのよ」

「そうなんですね」

「ところですあまって、実はすごく狭い地域でしか食べられてないお菓子だって知ってた？」

「大福みたいに、全国どこにでもあるお菓子なんじゃないんですか」

桜井さんの言葉に、私も隣でうなずく。だってすあまは、紅白まんじゅうと同じくらい、当たり前のように学校で配られたりしていたから。

「それがなんと、関東限定なのよ。おでんのちくわぶと一緒で、関東以外の人にはあまり知られてもいないの」

私と桜井さんは、二人揃って「えーっ」と声を上げた。

「材料がシンプルだし、どこでも作られて食べられてるんだと思ってました」

すあまの材料は、上新粉と砂糖。それだけ。見た目は紅白で、かまぼこ形なら外が紅、中が白。半円形だと紅と白の二つが対になっている。その食べ心地はむにっとしていて、味は薄甘く、印象としてはぼんやりした感じのお菓子だ。つまり、おいしいから食べるというより、もらったら食べるという慶事菓子の側面が強い。

「意外よね。私たちにとっては当たり前でも、少し土地を移動しただけで『えっ?』と思う人がいるなんて」

たとえば新幹線に乗って一時間。北へ進んでも西に進んでも、もうそこはすあまの存在しない土地だ。

「インターネットがあっても、まだまだこういうことがあるんですねえ」

思わずつぶやくと、椿店長が微笑む。

「検索すれば、出てくるとは思うわ。でも知らなければ検索しようとすら思わない。郷土料理とか郷土菓子って、そういうものかもしれないわね」

「そういえば、大学の知り合いが言ってました。そういう料理って、放っておくと誰にも知られず消えてしまうことがあるんだって」

「みんなが食べていても、ですか?」

「そう。当たり前すぎて、地味すぎて、レシピにすら残そうとも思わないようなものが多いらしいよ。おばあちゃんがずっと作ってたけど、今の時代には魅力的に思えなくて、その人がいなくなったら誰も作り方がわからないものとか」

近い感じだと、おせちの田作りとかね。そう言われて、ちょっとどきっとする。そういえば私も、田作りにはお義理程度にしか箸をつけない。

「昔は貴重だったものでも、時代とともに価値は変わるし、人の好みも変わるものね」

固かったり苦かったり、見た目がいまいちだったり。あとはそれを作る材料自体が作られていないとか。事情は、きっと色々あるのだろう。

「でもそれって、なんだか寂しいですね」

「だよね。でもその知り合いが言うには、そういう料理のレシピを資料に残そうとして、年輩の人に話を聞きに行く人もいるんだって」

それはよかった。というより、そういう活動があってよかった、かな。

「せめてレシピがあれば、作りたいと思った人が作れますもんね」

「そうね、食は文化だから。いつかの誰かが知りたいと思ったとき、資料が残っていればいいと思うわ」

食は文化。その言葉を聞いて、私はつとショーケースに目を落とす。そこにあるのは、新春を寿《ことほ》ぐ上生菓子。干支《えと》が亥《い》だから、瓜坊《うりぼう》を模したものが中心に置いてある。

(――これ、思いっきり文化だよね)

まず干支を知らなければ、なぜここに猪《いのしし》があるのかわからない。さらに突き詰めると、猪は火伏《ひぶせ》の神様の使いとされているから、火を安全に使えるようにとの意味がある。だから茶道の一大イベント『炉開き』では、お湯を沸かす火の安全のために、猪モチーフの『亥の子餅《いのこ》』を食べる。

それだけのことが、お菓子を見ただけでわかる。季節によって、そのイベントによって、食べようと思う。それが、文化なんじゃないだろうか。

「食の聞き書って、民俗学の範疇かしら」

「そうです。あ、でも文化人類学も入ってたかも」

民俗学に、文化人類学。耳慣れない言葉だけど、それが「食べ物の研究」なら、私もちょっと学んでみたい気がした。だってそれを知ったら、このお菓子がもっともっと面白いと思えそうだから。

お年賀ついでに師匠のお店である『河田屋』に行ってその話をすると、師匠はうんうんとうなずきつつも、所々声を上げて笑った。

「豆大福がダルメシアン、ねえ」

「でも、なんかそれを聞いてから、私にもそう見える瞬間があるんですよ」

特にそう感じるのは、そこにあるのを知っているものの、自分の都合でしばらく食べられなかったとき。時間とともにひからびていく豆大福を見ると、うなだれた犬に見えてしょうがない。

そして「ごめんね！　すぐに食べるからね」と声をかけている時点で、私も和菓子を生き物扱いする仲間の一人になっていた。

「あと文化の話はな、こっちも耳が痛《いて》えや」

「どうしてですか？」

「本当はな、俺も古い菓子を作って若い奴に食わせてえと思ってるんだ。だがそこはそれ、個人店のつらさだな。作る時間と金を考えたら、中々割りに合わない」

昔のお菓子を作るのはいい。でも売れなかったら、それはそのまま師匠の生活の問題になる。

「ま、趣味でひとつふたつ作る分にはいいんだけどよ」

文化的事業は、大きな和菓子屋に頼むしかねえやな。そう言って、師匠は寂しそうに笑った。


後日。比較的暇な午後の時間に、師匠がみつ屋に来てくれた。

「いらっしゃいませ」

「こんちは。こないだの豆大福の話の姉ちゃんは、今日出てるかい」

「あ、桜井さんでしたら、さっき休憩に出たところで。でも一時間で戻りますよ」

もしお急ぎの用件でしたら、と言いかけたところで師匠は「ああ。いい、いい」と手を振る。

「別に会う必要はねえんだ。今日食えば、うまいって話で」

そう言いながら、白い紙の小箱をカウンターに置いた。

「もしかして桜井さんに、お菓子を持ってきて下さったんですか」

「ああ。豆大福の姉ちゃんが主役だけどよ、あんこちゃんや店長さんにも食ってもらえると楽しいかと思ってよ」

「あの、立花さんは」

「あいつはいいよ。職人だし、菓子が生きもんには見えてねえだろうから」

ということは、生き物モチーフのお菓子なのだろうか。

「きっと可愛いんでしょうね。開けるのが楽しみです」

すると私の言葉に、師匠は苦笑いを浮かべる。

「そんな可愛いもんでもねえよ。むしろこれはあんこちゃん言うところの、文化ってやつだ」

「文化……」

「言葉あそびだよ。豆大福の姉ちゃんには、こんな豆大福もあるぞ、っつっといてくれ」

師匠はにやりと笑うと、一月限定の絵のついたお煎餅を「これくんな」と指さした。


桜井さんが戻ったところで、店頭を立花さんに任せてバックヤードに入る。

件の箱を手渡すと、桜井さんは首を傾げた。

「え。師匠って、あのヤクザっぽいおっちゃんだよね?」

あの人が、私に? とつぶやく。

「私が豆大福の話をしたからだと思います。あ、あと伝言もあって、『こんな豆大福もあるぞ』だそうですよ」

「あ、じゃあ豆大福なんだ。嬉しいな。でも今日、椿店長いなくて残念だね」

「明日までとっておければいいんですけど」

大福系は個包装でもない限り、乾いたり余計な水分が出てしまうものが多い。

「無理そうだったら、二人で食べちゃおうか」

言いながら、桜井さんはぱかりと箱を開けた。すると次の瞬間、唇がぎゅっと引き結ばれる。

目は箱の中に釘付けで、ついには手がふるふると震えだした。

「だ、大丈夫ですか」

可愛いはずなのに、お菓子が転んでひどい状態にでもなっているのだろうか。思わず横から覗き込むと、そこには百円玉サイズの小さなお餅がきゅっと整列していた。しかも表面にはゴマが二粒ついていて、こちらをきょとんと見上げてくる。

（これは――）

少なくとも豆大福ではない。真っ白だし、ダルメシアンの柄もないし。でもとにかく。

「か、か、か――」

桜井さんは、こらえきれないように声を絞り出す。

「かわいいいいい～!!」

ですよね。

桜井さんはお餅を一つ指でつまみ上げて、手のひらに載せる。そしてじっと見つめ、指の腹で優しく撫でたあと、「ごめん！」と言いながら口に運んだ。

沈黙。

「あの——中身は」

「すっごいおいしい。やっぱあのおっちゃん、やるね」

じゃなくて。中身は。

「中はあんこだけ。豆はなし。つまりこれは、大福のミニチュアだね」

「でも、豆大福って」

今度は私が首を傾げていると、桜井さんが「あ!」と声を上げる。

「わかった! これ、豆柴と同じなんだよ!」

「豆柴?」

それって犬の種類じゃなかったっけ。

「そう。豆柴はさ、柴犬のちっちゃいのでしょ。つまり『豆』は『小さい』って意味じゃん。だからこれは」

「『豆』大福!」

私たちの声が揃った。


「なるほど、『豆』大福ですか」

師匠らしい言葉あそびですね。店頭に立つ立花さんは、口元だけで微笑む。

「でも、小さすぎてあっという間に乾燥しそうなんですよ。だから次の休憩のとき、立花さんも召し上がって下さい」

私の言葉に、立花さんは軽くうなずく。

そしてわかっていたことだけど、夕方のバックヤードからは『豆』大福の表情に悶絶《もんぜつ》する乙女の悲鳴が漏れ聞こえてきた。

桜井さんと私は、顔を見合わせて深くうなずく。

ですよね。

〈初出〉

甘い世界　「ジャーロ」六十一号（二〇一七年九月）、六十二号（二〇一七年十二月）、六十三号（二〇一八年三月）
こころの行方　「ジャーロ」六十四号（二〇一八年六月）、六十五号（二〇一八年九月）
あまいうまい　「ジャーロ」六十六号（二〇一八年十二月）、六十七号（二〇一九年三月）
透明不透明　「ジャーロ」六十八号（二〇一九年六月）、六十九号（二〇一九年九月）
かたくなな　「ジャーロ」七十号（二〇一九年十二月）七十一号（二〇二〇年三月）
冬を告げる　銀座三越「本和菓衆」イベント特典（二〇一八年十一月七日〜十三日）
豆大福　『アンと青春』Twitter キャンペーン「あなたのいちばん好きな和菓子」アンケート特典（二〇一九年一月七日）

この作品はフィクションです。
実在の人物・団体・事件などにはいっさい関係がありません。

坂木司（さかき・つかさ）

1969年東京都生まれ。2002年、『青空の卵』でデビュー。近著は『女子的生活』『鶏小説集』『おやつが好き』。

アンと愛情《あいじょう》

2020年10月30日　初版１刷発行
2020年11月15日　　　２刷発行

著　者　坂《さか》木《き》司《つかさ》
発行者　鈴木広和
発行所　株式会社 光文社
〒112-8011　東京都文京区音羽1-16-6
電話　編　集　部　03-5395-8254
　　　書籍販売部　03-5395-8116
　　　業　務　部　03-5395-8125
URL　光　文　社　https://www.kobunsha.com/

組　版　萩原印刷
印刷所　萩原印刷
製本所　ナショナル製本

ISBN978-4-334-91367-0